掌編小説 著

ぼくと初音の夏休み

Bokuto Hatsune no Natsuyasumi

by syouhen syousetu

扶桑社

ぼくと初音の夏休み

Contents

装画
中村至宏

装丁
田中久子

第1章
Early Summer

早朝の砂浜で、北條初音《ほうじょうはつね》がゴミ拾いのトングを握り、仁王立ちしていた。

セーラー服のスカートから赤いジャージのズボンがのぞいている。遠目にもヤバさがわかるいでたちだ。ぼくは国道への階段を引き返そうと決意する。

「逸見千尋《へんみちひろ》！」

短髪を揺らしながら、まるでいけにえの子羊でも召還《しょうかん》するかのように、ぼくを見つけた北條が、ぶんぶんと頭上でトングを回し始めた。

夏休み初日から、やっかいごとに巻き込まれるのはまっぴらごめんだ。高校では安全運転を心がける。大丈夫。奇人変人とはいえ相手は女子だ。ダッシュすれば逃げ切れる。

「逸見千尋！　逸見千尋！　おーい、逸見千尋くん！」

大声で連呼するのはやめてくれ。ぼくがこれまで「ちひろ」という名にどれほどコンプレックスを抱いてきたか知らないだろう。小学校低学年までさんざん「オンナみたい」とイジられた。ようやくそれが凪《な》いだころ、酔った母から「『千尋』って、死んだお父さんの元カノの名前なの」と打ち明けられた。人生に一ミリも役に立たない豆知識だ。なにより「やっぱり女子の名前だったのか」と打ちひしがれた。

「ち・ひ・ろ！　ち・ひ・ろ！」

日焼けした北條が、リズムをつけて繰り返す。一学期から教室で浮きまくっていた。カラッとしていて悪意がないのは周囲に伝わる。嫌われたりいじめられたりはしないけど、同性からも異性からも、あからさまに距離を置かれていた。

「わかった。わかったから北條、もう名前を呼ぶな！」

叫んだあとにため息ついて、ぼくは浜辺に足を踏み入れた。

ざくざくざく。スニーカーが砂を踏む音が、焼けた空気に吸い込まれる。北條はようやくトングを振り下ろし、何事もなかったかのように仁王立ちに戻っていた。首を前後左右に振りながら、砂浜を見渡している。絶対にしつけられないたちの悪いネコのようだ。

「まだ六時だぜ。なにしてるんだよ？」

「環境美化活動」

見てわからないの、とでもいうように、北條は答える。軍手をはめて、右手にトング、左手に九十リットルのゴミ袋を握っていた。なるほど、言われてみれば確かにそんな格好だ。セーラー服にジャージの下半身という「埴輪《はにわ》スタイル」はさておいて。

「逸見くんも早朝から美化活動？　自宅、もっと逗子《ずし》寄りだよね？」

高校から帰宅部で、少し太った。体重をサッカー部だった中学時代に戻すため、走ろうと考えた。とはいえ、母や近所のおばちゃんたちに見られることはぜひ避けたい。「ダイエット？　気になる異性ができたのかしら？　うふふ、アオハル真っ盛りね」などと勘繰られたら、思春期の自意識が崩壊する。だから少し離れたこの砂浜を選択した。

と真面目に説明しかけて踏みとどまる。いつ暴発するかもわからない不発弾に与える情報としては、センシティブすぎる。

代わりの理由を考えていると、北條はあっという間にぼくから興味を失った。周囲を見回し、

「あ、発見！」と傍《かたわ》らをすり抜ける。やっと耳が隠れるぐらいの黒髪から、シャンプーの匂いが

ふわりと香った。イメージとちぐはぐで、ぼくは一瞬ドキリとする。

「『清酒　特別純米』か。響きがいかにも高級そうね」

ひしゃげた紙パックをトングでつまみ、眉間にしわを寄せながら、北條がつぶやいた。

「これ、高いんだよね？」

「さあ。そんな感じがするけれど、未成年だからわからないよ」

嘘だった。その酒は高い。

意識から遠ざけようとすればするほどアルコールについて覚えてしまう。でも言わない。

北條が砂を振るい落としてゴミ袋に放り込む。目をやると、缶や瓶も入っていた。そこでぼくは疑問を覚える。

「――あのさ、ゴミ拾いの目的、環境美化って言ったよね？」

「そうよ」

「拾っているの、お酒の容器だけに見えるんだけど」

「主にはそうだね」

「美化活動ならみんな集めたほうがいいんじゃない？」

今度は僕に向き直り、腰に両手をあてながら、はぁあ、とあきれたような声をもらした。

「いたいけな女子高生が、この浜辺の全部のゴミを回収できると思っているの？」

いたいけかはさておいて、北條は確かに小柄でやせている。ビーチサンダルに載せられた足首は、きゅっと握ればそのままくだけてしまいそうだ。

この町で生まれ育ちながら、浜辺のゴミに思いをはせたことは一度もなかった。どれぐらいだろう。流木やどこからともなく流れてくるプラスチックなんかも含めると、確かに一高校生には手に負えない量かもしれない。

「――割れ窓理論って知っている？」

唐突に尋ねられた。いや知らない、とぼくは答える。

再び、はぁあ、とうなり、北條はよどみなく話し始めた。

アメリカの犯罪学者が提唱した理論だそうだ。建物の割れた窓をそのままにしておくと、誰も注意を払っていないというメッセージを周囲に与えてしまう。同様に、小さな不正や犯罪を見逃すことは、大きな不正や犯罪につながりかねない。だから軽微なものでも決して許さず、取り締まることが不正や犯罪の抑止になる――というのが主旨だった。

北條はかしこい。一学期の中間と期末の考査で、ともに学年トップの成績だった。いまどきの学校教育では多様性と平等性が重んじられる。公立校ならなおさらだ。成績は公表されない。職員室で話題になり、聞きつけた女子から広がった。北條の奇行がクラスでギリギリ許容されているのは、この抜群の成績のためでもある。「天才と変人は紙一重」を地でいっているのだ。

「ポイ捨ては確かに軽犯罪だけど、それはお酒に限らないのでは？」と凡才のぼくは訊く。

「ポイ捨ての一般論を説明したんじゃなかったんだけど」

「だったらなに？」

「夏のビーチにおけるアルコールの犯罪性」

北條が口にすると、そんな言葉すらも高尚な論文のタイトルみたいに響く。

「解放感からお酒を飲んだ男と女が、夏の夜の浜辺でなにをするかわからない？」

「乱痴気《らんちき》騒ぎ？」

今度は、ほぇえ、と声をあげ、北條はトングでゴミ袋の内側をまさぐった。

「あった。――はい、これ」

差し出された先っぽに、砂にまみれた薄いブルーの物体が、だらしなくぶら下がっている。

「なにこれ？」

「逸見くん、カマトトしていいのは乙女だけだよ」

「いや、本当にわからない」

「陰キャだとは思ってたけど、さては童貞だね？」

「……悪いか」

ぐにゃりとした物体を慎重に戻した後、ゴミ袋とトングを砂地に置いて、軍手を外し、北條は両手をパンパン叩いてみせた。「いい？　パンパンよ、ここでのポイントは」

ヒントをもらい、ようやくぼくはその正体に気づかされる。ホンモノの「使用後」を生で見たのは初めてだった。

北條はゆっくり海と反対側に顔を向ける。つられてぼくも同じ向きに視線を移した。国道を挟んで小高い丘がせり上がり、てっぺんあたりに五階建ての瀟洒《しょうしゃ》なマンションが建っている。この砂浜も、沖合十キロ付近の江《え》の島《しま》も、ともに一望できるだろう。

「あれは去年完成したの。ほかにもよそ者が続々と移り住んできている。観光客もたくさん来る。人気なのね、葉山《はやま》って」

いや、北條だってよそ者だろう。中学までは都心で暮らしていたと言ってたじゃんか。とは面倒臭いので突っ込まない。

「――私はこの夏、砂浜から『お酒の勢いでやっちゃった、できちゃった』を排除する。完璧な避妊法なんてないからね。割れ窓理論に従って、軽微なお酒の痕跡も、避妊具のポイ捨ても、許さない。徹底的に拾い集める」

さすが北條。発想がぶっ飛んでいる。がんばれよ。ぼくも心のなかで風紀の改善を祈っている。

「すてきな取り組みでしょ、逸見くん」

どう答えれば機嫌を損ねないかをしばらく考え、「海での飲酒を一掃することには賛同するよ」とぼくは言った。

北條はアーモンドのような瞳をこちらに向けて、「じゃ、明日からいっしょによろしくね」と笑みを浮かべる。

「なんでぼくまで？」

「童貞の逸見くんに、高校最初の夏休みを捧げるべき相手がいるとは思えない」

その通りだが、言い切られると腹が立つ。

「ぼくと違って経験豊富な北條さんは、こんなことに時間を割《さ》いてていいんですか？」

ささやかな抵抗を試みた。潮風がセーラー服の赤いスカーフをさわさわ揺らす。もう一度、髪の甘い香りがぼくの鼻腔をくすぐった。

「いいに決まってるじゃない」

ああ、すでに経験すべきは経験したってことですか。そうですか。そりゃすいません。

「いまどき性的消費の中心は女子高生だ。だから高校最初の夏休みのミッションに、美化活動を選択した。わたしは世界を救うんだ」

「……初体験にトラウマでも抱えているの？」

北條はぼくの顔を一瞥《いちべつ》し、ふん、と鼻を鳴らした。

「童貞はすぐそういう安っぽい物語をつくりたがる」

「悪かったな」

「これは使命よ。あるいは義務ね。とにかく夏休みは朝六時に現地集合。土日祝は休み。トングはわたしが用意する。軍手だけ持参して。あと、汚れてもいい格好で来るように。使用済み避妊具の回収は一任する。今日一つ見つけてわかったけど、あれ、時間がたっても生ぐさい」

「知らなかったの？」

「当たり前でしょ。処女だよ、わたし？」

これだから童貞は、とため息をつきながら、北條は足元のトングを拾い、砂地にぐさりと突き刺した。

高校一年生の夏休み、こうしてぼくは、風変りなクラスメイトと行動をともにすることになる。

＊　＊　＊

マンションのチャイムが鳴る。

出ない、とぼくはベッドで決めた。枕元の時計を見ると、午前十時を回ったところだ。二時間ほど寝ていたことになる。宅配便なら置き配してくれ。宗教の勧誘だったらほかに迷える子羊を探してほしい。もうぼくは迷わない。期待するから凹《へこ》むのだ。願わず、求めず、目立たない。それこそが最適解だ。

ピンポーン。

しつこいな。クール便か、それとも食い詰めた新興宗教が信徒獲得に躍起なのか？

ピーンポーン、ピンポーン、ピピピピーンポーン。

観念し、毛布を跳ねのける。スウェットの上下のまま、のろのろと玄関に向かった。頭の寝ぐせは気にしない。この押し方なら相手が誰かはわかっている。

「寝ていたか？」

案の定、ドアを開けると慎之介《しんのすけ》が立っていた。

「ちーちゃん、頭がアトムになっている」

一葉《いちは》に笑われ、無言で髪を撫でつける。

「入っていいか？」

「いいよ、上がれよ」

慎之介と一葉はハイタッチして、「おじゃましまーす」とたたきに靴を脱ぎ捨てた。

「そろえろよ。親友と幼なじみとはいえ、他人の家だ」

「相変わらず細かいなあ。北條さんに嫌われちゃうよ」

慎之介のスニーカーまでそろえながら、一葉が思わぬ名前を口にした。

「北條は単なるクラスメイトだが」

「ほほう」と二人が同時にぼくを見る。

中学の卒業間際につきあい始めてほぼ五か月。慎之介と一葉はますます息があってきた。恋人同士は間投詞までそろうのか。童貞には知らないことがたくさんある。

居間の食卓には、食パンとハムエッグ、カップのヨーグルトが置かれていた。ゴミ拾いから帰宅して、睡魔に襲われいつも二度寝してしまう。母は朝食を置いて仕事に出る。「今日は残業。夜ご飯はお鍋のカレー温めて。母♡」と小さなメモが添えてあった。一人息子は甘やかされてる。

「おばさん、いまどこだっけ？」

イスに腰をかけながら一葉が訊いた。

「変わりなし。文隣堂書店の藤沢《ふじさわ》店で働いている」

「チェーンなんだから横須賀《よこすか》店に異動できればいいのにね」

「どうかな。通勤時間、十分ほどしか違わないし、現状維持でもいいんじゃないか？」

冷蔵庫から作り置きの麦茶を取り出し、コップ三つに注ぎ入れた。蒸し暑い。麦茶を戻してエアコンをオンにした。勧める間もなく、二人はおいしそうに飲んでる。

「——で、なんだ、二人そろって午前中から。つきあって初めての夏休みだろう。鎌倉《かまくら》か横浜《よこはま》にでもデートに行けよ」

「このあと辻堂《つじどう》のショッピングモールにお出かけなんだ」

空色のワンピースをまとった一葉が「ねー」と隣の慎之介に微笑みかける。だらしない表情で、慎之介はコクコクとうなずいた。


一葉の家は歩いて五分の一戸建てだ。保育園から知っている。昔はよくいっしょにボール遊びをした。思えばあれが地元のサッカーチームに入るきっかけだった。そこで隣町の小学校に通う慎之介と出会う。町立渚《なぎさ》中学校で同級生になり、そのままそろって県立湘南東《しょうなんひがし》高校に進学した。一葉とは人生の半分以上、中学で同じサッカー部だった慎之介とも三分の一は過ごしている。昔なじみの二人なのに、恋人になってから、微妙にぼくは構えてしまう。

「千尋、北條初音とつきあってるのか？」

慎之介の質問に思わず麦茶を吹き出しかけた。

「なぜそういう話になるんだよ」

「俺もまさかと思ったけど、目撃談があるんでな」

「目撃談？」

「ちーちゃんと北條さんが朝のコーヒーを飲んでいた、って」

代わりに一葉が答えを言った。

いちじるしく誤解をまねく表現だ。そういうのは一線を越えた大人同士が、明け方のベッドサイドでアンニュイにやるのを言うはずだ。

「違うの？」

「コーヒーを飲んでいるのは事実。でもニュアンスがまったく違う」

一葉の同級生が目撃談の震源らしい。その子は運動部の遠征で、早朝のバスに乗った。海沿いの国道に差しかかり、ベンチに座る男女を見た。夏休み三日目というから一昨日《おととい》のことになる。

一時間の「環境美化活動」の後、自販機の缶コーヒーを飲みながら、三十分ほど話し込むのがぼくと北條の日課だった。早く帰りたいのが本音だが、「こういうのは惰性《し》じゃダメなの。PDCAサイクルを回さないと、ゴミ拾いが目的化しちゃう」と反省会を強いられている。

なんだよ、PDCAって。と思ったが、あきれられるのも長話も避けたくて、初日に「そうだな」と応じてしまった。帰宅してスマホで調べた。「計画、実行、測定・評価、対策・改善を意味する英単語の頭文字。業務効率を継続的に改善するマネジメント手法」とある。そうなのか。

「一葉、その話、どれぐらい知られてる？」

「北條さんは良くも悪くも有名人だからね。みんな彼女に興味がある。わたしにはクラスの仲良しグループLINEで回ってきた」

一葉と慎之介は一年二組、ぼくと北條は一組だ。一学年五クラスしかない。同学年の噂好きの女子たちは、おおむね知っているのだろう。気配を消して一学期を乗り切った。こんなところに落とし穴があるなんて。

「北條、セーラー服を着ていたらしいな」

麦茶のコップをもてあそびながら慎之介が首をかしげた。「うちブレザーじゃん。なんでセーラー服なんだ？」

「言われてみれば」と一葉。

「北條、何中出身だっけ？」

「東京だと誰かが言ってたよ。お父さんかお母さんの実家が葉山《はやま》で、高校にはそこから通っているらしいって」

ぼくは答えを口にする。「中等部まで麻布《あざぶ》の森学院だよ」

「麻布の森って、あの麻布の森？　偏差値七十五の？」

慎之介が身を乗り出す。「その麻布の森」とうなずいた。新年度の自己紹介で、北條自身が口にしていたから間違いない。

港区《みなと》の麻布十番《じゅうばん》と広尾《ひろお》の真ん中あたりの進学校だ。小中高の一貫教育で知られている。熾烈《しれつ》な「お受験」に勝ち抜かないと入れない。中高で若干名の募集がある。偏差値はその数字だ。

頭の良さではもちろんだが、大正時代の創立時からほとんど変わらぬオーセンティックなセーラー服も受験女子のあこがれらしい。共学化されたのは戦後だそうで、男子のクラシカルな詰襟《つめえり》は同性から見ても格好いい。毎年、数十人が東大に進学する。生徒は良家のご子息、ご令嬢ばかりだ。片親家庭の冴えない高校生とは住む世界がまったく違う。

「小学校からセーラー服だろ、麻布の森って。さすがにそれは無理だろうから、中学時代の制服を着ているんじゃないか？」

「ちーちゃん、他人に興味がないわりに、よく知ってるね」と一葉が笑う。

北條があまりに奇天烈《きてれつ》で、四月の購買部での一件直後、出身校について検索した。クラスの女子をこっそり調べていたことになる。一葉でもドン引きするに違いない。黙っていよう。

「やっぱりお前ら、つきあってるの？」

「だから違うって。たまたま浜辺でスカウトされたんだよ。それで毎朝、ゴミ拾いに強制参加させられている。それだけだ」

経緯をうんとかいつまみ、二人に聞かせた。避妊具の話は省略した。こいつらの「使用済み」を処分する日がくるかもしれない。幼なじみと親友のそんなものを拾ったら、切なくて泣きそうだ。二人はいつか抱き合うだろう。たった二人の友だちが、自分の知らない秘密をつくる。つらかった中学時代の後半も、二人がいるから乗り切れた。いまもそうだ。教室の窓から廊下に抜ける空気のように、ぼくは日々を過ごしている。それでもなんとかやっていけるのは、慎之介と一葉がいるからだ。

「北條さん、なんでそのまま高等部に進まなかったんだろうね」

「勉強についていけなくなったとか？」と慎之介。

「それはないんじゃないかな。いくら湘南東が偏差値で十以上低いとはいえ、学力が理由だったら中間期末で連続トップは無理だと思うよ」

「だな。祖父母の家から通ってるって話だと、訳《わけ》ありかもな」

「他人の家庭の事情に深入りするのは無作法だよ」

「ああ、これ以上はやめておこう。人には言えないこともあるもんな」

恋人にたしなめられ、慎之介は頭をかいた。

ぼくが三歳のときだった。家族で伊豆《いず》に旅行に出かけ、父は酔って溺死した。おぼろげな記憶の底に、海に飲まれる父がいる。片親であることを、ふだんはあまり意識していない。それでも二人はぼくを気づかう。

「麦茶お代わりする？」

「いや、いい。おいとまするよ。映画の時間もあるし」

辻堂のショッピングモールは湘南最大級のシネコンを併設している。今日は映画デートの予定らしい。

「ちーちゃん、わたしね、女の子から個別に訊《き》かれることもあるの。『北條さんがつきあってるの、一葉の幼なじみなんだよね？』って」

椅子から立ち、ワンピースのお腹あたりのしわを伸ばしながら、一葉が言った。

「迷惑かけてるんだな」

「それはいいの。あのね、わたしは自分から噂話は広げない。でも、友だちに質問されたら嘘のないよう答えたいなって思ってるんだ」

「俺も同じ」と慎之介がうなずいた。他人に誠実であることを、二人はいつも心がけてる。あの一件以来、ますますそうだ。

「北條さんとは本当になにもない、でいいんだよね？」

「なんでそこにこだわるんだよ？」

一葉は言葉を選んでつぶやいた。「……ちーちゃんと北條さんがつきあってるなら、二人を気にしている人が、遠慮するかもしれないじゃない」

思わぬ指摘にぼくはたじろぐ。

「北條が誰かに想われることを求めているとは感じない。ついでにぼくは陰キャだぜ」

そこで一葉に見つめられた。ちょっと垂れた丸い瞳、ぷっくりとした小さな唇。空き地でボールを蹴ってたころは、日焼けして、よく男の子に間違えられた。中学時代も女子ソフト部で飛んだり跳ねたり活躍していた。いつの間にかすっかり女子になっている。慎之介に想われて、この先さらに綺麗になるのだろう。

「あのさ、ちーちゃんは見た目も心も、そんなに卑下《ひげ》すべき男子じゃないよ」

どう答えていいかわからなかった。黙っていると、一葉は力を込めて、言葉を継いだ。

「中二の夏を迎えるまでの、逸見千尋って男の子のこと、わたしも慎之介もよく知っている。まだ時間が必要なのかもしれないけど、いつかまた、はじけるように笑っていたちーちゃんを見たいな、って思ってるんだ」

慎之介が一葉の台詞《せりふ》を引き取った。「北條は確かにめちゃめちゃ変わってる。でも、というか、だからこそ、再起動の触媒にならないかな、と思ったんだ。もどかしいけど、俺と一葉はお前を支えることしかできない。当事者だし、関係性が近すぎるんだ」

「北條は単なる同級生だよ」とぼくは言った。「さ、もう行かないと、映画の時間に遅れるぜ」

追い出すように二人を見送り、食卓の椅子に腰を下ろした。三階のマンションの窓から夏の陽が差してくる。母が作ってくれた朝食だ。食べないと、と思ったところで自己嫌悪が込み上げた。支え合い、もう一度立ち上がった慎之介や一葉みたいに、なぜぼくは生きられないのだろう。

＊　＊　＊

アラームが鳴る前に目が覚めた。ベッドサイドのデジタル時計に目をやると、五時二十五分を示している。癪《しゃく》だけど、体内時計が調教されつつあるようだ。

八月が始まった。窓の外はすでに明るい。この時期、神奈川は五時前に日の出を迎える。

上半身だけ身を起こし、うーん、と両手を上に伸ばした。ベッドから降りようとしたところで、両脚がぷるぷる震えていると気づかされる。

小学四年で「葉山蹴球《しゅうきゅう》少年団」に入団した。慎之介と出会ったちびっこサッカーチームだ。中学時代も一年半はサッカー部でボールを蹴った。ポジションはミッドフィルダー。攻守ともに担うから、スタミナを求められる。

練習前、学校の外周を十周走らされるのが日課だった。苦しいけれど、両脚に筋肉がついてくるのはうれしかった。歯を食いしばり、顎《あご》を引き、息を弾ませ走り続ける。半年後には苦もなく十周できるようになっていた。脚力がつくと、プレイにも余裕が持てる。フォワードやディフェンダーをサポートするため、「敵より早くあの場所にたどりつけるか」を的確に判断できるようになっていった。顧問には「筋がいい」と褒められた。それで少し調子に乗っていたのだろう。だからあの時、がらにもないことをしてしまったのだ。

頭を振って洗面所で顔を洗う。サッカーを辞めて二年。鏡に映るぼくの体は締まりがなく、我ながら運動部出身だとは思えない。砂浜を一時間、中腰で歩き回るだけなのに、両脚が筋肉痛で悲鳴をあげている。

「あら、今日も朝練?」

気づくと母が後ろに立っていた。書店は土日も営業するから、母の休みは不定期だ。

「ごめん、起こしちゃった?」

「いや、トイレで目が覚めた。それにしてもよく続くわね」

出勤日、母は七時に起床して、八時前には家を出る。ぼくは母が寝ている間に家を出て、出勤後に浜辺から戻ってくる。すれ違いだ。

初日、「海沿いを自転車で走ってくる」とメモを残して家を出た。北條に巻き込まれたあとも、同じ理由を伝えている。母は深く問い詰めなかった。それどころか「千尋、帰宅部だものね。通学以外でほとんど体動かさないから、夏休み、ひきこもったらどうしようかと心配してた。サイクリングはいい気晴らしね」と喜んだ。以来、母は息子の外出を「朝練」と呼んでいる。

砂浜で女子と二人、酒の容器や避妊具を拾い集めていると知ったらどう思うだろう。

Tシャツとスウェットに着替え、ポケットに軍手を突っ込んだ。行ってきます、と言ったところで「待ちなさい」と呼び止められる。母が青いキャップを持っていた。正面に重なった二つの星とBのロゴ。つばの一部はほころんでいた。かなり年季が入っている。

「朝でも熱射病になるらしいから、かぶっていきなさい」

北條とはいえこれから会うのはクラスの女子だ。正直、キャップはダサかった。躊躇《ちゅうちょ》してると、有無を言わせずかぶせられる。

「思った通り、ぴったりじゃない」

「思った通り？」

「それ、お父さんが使っていたの。さっき洗面所で千尋を見て、同じぐらいに成長したな、と感じたのよ」

脱ぎかけて、つばをつかんだ手を止める。母ちゃん、すまん。体重と背だけは増えた。でも中身はまるで成長していない。

「ほとんど記憶がないとは思うけど、千尋は背格好がお父さんに似ている」

「……じゃあ、ありがたく借りていくよ」

「そうしなさい」

「父ちゃん、ベイスターズのファンだったんだ」

ぼくはしんみりつぶやいた。

母は「うん？」と首をかしげる。「熱烈なカープファンだったわよ？」

「じゃあこれは？」

ああ、と母は手を叩く。「それね、お父さんと横浜に買い物に出た帰り、横浜スタジアムでもらったの。ベイスターズの何周年かで、球団が場外で抽選会をやっていた。あの人、無駄にくじ運良かったのよ。確か三等。家でもそれをかぶってテレビ観ながらカープを応援してた」


「傑作だな。逸見くんにはそのお父さんの血が流れているのか」

定時に五分遅刻した。「理由を述べよ」と詰められて、北條に出がけの話を披露した。今日もセーラー服にジャージのズボンだ。古いキャップがどうでもよくなる。

「なるほどなあ」

北條がひとりで納得している。

「なんだよ」

「逸見くんについての理解が進んだ」

「ぼくは親の話をしたはずだけど」

「その性格は母子家庭で育ったことが影響しているんだね」

北條には遠慮がない。ぼくの家庭の事情を知ると、たいていの人たちは腫《は》れ物に触るようにその話題を回避する。

父は路線バスの運転手だった。旅先で酔って海で溺れたのだから、身も蓋《ふた》もなく言ってしまえばオウンゴールみたいなものだ。夏休みに入る前、ぼくは十六歳の誕生日を迎えた。もう十三年も母子家庭で育っている。父の不在はデフォルトなのだ。

「じゃ、始めようか」

北條はスカートからスマホを取り出し、イヤホンを両耳に挿《さ》した。なにかを聴きつつ黙々とゴミ拾いをするのが北條流だ。親しくもない異性と雑談するのは気疲れする。だからこういう無視のされ方は歓迎だった。なによりも、一葉以外の同世代の女子たちは、まだ怖い。

数人のサーファーが沖に見えた。海は凪いでいる。波に乗れず、サーフボードに腹ばいのまま、パドリングを繰り返していた。ダックスフントを連れた若い夫婦が浜辺をのんびり散歩している。夏真っ盛りだが、早朝の海辺は穏やかさに満ちていた。やわらかな波の音、切なく響くカモメの声。北條みたいな野望がなくても、この砂浜を美化することには価値があると思えてくる。

五十メートルほど離れた場所の北條を呼んだ。国道側を見上げている。すっと通った鼻筋と小さな顎。その横顔に「凛《りん》とした」という形容が浮かんだ。

「北條！」

もう一度名前を呼ぶと、よくやく気づき、イヤホンを耳から抜いた。

「なにー？」

「アルコール分一％未満の空き缶を見つけたんだけど、どうすればいい？」

「それってお酒に含まれるの？」

「酒税法ではノンアルに分類される」

小学校に上がったところ、父が不在の理由を母から聞いた。それからは、スーパーやコンビニで、無意識のうちにアルコール売り場に足が向くようになっていた。銘柄も価格もだいたい頭に入っている。

「飲んだら酔う?」

「弱ければ、ふらつくこともあるらしい」

「だったら回収。よろしく!」

それだけ言うと、北條はまた両耳にイヤホンを挿し込んだ。「了解」と答えた声は、たぶん聞こえていないだろう。空き缶をゴミ袋に放り込む。今日はまだ避妊具は見つからない。

七時ちょうどに作業を終えた。砂浜の少しくぼんだ場所に、海へと注ぐ細い川が流れている。周囲には背の高い雑草が生い茂り、ちょっとした死角になっていた。ぼくらはここにゴミ袋とトングを隠している。

二人とも自転車で通っていた。毎日持ち帰るのは億劫だ。北條が父方の祖母と暮らす家は、横須賀寄りの住宅街だった。行きは下りだが、帰りは当然上りになる。「最終日にまとめて処分しようと思っている」という北條の意見に賛成し、この場所を探し出した。

それぞれ袋を隠してから、自販機で缶コーヒーを購入する。

「ブラック無糖を好んで飲む女の子には初めて会った」

ぼくの言葉にニコリともせず、「男の子ってそうだよね。自分勝手な女子像を抱いている」と北條はつぶやいた。

反省会で互いの「戦果」を報告しあい、意見を交わす。「お盆休みがピークになる」「そのあとは、八月三十日の花火と祭りが大きな山場」で一致した。それまでは砂浜を細かく区切り、愚直に回収しようと申し合わせる。

避妊具は思ったよりも数が少ない。見つかったのは三つだけだ。

「岩場とかでするのかしらね？」

「知らないよ。屋内でもしたことないし、外でやらかすカップルの気がしれない」

「してみようか？」

北條がぼくの顔をじっと見る。

「え？」

「捜索よ。岩場まで範囲を広げてみる？」

「ああ……。いやまあ、そこまでしなくていいんじゃないか？」

「そうか。考えてみれば、わたしにとってもこの砂浜を離れたら意味がない。捜索範囲は今後の戦果で再検討だ。ＰＤＣＡサイクルは回さないと意味がない」

北條は立ち上がり、リサイクルボックスに空き缶を突っ込んだ。

「じゃ、おつかれ。明日は遅刻しないように」

「わかった」

ママチャリのサドルに尻を乗せ、一メートル進んだところで北條が振り返る。

「逸見くん、そのキャップ、悪くないよ」

真顔で言った北條は、「出発進行！」と号令し、国道を南に消えていった。

埴輪スタイルを見送りながら、野球帽をかぶってきてよかったな、と心で母に感謝する。

＊　＊　＊

事件は八月九日に起きた。仏滅だった。

ゴミ拾いを始めて三十分。北條に手招きされた。浜辺のへりに、木造のバラック小屋が建っている。すぐ脇にしゃがみ込んだ北條が、じっと地面を見つめていた。駆け寄って視線をやると、砂地から赤い紐《ひも》が飛び出している。

「どう考えてもイソメじゃないね」

北條はトングの先で紐をツンツンつつき始めた。

「――逸見くん、これは新種のイソメだろうか？」

「ねえ、掘り出してくれない？」

「これは女子向きの作業だろう」

「童貞には刺激が強すぎるってことね」

答えるのが面倒で、口を閉ざす。

「仕方ない。じゃあ、わたしが引っ張り出すよ」

北條は軍手の右手で先端をつまみ、「えいっ！」と一気に引き抜いた。レースの布地が現れる。

「どエロだね」

掘り出された紐パンをしげしげ見つめ、北條はつぶやいた。スカートのポケットからスマホを取り出し、軍手を外してなにやらアプリを立ち上げている。

「写真撮るの？」

「角度を測る。逸見くん、股間部分がわたしの側に向くように、なるべく平らに広げてよ」

探偵が助手に命じるような口ぶりだ。表情を読まれぬよう、野球帽を目深《まぶか》にかぶる。母親以外の女性下着を目視したことはない。いや、小学校の帰り道、転んだ一葉のパンツを見たか。あの時は膝小僧をすりむいて、ぐずる一葉をなぐさめた。おんぶをねだられ、背負ったところで、ぼくがつぶれて半べそかいた。

「こういうのは思い切りだよ。照れるのはむしろ格好悪い」

「わかったわかった」

軍手ごしに紐を左右に引っ張って、パンツを広げる。表の上部に小さなリボンがついていた。赤の生地に白い花が刺繍され、股の下にふれるあたりは薄いメッシュになっている。

「これで下着の役目を果たせるのかな？」

緊張で吐き出す言葉に笑いが混じる。

「もうちょっとピンと張って」

北條はスマホを構え、たんたんと指示を続けた。こんなふうにスルーされると、確かに照れてるほうが恥ずかしい。表面の砂を両手で払い、もう一度紐を引っ張る。海水か、別の液体か、指先がしっとり濡れた。ひっ、と声が出そうになる。

何枚かシャッターを切った後、液晶画面を確認し、北條は「これにしよう」と一枚を選び出した。続いて「measure」と書かれたボタンをタップし、分度器を表示させる。メッシュの股間を底辺に、鼠径部《そけいぶ》にふれるあたりの切れ込みをはかっていた。メーターは四十五度を示している。

「ジュピター並みか……」

「ジュピター？」

「知らないの？」

「木星のこと？」

「大分《おおいた》にある日本初の木製ジェットコースターよ。足場に六万本の松が使われている。そのジュピターの最大傾斜角度が四十五度」

「木製だから木星《ジュピター》か。いつ乗ったの？」

「乗ってない。YouTubeで見てググっただけ」

北條は「どっちもスリル満点ね」と独り言《ご》ちた。うまいと賞賛すべきか一瞬迷い、口をつぐむ。

アプリを閉じ、スマホをポケットに入れ、北條が立ち上がる。

「逸見くん、今日はこの周辺を重点的に捜索しよう」

「いいけど、なにを捜すのさ？」

「決まってるでしょ、使用済みの避妊具よ。二週間近く活動しているのに、まだ五つしか発見に至ってない。それも古そうなものばかり」

　確かにそうだ。恐らくすべて、今年の夏のものじゃない。

「この紐パンはまだ新しい。脱ぎ捨てられて一か月もたってない」

「わかるんだ。ひょっとして、自分でも履いてるの？」

北條はさげすむようにぼくを見て、ふええ、と声にならない声を出す。

「わたしはね、下着は白かベージュと決めている。それも布地が多めのやつ。紐パンは頼りなさげで履きたくない。逸見くん、ひょっとして、わたしの下着を妄想してた？」

「なにがあっても妄想しない」と立ち上がりながら否定する。北條は背が低い。一七〇センチのぼくを上目遣いでじっと見て、野球帽のつばを指先でピンとはじいた。

「あのさ、否定するにも気をつかいなよ」

「陰キャだから、あんばいがわからないんだ」

「だったら陰キャをやめなさい」

「なんだそれ？」

「万人受けするイケメンじゃないけれど、逸見くん、まあまあ整った顔じゃない。体格だってやせ型なのにがっちりしている。中学校で運動部をやってたクチよね。それもかなりガチなやつ」

その通りだ。正確には小学校からだけど。

北條はクスっと笑う。「挫折して、こじらせて、陰キャに転落したパターン？　そういうの、格好悪いよ」

言い返そうとし、咄嗟《とっさ》に言葉が出てこない。わかっている。いまの自分はとてつもなく格好悪い。こじらせた理由がサッカーですらないと知られたら、どんなふうに思われるだろう。

「まあいいや。とりあえず、その陰キャが治るまで、いやらしい目で見ないでね」

「治っても、絶対にそんな目で見ない」

ほええ、とうなった北條に、「だから、そこは気をつかおうよ」とにらまれる。

残りの時間、念入りに周囲を捜した。バラック小屋が「現場」なのかと考えたが、施錠され、出入りはできない。はげかけたペンキの文字で、近所の旅館の屋号が書かれていた。物置として使われているらしい。

結局、避妊具は見つからなかった。いつものように冷えた缶コーヒーを飲みながら、ベンチでの反省会がスタートする。

「謎はいっそう深まった」

制服の袖で額の汗をぬぐいながら、北條が言った。少女探偵の趣《おもむき》だ。

「女はなぜ、ここで紐パンを脱ぎ、そのままノーパンで帰ったのだろう」

「さあ、なんでだろうね。履き替えた可能性もあるんじゃない？」

「緊急性を要するな……」

親指と人差し指を顎に添え、北條がつぶやく。

「北條探偵は、どういう推理でそう判断したの？」

「紐パンの持ち主は、恐らく若い女性だわ」

「そうだろうね。母ちゃん世代が紐パン履《は》いてたら、さすがに引く」

「それは偏見。紐パンという形状ではなく、リボンとか花柄とか、しょうじょうひからの考察よ」

「処女？」

訊き返したぼくを一瞥《いちべつ》し、「これだから思春期男子は」と吐き捨てた。

「処女じゃなくて猩猩緋《しょうじょうひ》。赤色の名称よ。この紐パンはRGBならR206、G49、B61。CMYKだったらシアン6、マゼンタ92、イエロー75、ブラック0。黄色味を帯びた赤」と説明する。RGBもCMYKもわからないけど、確かに布地はそんな色合いだ。

「猩猩はね、東アジアの伝説上の生き物なの。オラウータンとも禽獣《きんじゅう》とも言われているけど、正体不明。能の演目にもなっていて、そこでは海に棲《す》む妖精だとされている。『もののけ姫』にも出てきたじゃない。赤い目をした霊長類として描かれていた」

「ぼくは宮崎駿派じゃなくて新海誠派なんだ。国民的アニメ監督になる前の作品も、新海アニメは全部見ている」

「ああ……」と北條が薄く笑った。「『秒速5センチメートル』とか好きそうだよね」

その通りだ。文句あるか。

「猩猩の血はこの紐パンみたいな色だとされている。そこから猩猩緋って命名されたの」

「伝説なのに血の色がわかるんだ」

「そういう突っ込みだけは達者だね」

コーヒーの缶をベンチに置き、北條は肩をすくめた。そのまましばらく目の前の丘を眺めている。視線の先でまだ新しいマンションが、朝日を反射しキラキラと光っていた。

「よし、決めた」

唐突になにかを決心したようだ。なんでもいいけど、なるべく早く帰りたい。ガンガンに冷房をきかせた自分の部屋で、撮りためた深夜アニメを見る予定なのだ。

北條はスマホを取り出し、「いま七時二十五分か。シャワーを浴びて着替えたいから、じゃあ、一時に逗子駅の改札口で。京急じゃなくてＪＲのロータリー側ね」と言った。

「……どこかに連れていく気なの？」

「藤沢《ふじさわ》。ここらへんの一番の都会は藤沢でしょ」

「なにをしに？」

「対象年齢を絞り込む」

「誰の？」

「逸見くん、人の話はしっかり聞こうよ。いまのわたしたちの課題って、『紐パンの持ち主は誰か』じゃない？」

「いや、そういう話はしてたけど」

「――ランジェリーショップで聴き込みする」

マジかよ。やっぱり探偵気取りなのか。辞退する、と言う前に「それとも一人で行って、調査結果を聞かせてくれる？」と先手を打たれた。

「陰キャにはハードルが高すぎる」

「でしょ？　通報されたら気の毒だ。いっしょに行けば、浮ついた高校生のカップルだと思われる程度で済む。わたしも同級生から性犯罪者を出したくない」

ぼくだって、前科者になるのはまっぴらごめんだ。

「持ち主がいくつだったら問題なのさ」

「高校生なら論外ね。女子大生でもよろしくない。社会人なら自己責任。とはいえ、夏の浜辺でお酒を飲んで、紐パンを忘れるぐらい乱れた末に妊娠したら、不幸が生じる。そういう事態は張り込みしてでも回避させたい。ほら、『犯人は現場に戻る』って言うじゃない？」

ちょっと待て。張り込むなんて話は聞いてないぞ。と言いかけて、無駄な抵抗だと押し黙る。代わりに精一杯の皮肉を込めて「北條がフェミニストだなんて知らなかったよ」と言葉を返した。

「フェミニスト？」

細い首をかしげている。怒らせただろうかとひやひやした。

「この話のどこがフェミニズムになるっていうの？」

「できちゃった、で傷つく女性を守りたいんでしょ？」

ひゃあ、と声をもらしたあと、「その発想になるなんて、逸見くんのほうがずっとフェミニストだよ」と苦笑した。

「猩猩は酒好きのお調子者なの。そういう不埒《ふらち》な女の誘いに乗り、できちゃって、いちばん不幸になるのは誰だかわかる？」

ああ、そうか。言いたいのはそういうことか。

「確かに誘惑された男かもね。高校の同級生を孕《はら》ませたら、相手の男はおそらく退学。女子大生を妊娠させた男子学生も、きっと大学に通いにくい。社会人の男ならば、独身主義でも責任とって結婚だろうね」

意気揚々《いきようよう》と語るぼくから視線をそらし、北條は「ぷしゅう……」と空気の抜ける音を発した。

「逸見くんは本当に浅い」

「はい？」

「決まってるじゃない、不幸になるの。堕《お》ろされるにせよ生まれるにせよ、お腹にできた子どもでしょ。だからこそ緊急性を要するの」

＊　＊　＊

「へぇえ」と慎之介がぼくを見る。「ふふん」と隣で一葉が鼻を鳴らした。

「慎之介はいいとして、なんで一葉までいるんだよ」とぼくは言う。

午後十二時五十分、ＪＲ逗子駅前。路線バスから降りたところで、待ち構えていた二人につかまった。

「ちーちゃんの付き添いとはいえ、慎之介がほかの女子とお出かけするのは心配だもん」

小悪魔みたいに一葉が笑う。絶対うそだ。イチャイチャするなら二人でやれよ。ぼくを娯楽にするんじゃない。

「なあ一葉、慎之介。ぼくは北條に巻き込まれ、非常に困惑してるんだ」

「そのわりに、今日はずいぶん、きまってるじゃんか」

上から下までなめまわすようにぼくを見て、慎之介がニヤリと笑う。

「わたしもちーちゃんがサマージャケットを羽織っているの、初めて見た。チノパンとよく合っている」

ほくそ笑む一葉をにらみつける。ストライプのTシャツにパステルカラーのミニスカート。そんな乙女なお前だって、あまり見たことないけどな。

朝の美化活動から帰宅して、慎之介にLINEを送った。事情をつづり、「北條と二人きりは気詰まりだ。ついてきてくれ」と懇願した。「ほかならぬ千尋の頼みだ。一肌脱ぐよ」と秒で答えが返ってくる。このときぼくは、安易に胸をなで下ろさず、その先を予想しておくべきだった。

「北條さん、早く来ないかな」と一葉が囁《ささや》く。

葉山には電車が走っていない。だから車以外で遠出する町民は、まず路線バスで逗子に出る。そこからJR逗子駅か、歩ける距離の京急逗子・葉山駅で電車に乗るのだ。わずか十七平方キロメートルと小さな町だが、東京ドームに換算すると三六〇個分を超える。バスの本数には限りがあり、待ち合わせるのは逗子がいちばん合理的なのだ。

「北條、引っ越してきて半年もたっていないんだろ？　京急と間違えてるんじゃないか」と慎之介がロータリーの後方に目をやった。その先にある逗子市役所のはす向かいが逗子・葉山駅だ。

「――すまん、お待たせした？」

思わぬ場所から声がした。振り向くと、JRの改札のすぐ脇に、北條が立っている。時刻は一時ぴったりだ。

「電車で来たの？」

「逸見くん、葉山から逗子に電車は通じていないと思うんだけど」

「だったらどこから現れたんだよ？」

「そこ」

親指を立てた右手のこぶしを背後に向けた。駅併設の立ち食い蕎麦屋《そば》だ。

「天ぷら蕎麦にして正解だった。やっぱり夏こそ熱い食べ物だね。汗が気化して体を冷やす」

「女子高生が一人で立ち食い蕎麦を食べてたの？」

「いや、あの店には席もある。わたしは立って食べたけど」

それがなにか、というように、北條は首をかしげ、ハンカチで首のあたりを二回ぬぐった。

「バスが早めに着いたから、腹ごしらえしておいた。わたし、食が細いおばあちゃんと住んでるの。昼ご飯つくってもらうの申し訳なくて外食にしたんだ」

そこまでしゃべり、ぼくと並んだ慎之介と一葉に視線を移す。

「——えっと、俺は一年二組の戸田《とだ》です。千尋とはガキの頃からの腐れ縁。こいつは同じ二組の灰谷《はいたに》さん。千尋の幼なじみにして、俺の彼女」

一葉がペコリと頭を下げる。

「一年二組出席番号十九番の戸田慎之介くんと、二十三番の灰谷一葉さんね。一年一組出席番号十八番の北條初音です。話すのは初めてだよね？　よろしくね」

二人に右手を差し伸べる。慎之介と一葉は顔を見合わせ、次いでぼくを凝視した。「いや、お前らのことは紹介してない」とアイコンタクトで回答する。

「北條さん、なんでわたしたちのフルネームと出席番号知っているの？」

おずおずと手を握りながら一葉が尋ねた。

「新年度のクラス分けで、一学年全員の氏名と出席番号が載ったプリント、配られたでしょ？」

またしても、それがなにか、の表情で、北條が訊き返す。

「配られた。でも俺はほとんど覚えてない。すげえな、北條……さん」と慎之介。

「いいよ、上の名前の呼び捨てで。女子のたしなみとして、わたしは男子はくん付けするけど。

灰谷さんは今後の距離の縮まり方で考える。いきなり『一葉』『初音』みたいに呼び合うのは苦手なんだ。いいよね、それで？」

「え、あ、うん。そうだね」

二人とも北條のペースにいきなり飲まれた。中間と期末考査の連続トップはだてじゃない。北條はずば抜けた記憶力を持っているのだ。


新年度の最初のホームルームで、若い女性の担任に自己紹介をさせられた。「一人ずつ、氏名と出身中学、趣味や特技を手短に」と求められる。氏名と校名はともかく、趣味や特技はなんと言えば無難だろう。目立たず、興味を持たれず、モブ扱いしてもらうため、どんな自己紹介が最適なのか。足りない頭で考えて、結局、「趣味は読書」とぼくは言った。お愛想みたいなまばらな拍手に安堵《あんど》して、着席するや後ろの女子が立ち上がる。

「北條初音です。先月に東京の港区から葉山に越してきました。出身は麻布の森学院中等部です」

そこでクラスがどよめいた。神奈川にも「名門」と呼ばれる公私立は存在する。だが関東圏で、麻布の森は別格なのだ。難易度はもちろん、歴史と伝統、風格で、あまたの学校が束《たば》になってもかなわない。

「港区」というキーワードにも教室が圧倒された。湘南には、横浜や川崎《かわさき》とはまた違ったステイタスがある。石原裕次郎やサザンオールスターズが広げてくれた「ちょっとお洒落《しゃれ》な海沿いで、余裕があり、ソフィストケートされた感じ」のためだ。

確かにそれは間違いない。イメージに憧れて、都心から移り住んでくる人もいる。でも本当の湘南は、農業も漁業も盛んな「海辺のほどよい田舎町」なのだ（もちろん、それがよさでもある）。

東京のど真ん中の港区には歯が立たない。湘南東に進学してくる地元民には、そのことがよくわかっている。

どよめきに我関せず、北條は「続いて特技。円周率いきます！」と宣言した。

「３・１４１５９２６５３５８９７９３２３８４６２６４３３８３２７９５０２８８４１９７１６９３９９３７５１０……」

真新しい制服の背を伸ばし、よどみなく、円周率をそらんじる。ただの数字の羅列なのに、子守唄を聞いてるように心地よかった。春先の教室は水を打ったように静まり返る。

三分を過ぎたあたりで、声を失っていた担任が「あの……手短に」と口を挟んだ。

北條はきょとんとし、「先生、無理数には終わりがないのですけれど？」と答える。

「いえ、そういうことじゃなくて……」

「とりあえず、小数点以下五千桁までいきます。いま千百二十一なので、続き、いいですか？」

気圧《けお》された担任が「あ、はい」と思わず許可を出す。うなずいて、一度大きく息を吸い、北條は再び円周率を口にした。

「……７８０５４１９３４１４４７３７７４４１８４２６３１２９８６０８０９９８８８６８７４４１３２６０４７２１。以上です」

さらに十分かけて五千桁までたどりつき、一礼したあと着席する。

パチパチパチ。

ぼくとはまったく違った意味で、まばらな拍手が送られた。ホームルームをかっさらった北條が、驚愕《きょうがく》と畏怖《いふ》をもって、クラスから浮き上がった瞬間だった。

「さ、逸見くん、電車に乗ろう」

改札口へと促される。埴輪スタイルのまま現れるかと思ったが、私服だった。ノースリーブのサマーニット、膝上丈のチェックのキュロット。カジュアルだけど上品で、短髪によく似合う。ぼくは慌てて華奢《きゃしゃ》な背中を追いかけた。その瞬間、北條が振り返る。足を踏ん張り、すんでのところで接触を回避した。

「戸田くんと灰谷さんもぼーっとしない！　十二分を逃したら次は二十二分。暑いホームで十分も待ちたくないでしょ？」

「いいのか、いっしょに行って？」

慎之介、いまさらその言い方は卑怯だぞ。

「もちろん。灰谷さんが来てくれるのも心強い。聴き込みは複数でやるほうが成果があがる。思い込みや先入観を排除できる。二人はホンモノの恋人同士なんだよね？　わたしと逸見くんみたいなビジネスカップルよりも、自然に証言を引き出せそうだ。途中で私物を買っても構わない。灰谷さん、どうせあとで見せるんだから、彼氏の意見も訊いたほうがいいと思うよ」

一葉は頬を赤く染め、慎之介はゴクリとつばを飲み込んだ。こいつらぼくと同じで未経験だな、と理解する。発言を信じる限り、北條も誰かに裸体をさらしていない。

高一らしく、ういういしい四人じゃないか。

外出の目的さえ違っていたら。

＊　＊　＊

「次で降りる」

横須賀線《よこすか》が逗子駅を出てほどなく、一度座ったシートから北條が立ち上がった。

「藤沢なら大船《おおふな》で湘南新宿ラインに乗り換えたほうが早いし安いよ」と一葉が言った。その通りだ。JRなら乗り継いでも二十五分もかからない。運賃だって二四〇円。都心から引っ越してきて間もないから、まだこのあたりの路線図が頭に入っていないのだろう。

ため息をつきながら、北條が一葉を見おろした。

「灰谷さん、いまの季節はなんですか？」

「夏、だよね？」

「夏といえば？」

「かき氷？」

「女の子らしくて可愛いね。さすが彼氏持ちの答えは違う」

慎之介が「おれは夏といえばプールだなあ」と口を挟んだ。

「うん、戸田くんには訊いてない」

一刀両断。やめておけ。北條に会話を膨《ふく》らませる気はないし、キャッチボールも求めていない。

「――夏は海よ」

そうだろうとも。今朝も強制的に堪能させられた。で、「夏は海」と次で降りることが、どうつながるんだ？

横須賀線が鎌倉駅に滑り込む。あらかじめ、ここで下車することが決まっていたかのように、北條がドアの前に移動した。抵抗する気勢をそがれ、ぼくらは黙ってついていく。

鎌倉駅は混んでいた。ホームに出た瞬間、熱波と人いきれにむせかえる。階段をすたすた下った北條は、西口にある江ノ電連絡口へと向かっていった。江ノ電は確かに鎌倉駅と藤沢駅を結んでいる。十キロの営業区間に十五駅。単線だからすれ違いで途中何度か待ち合わせる。端から端まで三七分、運賃は三一〇円。逗子から藤沢に向かうなら、地元民はまず選ばない。

「お、305編成じゃないか！　わたしたちはついてるな」

ホームに停まった電車を見て、北條は声を弾ませた。丸みを帯びた車体の色は、くすんだ緑と薄い黄色のツートンカラーだ。レアな古参車両で、これを目当てにはるばる訪れる鉄道マニアも少なくない。多くの人がイメージする「江ノ電らしい江ノ電」だから、湘南がロケ地のアニメや実写には、たいていこの編成が登場する。

「逸見くん、並んでおいて。わたし写真撮ってくる」

江ノ電の鎌倉駅は三番線が乗車専用ホームになっている。車両を挟んで反対側の四番線に乗客を降ろすまで、三番線側のドアは閉じたままだ。ドアの前ごとに長い列ができている。北條は跳ねるような足取りで、電車の前に回り込み、スマホで写真を撮っていた。

「R0、G92、B63。C90、M53、Y88、K21。やっぱり渋いな江ノ電グリーンは」

紐パンの猩々《しょうじょう》緋《ひ》を知らずにあきれられ、慎之介にSOSを送ったあと、スマホでネットを検索した。RGBのRはレッド、Gはグリーン、Bはブルー。つまり光の三原色だと書かれていた。一方のCMYKは、Cが青を意味するシアン、Mが赤のマゼンタ、Yがイエロー、Kはキープレートの頭文字で黒をさすらしい。こっちは色の三原色に黒を加えたものだ。

ほぼすべての色彩は、ディスプレイ上ではRGBの明るさの比率で、印刷物ならCMYKの重ね具合で表現できる。果てしなく円周率をそらんじられる北條ならば、三色や四色の配分ぐらい覚えられるということだろう。

「ほっこりするな」と慎之介が笑顔をみせた。

れただけだ。

「ねー。ちょっとイメージ変わったよ」と一葉もうなずく。「JRだと内陸だから、北條さん、

江ノ電にして海を見たかったんだね。ノースリーブもキュロットも、めっちゃ似合う。もともと

整った小顔だとは思ってたけど、こうして見ると、普通のかわいい女子高生だ。ちーちゃんは、

見る目があるなあ」

なぜそこで話を蒸し返す？　何度も言うが、ヘタレなぼくは断り切れず、ゴミ拾いに巻き込まれただけだ。

老体に鞭《むち》打つようなきしみをあげ、江ノ電は定刻通り一時三十二分に出発した。

両側に民家が並ぶ細い軌道を進んでいく。北條と一葉は並んでドアの前に立ち、ぼくと慎之介

はすぐうしろでつり革を握りしめた。駅間は長くて四分。夏の陽を浴びながら、ミンミンゼミが

終わらない合唱を続けていた。

なんだか不思議な光景だった。北條と一葉が私服で車窓を眺めている。二人とも短髪で、背が

低く、やせ型だ。双子のようにも見えてくる。

背中にうっすら下着の紐が浮かんでいると気がついた。視線を下げたその先に、キュロットと

ミニスカートから細い脚が伸びている。目のやり場に困ってしまう。

五つ目の稲村ヶ崎《いなむらがさき》駅を出た先で、江ノ電は海沿いの国道一三四号線と並走する。遠くに薄くけ

ぶった江の島が見えた。

「北條さん、江ノ電初めて？」と一葉が尋ねる。

「ううん。でも久しぶり。灰谷さんは地元だからしょっちゅう乗っているんだろうね」

「案外そうでもないよ。ほら、東京の人が東京タワーに行かない感じ？」

「いや、わたしは大好きだから、これまで二十回は東京タワーに上っている」

いまひとつ嚙み合わない二人の会話に、ぼくと慎之介は小さく吹いた。北條は空気を読まない。

「そうなんだ」と一葉はあいまいに笑っている。

鎌倉高校前駅の手前あたりで北條が声をあげた。

「あれはいったいなんなんだ?」と車窓の外をにらんでいる。

「踏切の人だかり? 聖地巡礼だろ」と慎之介。

「聖地巡礼?」

北條は驚いたように繰り返し、「ああ、なるほど」とうなずいた。「やっぱり古都だね。鎌倉仏教の影響か」と納得している。

一葉が顔をのぞき込む。「……その冗談、北條さんの持ちネタなの?」

「うん? 鎌倉時代は仏教の転換期でしょ? それまでの仏教は主に貴族の信仰だった。ところがこの時期、新仏教が次々と生まれたじゃない。旧仏教も刺激を受けて変化したから、新旧ともに武士や庶民に広がった。その時代に幕府が置かれた鎌倉は、いわば一つの聖地といえる。そういう土地を訪ねるのが聖地巡礼なんじゃないの?」

いや、だったら踏切じゃなくて寺社仏閣や史跡を巡るだろう。博識なのはさすがだが、北條には世間知《せけんち》が欠けている。

「あれね、鎌倉高校前1号踏切っていうんだ。日本一有名な踏切と言われている」

「日本一? どうしてよ、逸見くん?」

「いちばん知られているのは『SLAM DUNK』だと思うけど、観たことある?」

「映画が大ヒットしたバスケのアニメ。観てはないけど知っている」

「あの映画はリメイクなんだ。もともとは一九九〇年代に少年誌に連載された漫画で、アニメ化された。爆発的な人気を集め、海外でも放映されてる。舞台は主に湘南で、アニメのオープニングにはあの踏切が登場するんだ。それでいまだに国内外からファンが大勢やってくる」

「踏切を見るために？」

「そう。ドラマや映画なんかでもよく使われてる。鎌高《かまこう》前の坂道を下ったところに踏切があり、線路と国道をまたいだ先に水平線が広がっている。江ノ電が横切ると、よく映えるんだ」

「言われてみれば」

「そういう場所をファンが散策するのが聖地巡礼。『秒速5センチメートル』だと、貴樹と花苗が通う学校のモデルになった種子島《たねがしま》中央高校とか、コスモポート種子島とか――」

「わかったわかった。逸見くんの新海誠愛は伝わった。でもマニアックすぎてわからない」

北條に制止され、一葉と慎之介も苦笑している。やらかした。目立たない、余計なことは口にしないと誓ったはずだ。にもかかわらず、アニメのことだと無意識のうちにドヤってしまう。

腰越《こしごえ》駅を出たあたりで江ノ電は車道に入った。全区間で唯一の併用軌道だ。再び並んで車窓を見ていた二人から、「ぐぅ」と音がした。お腹を押さえ、一葉が顔を赤くしている。

「いい音したね、灰谷さん」と北條。

「……お昼抜きだったからお腹が減って」

「おれも減った」とすかさず慎之介が助け舟を出す。

「二人とも、昼メシ食べてこなかったのかよ」

「逗子駅でお前を待ち構えるため、おれも一葉も早めに出た」

自業自得と言いかけて、北條に割り込まれた。「次の江ノ島駅で下車しよう。腹ごしらえだ」

「北條はさっき蕎麦を食べただろう？　いいよ、一食ぐらい我慢する」と慎之介が手を振った。

「いや、成長期の食事抜きはよろしくない。わたしは平気。食べていこう」

「ごめんね、北條さん、気をつかわせて……」と一葉が詫びる。

「気づかいなんてしてないよ。わたしが生シラスを食べたいんだ」

北條は真顔で言った。たぶん、本音だ。

ブレーキ音を響かせて、電車は江ノ島駅に到着する。

＊　＊　＊

車両から降りたとたん、潮の香りをふくんだ熱く湿った空気に包まれる。幼児を連れたお父さんとお母さんは、早くもくたびれきった表情だ。微妙な距離の男子と女子は、まだ交際まもない中学生だろう。紫色のネイルのお姉さんにはあらぬ妄想をかきたてられる。腕を組むアロハシャツの中年男の愛人だろうか。ぼくら四人は人波に押されるように改札を出た。

「ザ・湘南。これよ、夏といえばやっぱり海よ」

駅前に海はないけれど、北條はおかまいなしだ。コンコースでガッツポーズを決めてから、サマーニットの胸元あたりでエアギターを弾いてみせた。誰かのものまねらしい。

「わかった、サザンのター坊だ！」と一葉が手を打つ。年の離れた従兄《いとこ》の影響で、一葉はサザンオールスターズの大ファンなのだ。自分が生まれる前に脱退したギタリストの愛称すらも、すらっと出てくる。

「いや、ター坊ではなく若大将。ギターではなくウクレレ」

「若大将？」

「湘南が生んだレジェンドの加山雄三さんよ。灰谷さんは『若大将のゆうゆう散歩』を観ていなかったの？　二〇〇六年のライブでは、桑田さんがバックバンドを務めている。生誕八十年イベントも発起人は桑田さんと原坊だった。一九六六年には来日したビートルズにすき焼きをご馳走している。桑田さんはビートルズの影響を受けているから、サザンファンなら知っててほしい」

一気にしゃべり、エアウクレレをポロンとはじいた。

「すき焼きの話をしたらお腹が減った。さ、お店を探そう」

あっけにとられたぼくらにおかまいなく、北條は大股で歩き始めた。駅前から江の島寄りに、片瀬《かたせ》すばな通り商店会が延びている。パン屋や旅館、写真館、食堂など業態はごちゃごちゃだ。老舗《しにせ》も新参者も混在している。完全に観光地化されていないところが地元民には心地いい。

「お、ここドルフィンズダイナができたんだ」

歩き始めて間もなく、慎之介が声をあげた。真っ白な壁面に大きなガラス窓をはめ込んだ店舗から、入店待ちの長い列が延びている。入口付近にイルカのキャラと「ＤＤ」の二文字を組み合わせたロゴ。湘南を中心に都心にも展開している「無国籍創作シーフード」の人気店だ。チェーンだが、安っぽくなく、「お薦めのデート先」としてメディアでたびたび取り上げられている。葉山にも長者ケ崎《ちょうじゃがさき》に店舗があった。もちろん、ぼくはどこの店にも縁がない。

「一度行ってみたかったんだ。高いかな？」と一葉が目を輝かせる。

慎之介は「ちょっとメニュー見てくるな」と行列の先頭に向かっていった。いいところを見せたいのだ。すぐ小走りに戻ってきて、「ランチのパスタならば一五〇〇円からだった」と息を弾ませ報告した。

「――ドルフィンズダイナはやめよう」

浮ついているカップルに、北條が冷や水を浴びせかけた。あなたとは別れます、とか、次は裁判所で会いましょう、とか、たびかさなる夫の浮気に耐えかねて、人妻が腹をくくって離婚を宣言するかのような響きだった。決定事項。懇願《こんがん》してもくつがえらない。

「食べたがってた生シラスもメニューにあったぜ」と慎之介が抵抗した。

「いや、そういう問題じゃない」

「本当にすき焼きでも食いたくなったのか？」

「もっと違う。夏だよ？　お昼だよ？　戸田くん、大丈夫？」

北條に肩をポンポン叩かれて、慎之介は沈黙した。瞬殺された恋人同様、一葉も口を半開きにして黙っている。ぼくは必死に笑いをこらえた。毎朝の美化活動で、気づかぬうちに北條になじんでいる。おかげでぼくは返り討ちにあわずにすむ。真夏に立ち食い蕎麦を食べていたのはどいつだよ、とは絶対言わない。

「戸田くん、ドルフィンズダイナはね、原価率が三割切るのよ」

「原価率？　なにそれ北條？」

「材料費÷提供価格×百。原価率三割で、ランチの値段が一五〇〇円なら、材料費は四五〇円分」

「千円以上が儲けになるってこと？」

「それじゃお店が回らないでしょ」

一蹴された。言わんこっちゃない。

「売上から原価を引いたものは粗利益。そこから販管費を捻出するわけ。飲食店なら人件費や光熱費、家賃とかね。経常損益ははしょるとして、さらに税金を持っていかれる。残ったものが純利益。これがいわゆる儲けになる」

なるほど、わかりやすい。

「平均的な飲食店の原価率は三割前後が望ましいとされている。もう一つ言うと、販管費のうちいちばん大きいのが人件費なの。材料費と人件費をあわせたものをＦＬコストと呼んでいる。ＦＯＯＤとＬＡＢＯＲの頭文字ね。で、売上高に占めるＦＬコストの割合がＦＬ比率。これは五割以下がベターとされている。ドルフィンズダイナはね、原価率が三割を切るし、ＦＬ比も五割を下回っているんだ」

「優良経営じゃん」と慎之介。

「そうよ。それがこのチェーンが伸びてる理由。ＦＬコストを低く抑え、好立地を選んで出店している。でもね、それは経営者の理屈でしょ？　客の立場に立ってみれば、ロケーションはいいけれど、安い食材を高値で食べさせられているってことになる。働く人もおんなじね。人気店で仕事してるって満足感が、低い給与を補っている。やりがい搾取《さくしゅ》よ」

北条はにがにがしげに言い切った。なんだその博識は？

「というわけで、ドルフィンズダイナはなし。もっと地元にお金を落とそう。――そこはどう？」

北条ははす向かいの食堂を指さした。「生シラス、釜揚げシラス」と書かれたのぼり旗が揺れている。どう、じゃなくて決定だろう。――とはもはや、慎之介も一葉も突っ込まない。

＊　＊　＊

食堂の軒先で十分待つ。夏の日差しで溶けそうだ。慎之介は「あちぃ、あちぃ」とうなっている。自販機の缶ジュースを買おうとして、「食事前だよ。我慢しなさい」と一葉にたしなめられた。夫婦になったら絶対尻にしかれるパターンだ。その一葉もＴシャツの胸元を左手で前にひっぱり、右手をパタパタさせている。見えそうだ。見ないけど。

ただ一人、北條だけが仁王立ちしていた。

腕を組み、身じろぎもせず、瞳を閉じて、小声でなにかをつぶやいている。修行僧のおもむきだ。念仏でも唱えているのかと耳をすますと、「生シラス、生シラス、生シラス……」と繰り返していた。そこまで強く思われたなら、腹におさまるシラスたちも本望だろう。

子連れの夫婦が店から出てきた。見送った若い女性の店員が「次お待ちの四人組様」とぼくらを招き入れる。テーブル席に案内された。慎之介と一葉はお隣同士、残るぼくらは消去法で向かいに並んだ。おひやとメニューを置きながら「ご注文決まりましたらお呼びください」と店員に声をかけられる。

「生シラス丼」と北條は即答した。そうだろう。うわごとみたいに言っていたのだから、それ以外ならむしろ驚く。でもな、ぼくは生シラスは苦手なんだ。あのプリっとした歯ざわりは、いかにも「死んだばかりの魚を食べてる」という感じがして、気が滅《め》入《い》る。

店員が「生シラス丼四つでいいですか?」と確認した。

「あ、ぼくは釜揚げシラス丼にします。そっちの二人は……」

「俺はかつ丼」

「わたしはチキンカレー」

慎之介と一葉がメニューを見ながら注文した。腹ペコの高校生らしいオーダーだ。夏も、海も、江の島も関係ない。北條が「情緒がないなあ」とお門違いの小言を吐き、コップの水をごくりと飲んだ。

ご飯の上になみなみと釜揚げシラスが盛られている。真ん中の卵黄を取り囲むように、きざんだのりと万能ねぎ。丼《どんぶり》のふちには黄色い生姜《しょうが》が添えられていた。王道だ。

北條は生シラスがのった丼をまじまじと眺めている。かつ丼とチキンカレーもほぼ同時に配膳された。

「いただきます」

顔の前で両手をあわせ、北條はおじぎした。袋から割り箸を引き抜いて、綺麗《きれい》に割り、シラスの上の生姜をつまむ。まったく形を崩さず小皿に移し、醤油《しょうゆ》をたらしてかき混ぜた。箸を置き、丼に生姜醤油を回しかける。再び箸を手に取って、先端で卵黄の弾力を確かめた。そのままグイっと突き刺し、とろりと流れた黄色い液を、シラスとのり、ねぎにからめている。

まるで茶道の手前を見ているようだった。

一連の作業を終えて、北條の箸は先端から一センチほどしか濡れていない。こんなに箸使いが美しい同世代をほかに知らない。

「おいしいなあ……」

流れるような箸使いでシラスを口に運びながら、北條が目を細めた。

慎之介も一葉も圧倒され、見とれている。一瞬で格の違いを知らしめられた。

勉強やスポーツと違い、こういう作法はしみ込むようにしか身につかない。麻布の森には北條みたいな子どもばかりが通うのだろう。

慎之介の割り箸は左右非対称に割れていた。一葉はしきりにスプーンを握る場所を気にしている。ぼくはとっくにあきらめて、箸の先を十センチほど湿らせながら釜揚げシラスをかっ込んだ。

北條の箸使いは以前にも一度見た。あの時は悪食《あくじき》に気をとられ、これほど美しいとは気づかなかった。

高校に入学して二週間。その日、母は珍しく寝坊した。目覚ましの電池が切れていたのだ。

「ごめん、お弁当つくれなかった。食卓に五百円おいといたから、お弁当かパンでも買って！」

母を見送り考えた。もう高校生だ。母子家庭なのだから、本当はもっと手伝うべきなのだ。部活には入らないと決めている。つぶすほど時間はあった。母が謝ることはなにもない。

昼休み、購買部へとダッシュした。利用するのは初めてだ。一年生の教室に一番近い南棟一階。二、三年生より有利とはいえ、漫画やアニメで知る限り、購買部では争奪戦があるらしい。

本当だった。

明らかに授業をフライングした上級生や運動部の一年生で、すでに人だかりができていた。もともとは備品室だったスペースに、昼どきだけ、町内のパン屋兼雑貨屋が店を開く。狙っていた焼きそばパンは並んだぼくの二人前で売り切れた。やむを得ない。二番人気のコロッケパンと、メロンパンを手に入れる。合計三三〇円。残金で自販機のコーヒー牛乳を買っていこう。そう考え、購買部を出たところで北條と鉢合わせた。

「逸見くん、これはいったいどういうことよ？」

恋人の浮気現場を押さえたような物言いだった。

一学期は出席番号の席順で過ごすことになっていた。名簿は男女混合で、十七番のぼくのうしろが十八番の北條だ。円周率五千桁をそらんじた自己紹介は強烈だった。関わってはいけない女子だと脳内のセンサーがアラートを鳴らし続けている。プリントを後ろに回した一回と、消しゴムを落とした際のもう一回。話したのは二回きりだ。浮気をとがめられるような関係ではない。

「どういうことって訊いてるの！」

北條が一歩近づいた。同じだけ後ずさる。ごめん、浮気は出来心です、と言いかけて、外したら爆死だな、と口をつぐんだ。

「授業が終わってトイレに寄って、すぐ購買部にやってきた。そしたらもう総菜パンは全部売り切れ。どういうことなの？」

用を足すのを我慢して、まずここに来るべきだった。思春期の空腹を舐《な》めてはいけない。と胸の中で毒を吐き、「北條さんは、なにがほしかったの？」と小声で尋ねる。

「焼きそばパン。もちもち麺で絶品だって、クラスの女子が話してた」

「店主が富士宮《ふじのみや》の出身で、現地からローカルブランドを取り寄せているらしいよ」

「富士宮？　静岡の？　なんで？」

「富士宮のご当地グルメが焼きそばなんだ。富士山の湧水で小麦粉を練ったあと、蒸して茹《ゆ》でずに麺をつくる。だからコシが出て、食感がもちもちになる」

「ふうん、逸見くん、詳しいんだね。――で、買えたの？」

北條が右手のビニール袋に視線を向けた。会話らしい会話もしたことないのに、物怖《ものお》じせず話しかけてくる。たぶん他人との距離感がバグっているのだろう。

「いや、競《せ》り負けた。買えたのはコロッケパンとメロンパン」と袋を開き、戦果を見せた。

「北條さん、いつも弁当だよね？　ぼくは母が寝坊し、パンなんだけど、同じ理由？」

「わたし、おばあちゃんと二人暮らしなのよ。たまには休んでほしいから、今日はお弁当を辞退した」

「よく練られたすてきな祖母孝行だね」

ぼくの皮肉をスルーして、北條が尋ねた。「湘南東に学食あったっけ？」

「ないね」

「近くにコンビニは？」

「三キロ先にセブンが一軒」

「遠いね」

「自転車ならそれほどでも」

「わたし、スピード出ないママチャリだからなあ」

「……食べる、コロッケパン？」

「え、いいの？」

北條は言うが早いか、コロッケパンをつまみあげた。スカートのポケットから、上品な赤色の薄い財布を取り出す。

「一八〇円だよね？　逸見くんは優しいなあ」と笑顔で硬貨を手渡された。

コロッケパンをせしめると、北條はレジに向かって歩いていった。総菜パンはもはやない。なにを買うつもりなのだろう。

「すいません、ペヤングください。あと、そこの紙皿いただけませんか？」

若い女性の店員が「いいわよ。紙皿は売り物じゃないけれど、一枚サービス。お湯はカウンターの電気ポットをご自由に。割り箸使う？」と気さくに応じた。北條は会釈して、焼きそば代をトレイに置く。カウンターに移動しながらぺりぺりと包装をむき、ポットから熱湯を注ぎ入れた。

「逸見くん、中庭行こう。ベンチあるとこ」

紙皿に焼きそばの容器を載せて、北條がそろりと歩き出す。屋根だけの短い渡り廊下が南棟と中央棟をむすんでいた。中央棟の後ろ側、体育館の正面に、正方形のこぢんまりとした緑地がある。各辺に二つずつベンチが置かれていた。

北條はお湯をまったくこぼさずに、ベンチの一つにペヤングを着地させた。容器を挟み、ぼくらは並んで腰かける。

「あのさ、北條さん」

「うん？　ああ、さん付けだったらいらないよ。どうせ胸の中では呼び捨てでしょ？」

図星だけれど、訊きたいのはそういうことじゃない。

「じゃあ、北條。カップ焼きそば食べるなら、コロッケパンはいらなくないか？」

「わたし、パン食べないなんて言ったっけ？」

スマホのストップウォッチをにらみつつ、北條は心ここにあらずの答えを返す。マジか。そんな細い体して、総菜パンと焼きそばのジャンクコンボに挑むのか。

「よし、いいか」

きっちり三分でスマホを置き、ベンチ脇の下水溝に湯を捨てる。液体ソースを振りかけて、綺麗に割った割り箸で麺にからめた。そこでやにわにコロッケパンを取り出して、ラップをはがす。

次の瞬間、ぼくは戦慄の光景を目の当たりにした。流れるような箸使いで、北條はコロッケを皿に移し、パンの跡地に焼きそばを詰め込んだのだ。

「できた。焼きそばパン」

絶句した。北條は満面の笑みを浮かべている。

「いただきます」

制服の背中をピンと伸ばし、うやうやしく、焼きそばパンにかぶりつく。何度か咀嚼《そしゃく》したあと、口元に手を当てて、「初めてだけど、なかなかおいしい。逸見くんも食べてみる？」と勧められた。

「遠慮しておく」

「そう？　もちもち感はイマイチだけど、温かいから麵もいけるよ」

「なぜそこまでして焼きそばパンを？」

「朝から決めていたんだよね、今日は絶対焼きそばパンだって。売り切れが悔しくて、逸見くんのうんちくを聞いていたら、意地でも食べてやる、って気持ちになった」

ぼくのせいか、そうなのか。

「あと、逸見くんから、丸ごとコロッケパンをめしあげるのも後ろめたくて」

食べかけの焼きそばパンを皿に置き、北條は箸でコロッケを持ち上げた。しっかりホールドされているのにつぶれない。

「はい、あーん」

え？

「だから、あーん」

いや、昼休みだぜ？　学校だぜ？　ほかのベンチも埋まってるんだぜ？

「遠慮しないで。もとはといえば、逸見くんのコロッケでしょ？」

北條は意に介さない。というよりも、ポイントがズレている。

「じゃ、わたしが食べちゃうよ？」

あーん、のあとに、女子が自分の口に入れたら、それこそピエロだ。

「わかった、食うよ。食べるから」

「うん、あーん」

ええいままよ、と目を閉じて、コロッケにかぶりつく。どこかからヒューっとはやす声がした。

最悪だ。

＊　＊　＊

「よちよち、パパでちゅよー」と慎之介が一葉のお腹に耳を当て、思いっきり頭をはたかれた。

「灰谷さんは戸田くんの子を身ごもっているのか⁉」

食堂を出たところで北條の表情が凍りつく。

「ぜんぜん違う！　まだそういうことすらしてません！」

「ちっとも許してもらえねえんだ！」

一葉の否定に慎之介が言葉をかぶせ、今度は脇腹をどつかれた。夫婦《めおと》漫才か。

きっかけの一端は、一葉にあると言えなくもない。「あー、おいしかった。やだ、またお腹ぽっこりしちゃったよ」と苦笑しながら両手で腹をさすったのだ。そこに慎之介が乗っかった。

中学の途中で一葉は女子ソフト部を辞めている。あの一件が原因だ。いまはなんの部活もしていない。もともとやせ型だったが、その分食べると腹に出やすい。運動しなくなってから、ウエスト周りを気にしていた。恋していることも理由だろう。

「そうか、妊娠しているわけじゃないんだね。ホッとした。これは善意の忠告だけど、葉山の浜辺だけではしないでね。後始末をしなきゃならなくなる」

慎之介と一葉には、避妊具を回収していることまで伝えていない。二人は意味をくみとれないまま、「浜辺どころか絶対しない」「いきなり外ではありえねえ」と同時に答えた。いいあんばいの温度差だ。

慎之介の両親は夫婦で床屋を営んでいる。店舗兼自宅だから、家にはいつも親がいる。一葉は父が横浜の会社員、母は地元でパート勤務だ。ホテルはハードル高めだろうから、初めては一葉の家で迎えるのだろうか。

「北條さんはすごいよね」と一葉が言った。

「なにが？」

「生シラス丼を完食し、ちーちゃんから釜揚げシラスもめしあげた」

「ああ。逸見くんには貸しと借りの両方あって、食堂では貸しの『あーん』を返してもらった」

さっきぼくにねだったのは、コロッケパンの返却分か。「おいしそうだね、釜揚げも」と囁いた北條に、今度はすぐにピンときた。「一口どうぞ」と丼を差し出すと、北條はそのまま「あーん」と口を開けた。慎之介と一葉が息を呑《の》む。北條はおかまいなしだ。

「ほら、早く」と促され、震える箸でぼくは釜揚げシラスを口へと運んだ。

「うん、おいしい」

噛《か》みしめながら、北條は口に手をあて笑顔を見せる。「とはいえ、やっぱりシラスは生だね。素材の味を堪能できる」

だったらねだるな。

「貸しとか借りとかわからないけど、そうじゃなく、北條さん、逗子駅で天ぷら蕎麦も食べてたでしょ？　なのにちっともお腹が出てない。うらやましいよ」

北條のサマーニットに目をやった。高校ではブレザーのシャツ、ゴミ拾いでもセーラー服を着ているから、あまり意識しないですむけれど、ニットをまとうと体のラインがくっきり浮かぶ。抱きしめたら折れそうなウエストだった。抱きしめないけど。

「蕎麦とご飯は別腹だからね」

さも当然というように、北條は答えた。きっと前世は牛なのだろう。羨望のため息をつき、一葉が言った。

「腹ごなしに少し歩いて、小田急線の片瀬《かたせ》江ノ島駅から電車に乗ろう」

「わたしは道がわからないけど、三人は大丈夫なの?」

「何度も来てるし、迷いようがないほどシンプルだ。ここからなら徒歩十分」と慎之介。

「じゃあそうしよう。——あ、ちょっと待って」

「どうしたの?」

「そこの甘味処で塩ソフトクリームを買ってくる。灰谷さんも食べる?」

「いい、いい、わたしは平気」

「そう? 冷たいよ? 汗をかいたら、適度に塩分をとらなきゃだよ?」

怪物か。別腹がいくつあるのか。やっぱり前世は牛なのか。


片瀬江ノ島駅で小田急線に乗る。六分で藤沢駅に到着すると、すでに午後三時を過ぎていた。駅前のデッキに降り立って、北條はキュロットのポケットからスマホを取り出す。

「灰谷さん、戸田くん、グループLINEをつくろう。逸見くんとはつながってるから、ID教えて」

差し出された二つのスマホのQRコードを読み取って、北條は四人のグループを完成させた。

「わたし、SNSは苦手なんだ。すぐに既読がつかないとか、レスが遅いとか、そういうことでこじれるの、なんか面倒。雑談も得意じゃないから、深夜にだらだらやりとりするのも絶対無理。というわけで、このグループは今日限り。安心してね、灰谷さん」

思わぬボールを放られて、一葉が「ひょっとして、わたしと慎之介のこと気づかってくれたの?」と訊き返す。

「SNSがダメなのは本当だけど、そういうことも考えた」

「ぜんぜんいいのに。話したのは今日が最初だけれども、わたしも慎之介も北條さんの友だちだよ?」

「そうなのか」

「そうだよ」と慎之介。「俺も一葉も千尋も、小学校から共学だから、異性の友だち、まあまあいるぜ」

いや、お前らはともかく、ぼくにはいないぞ。ほしくもないし。

「麻布の森も共学だよね?」と一葉が訊く。

「小中はそうだけど、高等部からは別学なんだ。同じ敷地内ではあるけれど、男子校舎と女子校舎にわかれている。受験対策ね」

なるほど、合理的だ。アオハルのど真ん中に、物理的な壁を設けて男女を隔《へだ》てる。さすが名門進学校。卒業後の予備校通いを前提に「四年制高校」と呼ばれる我が湘南東とは一味違う。

「送った。みんな見て」

北條に促され、全員がスマホに視線を向けた。できたばかりのグループLINEに写真が一枚届いている。

「……うわ、エロい」

慎之介が紐パンを凝視しながら唾《つば》を飲む。「見すぎ!」と一葉がスニーカーを踏んづけた。いいぞ、もっとやれ。そういう恋人同士のお約束はラブコメ好きにはごちそうだ。

「今朝、逸見くんと発見した。若い女性のものだと思われる。ただ、砂浜でなにをしたか、なぜその場に放置されたか、わからない。周囲を捜索したけど、手がかりは見つからなかった。傾斜角度は四十五度と判明している」

北條がまた少女探偵モードに入っている。

「なにしたって、そりゃやっぱりナニだろう」

慎之介がつぶやいて、また一葉に足を踏んづけられた。

「うん、わたしもナニだと思う」と北條が腕を組む。「望まれない命が生まれるとしたら本当に不幸だ。女子高生や女子大生でも身に着けるようなものだったら、わたしと逸見くんは張り込んでも阻止する覚悟。犯人は現場に戻るというからね」

いつぼくまでそんな覚悟を決めたんだ？　と思いつつ、北條にアイコンタクトで同意を強《し》いられた。ぼくは黙って深くうなずく。

「そういうわけで、この周辺のランジェリーショップに紐パンの対象年齢を聴き込むのが今日のミッション。寄り道しちゃって時間がないから、手分けしよう。灰谷さんは戸田くんと、わたしは逸見くんとペアを組む。そこのビルの三階にタリーズがあるから、六時に集合。駅から半径三キロ以内の下着屋さんを検索したので、これからＵＲＬを送ります。上の五軒を灰谷・戸田ペア、下の五軒を北條・逸見ペアが担当ね」

スマホに届いたトークを見ながら、「結構あちこち行かなきゃだな」と慎之介がぼやく。

スルーした北條は「さ、開始！」と号砲替わりにエアウクレレをかなでてみせた。

＊　＊　＊

慎之介と一葉はすでに席についていた。約束の午後六時に十分遅刻し、北條と店に駆け込む。観光客と地元民が半々ぐらい。八月のタリーズは混んでいた。

「すまん、待たせた」と北條が頭を下げる。

「ううん、わたしも慎之介もいま来たところ」

一葉のアイスカフェオレは半分、慎之介のアイスコーヒーは三分一に減っていた。一葉はいつもさり気なく気づかいできる。

「北條は座ってて。ぼくが注文してくるから」

「そうか。じゃあ甘えさせてもらう」

「サイズはショートでいいよね？」

「いや、グランデ」

キュロットのポケットから、財布を取り出し、北條が五百円玉を差し出した。グランデは四七〇ミリリットルのLサイズだ。ショートの二倍近くある。飲み物もきっと別腹なのだ。

「あれ？」

カウンターに向かいかけたところで、一葉が小さく声をあげた。

「北條さん、なに頼むかちーちゃんに伝えたっけ？」

「伝えてない」

北條はスマホを握り、店内のＷｉ－Ｆｉに接続しながらさらりと答える。「伝えてないけど、いつものだから、逸見くんは迷わない」

「無糖ブラックのアイスコーヒーだろ?」

念のために確認すると、北條ではなく一葉が「きゃー!」と反応した。

「阿吽《あうん》の呼吸! 長年連れ添った夫婦みたいだ」

「どうだろう。夏休みに入ってから、毎日いっしょに朝のコーヒー飲んではいるけど、夫婦の域にはほど遠い。いまもグランデなのにショートと間違われた」

北條は大げさに肩をすくめる仕草をした。なんだそれ。夫婦どころかつきあってもいませんが。と反論しかけてやめておく。

「慎之介にもちーちゃんを見習ってほしいなあ。さっき、カウンターでアイスコーヒーを頼まれそうになったんだ。わたしがカフェイン苦手なこと、すっかり忘れられていた」

北條に視線を向けたまま、一葉が慎之介を肘《ひじ》でつついた。

お前もそうか、慎之介。ランジェリーショップの刺激が強く、相当メンタルやられたんだろう。

一葉に負けず劣らず気づかい屋だから、平常心ならお前は絶対そんなミスをしない。

「——さて、じゃあ、灰谷・戸田ペアから報告を」

なみなみとグラスにつがれたアイスコーヒーを一口含み、北條が切り出した。

「結論を先に言うね。同じパンツは売っていなかった」と一葉が答える。ぼくらと同じだ。

「どんなふうに聴き込んだの?」

「リストにあった五軒のうち、紐パンを売っていたのは三軒。『彼氏とすごす、高校最初の夏なんです。ちょっと冒険したいと思ってて』とLINEの写真を見せながら、店員さんに話を訊いた。三軒とも綺麗なお姉さんで、親身になって教えてくれた。なんだかちょっと申し訳なかった」

それも同じだ。

北條は「偽装するならちゃんとやろう」と腕をからめ、ランジェリーショップへ突入した。どの店のお姉さんも、まるで値踏みするかのようにぼくらを眺め、意味ありげに微笑んだ。「積極的な女子高生と童貞くん」に見えただろう。羞恥《しゅうち》にたえかね、北條から腕を離そうと試みる。その何倍もの力で引き戻された。店員さんにも下着にも目を向けられず、ぼくはただ、うつむきながら細い腕の体温を感じていた。

北條は「男の人は面積が少ないほうがいいんでしょうか?」「白よりも赤とか紫とか黒とかが萌えるんですか?」「思春期の男の子には紐パンはアダルトすぎる感じでしょうか?」と物怖じせずに訊いている。「それは相手によりますよ。せっかくお二人でいらしているのだから、彼氏さんに確かめてみてください」と店員さんに水を向けられ、思わず絶叫しそうになった。ぼくらはビジネスカップルなんです、と言いかけて、また北條にぎゅっと腕を引き寄せられる。わかった。余計なことは口にしません。

「灰谷さん、ブランドはどこだって?」

「メーカーは大手じゃないみたい。タグが切られていたから正確にはわからないけど、通販だろうっていうのが店員さんの見立てだった。——えっと、慎之介、なんだったっけ?」

ストローをくわえて黙り込んでいた慎之介が、「ちょっと待て」とスマホを取り出す。アプリを立ち上げ、検索履歴を呼びだした。「はい、これ。店員さんの一人が教えてくれたブランド名」

のぞきこんだ北條が、「Les mensonges des sorcières。フランス語だね」とつぶやいた。

一葉が履歴をタップする。画面は女性下着の通販サイトに遷移《せんい》した。そのまま人差し指で表示を下へとスクロールさせる。まるで春のお花畑のように、色とりどりのランジェリー画像が流れていった。モデルの肢体がなまめかしい。お尻がむき出しになるパンツなんて、いったいどんな女性が履くんだろう。エロすぎる。

「千円台から三千円台が中心か。ブランド名はフランス語だけど、『ヨーロピアンテイストのラグジュアリーでシルキーなフィット感』ってちょっとアレな売り文句だ。写真でも、素材はシルクに見えないね。たぶん、製造はアジアだな」

北條はスマホを手に取り、黒い下着をタップする。親指と人差し指で画面を拡大した。「ポリエステル百パーセント　Made in China」の文字が見える。「ほら、やっぱり嘘だ」と苦笑した。

「北條さん、やっぱりってどういう意味？」

「ああ、Les mensonges des sorcièresって、フランス語で『魔女の嘘』ぐらいの意味なのよ」

「え、フランス語できるの？」

「できるってほどじゃない。ただ、麻布の森には、中等部の三年次と高等部の三年間、第二外国語があるのよ。中国語、ハングル、ドイツ語、フランス語、スペイン語から選択できる。わたしはフランス語を選んだの。高等部には進まなかったから一年間しか学んでいない。がんばって、なんとかル・モンドを読めるぐらい。会話はサッパリ」

「ル・モンドって、フランスの夕刊紙だよな？」と慎之介が割り込んだ。

「授業で使っていたのは紙ではなくてウェブ版だけどね。戸田くん、フランス語いけるんだ」

「英語だけでも四苦八苦。ル・モンドって名前だけ知っていた」と頭をかいた。

慎之介は新聞部の幽霊部員なのだ。

湘南東に合格した直後、武田《たけだ》さんから電話があった。開口一番、「逸見くんと戸田くんに頼みがある」と切り出された。武田さんは東都《とうと》新聞運動部の元記者だ。ぼくらより二つ下の孫がいる。

同じ「葉山少年蹴球団」のメンバーだった。定年を迎えたばかりの武田さんは、よくグラウンドにやってきた。久しぶりの電話なので、宗教かマルチ商法かと構えたが、聞けば湘南東のOBでもあるという。ぼくにも慎之介にもまだ体育会系の血が残っていた。大先輩の頼みとあらば、話ぐらい聞かねばならない。二日後、町内のジョナサンで、武田さんと再会した。

「二人とも大きくなったなあ」と武田さんは目を細め、いきなり白髪頭を深く下げた。「高校で、新聞部に入ってほしい」

「やめてください。みんな見てます。とりあえず、理由を話してもらえませんか?」と慎之介が慌ててとりなす。武田さんは顔を上げ、「もうずっと新聞部は存続の危機なんだ」と肩を落とした。そこから堰《せき》を切ったように話し出す。

湘南東は一九七三年開校だ。新聞部ができたのは翌年のことだという。「その年度末からのセンバツで、神奈川勢の東海大相模《さがみ》が準優勝した。監督は原貢《はらみつぐ》、サードは原辰徳《たつのり》。親子鷹として話題になった」と武田さん。新聞部一期生として、相模原まで取材に行ったこともあり、「あれが運動記者としての原点だった」と遠い目をする。部員は五十人の大所帯。大学を経て本物の記者になった卒業生もいるそうだ。

だが、ネットの普及とともに、状況は一変した。世界中で急速に紙の新聞が読まれなくなっていったのだ。海外では一足早く新聞社が経営危機におちいった。

「アメリカのワシントン・ポストやフランスのル・モンドも買収され、イギリスのインデペンデントは紙をやめた。日本でもこの四半世紀で新聞の発行部数は半分近くに減ってしまった」

湘南東の新聞部も無傷ではいられない。もう長いこと「三人以上の部員によって部活動は成立する」という校則を守るのが難しい状態にあるという。危機感を抱いた新聞部OB・OGが、ツテをたどって新入生を口説き落とし、母校にも存続を働きかけているそうだ。

我が家では父の事故死をきっかけに、新聞をやめた。一葉の家でも見たことない。両親が床屋の慎之介の家だけは、客用に全国紙とスポーツ紙を一部ずつとっていた。

高校ではモブになる、と決めていた。武田さんには申し訳ないが、新聞や新聞部への愛着もない。結局、情にもろく、家がいまどきレアな購読世帯ということで、慎之介が引き受けた。

武田さんと別れたあと、「悪かった」とぼくは詫びた。

「いいよ。お前の事情はわかっている。あの件で、俺はお前に借りをつくってしまった。少しずつ返したいと思ってるんだ」

そうつぶやいた慎之介に、借りじゃないよ、と言いかけて、否定すればさらに自責の念を抱かせる、と言葉を飲んだ。


「じゃ、続いて北條・逸見ペアの報告。逸見くん、お願いします」

慎之介とのほろ苦いやりとりを思い出し、しんみりしていたところで北條にむちゃぶりされた。ターンが変わり、向かいの席の慎之介が胸をなでおろす。北條はずずず、とグランデの底のアイスコーヒーをすすり、ぼくが話し出すのを待っていた。助手にはまったく拒否権がない。

「慎之介と一葉と同じく、ぼくらが受け持った五軒のうち、そういう下着を扱っていたのは三軒でした」と切り出した。残る二軒はしまむらとユニクロだ。どう考えても紐パンは売っていない。にもかかわらず北條は、検索結果から除外せず、いずれの店にも足を運んだ。店員に写真を示し、案の定、「うちではちょっと……」と困惑させた。

「そうですか。すいません。念のため、売り場を確認させてください」と断って、腕をからめたましかった。

背伸びしない普通の女子中高生がつけてる感じの下着が多い。だからこそ、なんだか妙になまな

かわいい系からシックなものまで、ラインナップが充実している。全体的に派手さは控えめ。

平常心を保っていられた。予想外だったのはしまむらだ。

ぼくを女性下着コーナーに連行した。ユニクロはシンプルなブラジャーやショーツが中心だから、

聴き込み中、制服を着た眼鏡姿の女子高生が、熱心にそろいのブラとパンツを選んでいた。挙動不審のぼくだけだったら、完全に通報案件だ。このときばかりは、自分から北條の腕を引き寄せた。ぼくが自意識過剰なのか、単にその子が鈍かったのか、一度チラッと視線を向けられただけで、ほとんど興味を示されなかった。悩んだ末、女子高生は店員を呼び止めて「これ試してみてもいいですか?」と訊いていた。

試着室はドアの下二〇センチほどが開いている。のぞいた細い足首に、頭がくらくらしそうになった。北條に気づかれて、「ばかだなあ。ブラはともかく、パンツは試着しないか、するにしても服の上からなんだよ」とたしなめられる。そうなのか。

というような都合の悪い部分はざっくりと省略し、「ユニクロとしまむらには売ってなく、ほかの三軒では北條が店員さんにあれこれ訊いてくれました。まったく同じ紐パンは扱っておらず、最初の店で店員さんに『通販かもしれないですね。セクシー度が高めの下着はリアル店舗のハードルが高いから、ネットで購入される方が多いんです』と言われました。残り二軒もほぼ同じです。以上です」

「ちーちゃん、いつの間にか丁寧語になってるよ」と一葉がくすくす笑ってる。放っておけ。まだ緊張がほぐれないいんだ。

「対象年齢は？」と慎之介。

「聴き込む前は、若い子かなあ、と思っていたけど、『どんな下着を選択するかは年齢じゃありません。履く人と、パートナーの好みですね』と教えられた。さすがに小中学生で紐パンは珍しいけど、高校生ならありうるし、中高年で愛用している女性も少なくないみたい」

一葉が「私たちも似たようなこと言われた。プロの共通見解なんだね」と納得している。

「――申し訳ない。わたしの見立てが甘かった」

北條が大仰に頭を下げた。

「セクシーな切れ込みと、あざやかな猩猩緋に意識が向いて、奔放《ほんぽう》な若い女性をイメージした。でも、紐パンは蒸《む》れにくく、ゴムの跡がつきにくいうえ、ボトムスに下着のラインが出にくいというメリットもあると知った。締めつけないから健康にもいいらしい。言われてみればその通りだ。用途は『勝負』だけじゃない。わたしの推理が浅かった」

ブランドがはっきりすれば、どの世代向けかわかるかな、とも考えた。だが、これだけ機能性に優れると、製造元が想定したターゲット以外の女性が購入する可能性もある。慎之介と一葉がヒントを見つけてくれたが、ブランドはわからぬままだ。念のため、スマホで画像検索してみたが、完全に一致する紐パンは見つからなかった。

「事件はふりだしに戻る、か」と北條がつぶやいた。また探偵モードに入っている。時刻は七時を回っていた。「明日も早いし、そろそろ戻るか」とやんわり促す。

「そうだな。その前に、明日のため、寄っておきたい場所がある」

溶けかけたグラスの氷をガリッと齧《かじ》り、北條は言葉に力を込めた。

「これから寄りたい場所？　スイーツ店とか洋服屋？」

はぁあ、とあきれた声をあげ、北条はいつかと同じ台詞を口にした。「人の話はちゃんと聞こうよ、逸見くん」

「かなり注意して聞いていたけど」

「あのね、いま、わたしたちはなにについて議論していた?」

「議論じゃないけど、テーマは紐パン」

「そう。そして事件はふりだしに戻った。次の一手はどう打つべきかな?」

「あきらめないんだ」

「子どもの命がかかっているかもしれないでしょ」

「だから、さっき北条自身が言ってたように、健康志向の中年女性が着用していた可能性だってあるんじゃない?」

「——張り込みます」

え?

「浜辺で張り込む。決行は明日の夜」

いや、そんな急な日程よりも、まずはぼくの疑問に答えてほしい。という切なる願いは当然、無視だ。巻き込まれるのを恐れたのだろう。慎之介は「俺たちも?」と上目づかいに北条を見た。

「戸田くんと灰谷さんはこなくて平気。これはわたしと逸見くんの戦いだから」

いつの間にかゴミ拾いが「戦い」に変わっている。なるほど、ぼくらは探偵と助手じゃなく、司令官と一兵卒だったのか。

「張り込み楽しそう! わたしはぜんぜん構わないよ。ねえ、慎之介?」と一葉が目を輝かせた。

「あ……俺はお盆明けのセミナーの準備もあるし」と慎之介がごにょごにょ言っている。

夏休み直前、新聞部の顧問に「首都圏高校新聞部交流サマーセミナーin YOKOHAMA」への参加を押しつけられたとぼやいていた。お盆明けの開催だ。活動をまとめたレジュメ一枚つくるのに、十日以上はかからないだろう。

「灰谷さんと戸田くんの気持ちはありがたく受け取っておく。ただ張り込みは、大人数だと見つかりやすい。犯人が訪れた場合、かなりなまめかしい展開になることも予想される。恋人同士の二人が見たらもよおしかねない。ここはビジネスカップルであるわたしと逸見くんで引き受ける」

北条はきっぱり言った。よくわからない使命感に泣きそうだ。

慎之介はあからさまにホッとした表情を浮かべている。一葉はまだ少し名残惜《なごりお》しそうだ。

「……百歩譲って張り込むとして、決行は明日の夜だろ？　今日はこれからどこに行くのさ？」

北条はじろりとぼくの顔を見る。「わたしはね、礼節はわきまえたいの。人様の大事なご子息を、一晩お借りするんだよ？」

はい？

「行きたいところは文隣堂書店藤沢店。オールの許可をちゃんといただく。お母さん、今日出勤だって言ってたよね？」

「『お嬢さんをぼくにください』ってやつだ！　あ、逆か。『ご子息をわたしにください』だね！」

一葉がとんちんかんに反応し、慎之介の肩を興奮気味にバンバン叩いた。恋愛脳は手に負えない。いや、いちばん手に負えないのは、大真面目にビーンボールを放り続ける北条だ。

だいたい、母ちゃんになんて言うんだよ。「紐パンを脱ぎ捨てた女が、また浜辺に戻って不埒《ふらち》なことをしでかすかもしれないので、阻止するために息子さんと張り込みます」か？

いや待てよ。シングルマザーで腹の座った母ちゃんだ。性格はさばけている。むやみに尻を叩かず見守ってくれているのはありがたいけど、あの一件以来、ひきこもりがちの一人息子に気をもんでいるのは間違いない。北條みたいな礼儀正しい変人が、ぼくを連れだすことを、むしろ歓迎する可能性もある。

幼なじみで唯一気のおけない異性の一葉が、慎之介とつきあっていることは知っている。「千尋と一葉ちゃんがいっしょになってくれたらいいなと思ってたけど、慎之介くんの彼女ならば仕方ないわね。高校で、あなたもいい人見つけなさい」と春先にしみじみ言われた。

北條の見た目は悪くない。というか、むしろいい。常識はずれで奇想天外なのに、箸使いは完璧だ。基本動作がしみ込んでいる。円周率はともかくとして、偏《かたよ》ってるけど、フランス語の新聞まで読みこなす才媛《さいえん》だ。もしかしたら、母ちゃんは北條を気に入るかもしれない。喜ばせたあと、実は彼女でもなんでもなく、探偵と助手、あるいは、司令官と一兵卒の関係だと伝えたら、またため息をつかせてしまうだろうか。

「さ、行くよ。早くしないと文隣堂、閉まっちゃう」

四人のグラスをトレイに集め、北條が立ちあがる。返却棚で手際よくゴミを分け、「ごちそうさま」と店員に声をかけて店を出た。ぼくらは慌てて追いかける。

北條の発言は、いつだって決定事項だ。

＊　＊　＊

タリーズを出て藤沢駅前のペデストリアンデッキを半周する。ＪＲの線路に面した築六十年の雑居ビルに入った。この二、三階が文隣堂書店藤沢店だ。

母ちゃんの職場を訪れるのは小学校以来だった。当時は横浜の上大岡《かみおおおか》店に勤めていた。葉山で生まれ、横須賀の県立高を卒業後、横浜の公立大を出て神奈川が拠点の文隣堂に就職した。ふりだしは横須賀店で、そのあと鎌倉店に異動になり、確か三ヵ所目が上大岡店だった。生まれてこの方、三浦半島とその周辺をぐるぐるしている。まごうことなき「湘南女子」だが、息子にとっては単なる酒好きのおばちゃんだ。

亡き父は横須賀の出身だった。中学時代、母ちゃんになれそめを訊いたことがある。「わたしが口説き落としたの」と笑ってはぐらかされた。

写真の父は一昔前のイケメンだった。くっきり二重に厚い唇、高い鼻。昔の言葉で言えば「バタ臭い」顔立ちだ。目じりが少し垂れているので、優しそうな印象を受ける。三歳で亡くなったから、ぼくにはほとんど記憶がない。

文隣堂に入ってすぐ、「そうだ、読書感想文やらなきゃだ」と一葉が自分の頭を平手ではたいた。入口近くのいちばんいい場所に「文隣堂藤沢店がお勧めする夏の五十冊」のコーナーが設けられている。毎年夏の恒例で、店舗ごとに書店員が五十冊を選ぶ企画だ。小説もビジネス書も絵本もごちゃまぜで、古典からベストセラーまでなんでもある。出版社もばらばらだ。一冊ずつ手書きのポップが添えられて、書店員が署名付きで本の魅力を紹介している。

いい意味でラインナップがそろっていない。それがかえって読書好きには好評だった。「毎年楽しみにしてくれるお客さんがいるから、私たちも手が抜けない」と母ちゃんは笑っていた。

「一葉、俺はすでに読み始めたぜ」と慎之介が胸を張る。

「感想文の課題図書って、漫画以外は自由だよね？　なに読んでるの？」

「ダニエル・キイスの『アルジャーノンに花束を』」

「聞いたことある！　わたしや慎之介が小さいころ、ドラマにもなっていたよね」

「そうなんだ」

「え、それきっかけで知ったんじゃないの？」

「いや、国語の先生に『ひらがなばかりで読みやすいぞ』と勧められた。まだ最初の数十ページだけれど、マジひらがなだらけ。これなら三日で読み終わる」

慎之介は理数系にはめっぽう強いが文系は不得手だ。根っからのお人よしでもある。まんまと国語教師にかつがれた。

『アルジャーノンに花束を』は中学時代に読んでいた。母ちゃんが教えてくれたのだ。

掛け値なしの名作だった。あの一件のあとだったからだろう。活字を追いつつ、涙が出た。

知的な障害がある主人公のチャーリーは、脳の手術を受けてどんどん賢くなっていく。だがＩＱが高まるにつれ、知りたくなかった残酷な事実や他人の悪意に気づかされる。天才になったはいいが、待ち受けていたのは深い孤独と絶望感だ。やがて、チャーリーは致命的な手術の欠陥を知ってしまう。ＩＱが上がるのは一時的で、ピークを過ぎると、再び低下してしまうのだ。

「アルジャーノン」はチャーリーがかわいがっていたハツカネズミの名前だった。先に脳の手術を受け、知力が上がり、その後、発狂して死んでいく。そのさまに、チャーリーは戦慄《せんりつ》する。あんなに望んだはずなのに、「頭がよくなる」ことは決して幸せを担保しないのだ、と。

この世には、理不尽と不条理がまかり通っている。知らない、見ない、関わらない——。はたから見れば「無知」だけど、主観的にはそれこそが本人の「幸福」なのだ。そんなメッセージを物語から受け取った。

まだ知力が低いころ、チャーリー視点の文章は、ひらがなばかりでひどくつたない。慎之介が読んでいるのはきっとそのあたりなのだ。手術を受けて賢くなるにつれ、漢字が増え、内容もどんどん高度になっていく。見事な翻訳だった。ＩＱがピークに達し、下降しだすと、今度は逆に漢字が減り、ひらがなが増えていく。物語は「ついしん。どーかついでがあったらうらにわのアルジャーノンのおはかに花束をそなえてやってください。」という一文で幕を閉じる。

「えっと、お待ちのお客様は……」

文隣堂のロゴが入った黒いエプロン姿の母ちゃんが、カウンターの若い店員に尋ねている。さっきぼくが呼び出しを依頼した。

店員に右手で示され、こちらに向き、「わ、千尋！　どうしたのよ？」と驚いた。

「ごめん、忙しい時間に」

「いやまあ、ピークは過ぎたし、そろそろ上がり時間だからいいけれど。――え、一葉ちゃんと慎之介くんもいっしょなの？」

「ごぶさたしてます」

一葉がペコリと頭を下げた。

「突然すいません」と慎之介も会釈する。

言い出しっぺの北條はどこだ、と周囲を見回す。「夏の五十冊」のコーナーで、仁王立ちして単行本を読んでいた。眉間にしわを寄せている。マイペースにもほどがある。

「北條！　おい、北條！」と二度呼んだ。

最近わかったことがある。北條には過集中の癖《へき》があるのだ。瞬間的になにかに没頭し、周りのことが見えなくなる。もちろん、声も聞こえない。

「北條！」

三度目に呼んだところでようやく気づき、慌てて本を戻している。そんな夢中になにを読んでいたのだろう。平台に目を凝らすと『イルカを捉えた男〜ドルフィンズダイナ創業者の二十年』と書名が見えた。ご当地モノのビジネス書だ。

お昼時、江の島でドルフィンズダイナを腐《くさ》していた。原価やら人件費やら、やたらと詳しかったのは、こういう本にも目配りしているからなのか。ぼくの好きな甘酸っぱいラノベや漫画には興味がないに違いない。

「母ちゃん、同じクラスの北條さん」と隣に立った同級生を紹介する。

「初めまして。北條初音と申します。席が逸見くんの後ろなので、仲良くさせていただいています」

借りてきた猫のようなすました声であいさつし、うやうやしく頭を下げる。空気が読めない一方で、こういう所作は完璧だ。

「いつも千尋がお世話になっています」

母ちゃんが笑顔で応じる。「初音ちゃんは渚中学校じゃないわよね？」

「はい。この春に東京から葉山に越してきました。父が町の出身なんです。今は都内に住んでいますけど、実家があり、わたしは祖母と二人で暮らしています」

「あら、それは大変」

「いえ、ちっとも。実は軽い喘息《ぜんそく》があるんです。それで、自分から葉山に来たいと願い出ました」

北條はときどき、「へぇえ」とか「はぁあ」とかおかしな息を吐くことがある。揶揄《やゆ》されているのかと思ってたけど、喘息のせいだったのか。

「こっちは空気がいいものね」

「景色も綺麗で、引っ越してきてよかったと思っています」

ラブコメの病弱なヒロインが、それでも健気《けなげ》にふるまうように、北條は口に手をあて微笑んだ。

無意識だろうがあざとすぎる。

「おばさん、北條さん、すごいんだよ。住んでいたの、港区なんだ。しかも中学まで麻布の森に通っていた」と一葉が横から口を挟んだ。

北條は否定も肯定もしなかった。ただやわらかい笑みを浮かべている。事実だから否定すれば誤りだ。とはいえ、肯定するのは感じが悪い。受け流すのが正解なのだ。

「港区女子で、名門私立の出身なのね。それでそのお召し物にも納得だわ」

「母ちゃん、ノースリーブのサマーニットに、チェックのキュロットなんて、女子高生の定番だろう？」

首をひねったぼくの頭をぽんぽん叩き、「きっと、ちゃんと教えなかったお母さんのせいだわ。千尋にはファッションセンスが育たなかった。ごめんなさいね」とあわれまれた。やめてくれ、そういう子ども扱い。北條と一葉とはいえ、女子の前だ。恥ずかしい。

「ニットの素材はカシミア。ブランドはディオールよ。キュロットはバーバリー。上下あわせて中古の軽が買えるぐらいの値段だわ。ね、初音ちゃん？」

「そうなんですか？　家にあるのを着てきただけです」

満点の切り返しだった。きっと北條は気に入られる。母ちゃんは地頭《じあたま》がいい子が好きなのだ。

「で、折り入ってのご相談なんですが、明日、ご子息を一晩わたしに貸していただけませんか？」

もはや絶対断られない――。そう確信したように、北條は本件を切り出した。母ちゃんは理由も訊かず「どうぞどうぞ。初音ちゃんがよかったら、二泊三日でも構わないわよ」と即答した。
女衒《ぜげん》かよ。と胸の中でぼくは毒づく。

＊　＊　＊

自宅マンションに帰りつく。鍵を挿したら開いていた。午後十時前。母ちゃんが先に帰宅したようだ。洗面所で手を洗い、居間に出る。スウェット姿の母ちゃんが、キュウリとナスの浅漬けをつまみに缶ビールを飲んでいた。ぼくにチラッと目を向けて、テレビのニュースに視線を戻す。

「遅くなってごめん。帰りに逗子のマックで慎之介たちと駄弁《だべ》ってた」

「だったらお腹は減ってないのね？　食べるなら肉じゃが温めるけど。ポテトサラダもあるわよ」

「大丈夫」

「そう。汗かいただろうから、まずシャワーを浴びてきなさい。ジャケットはハンガーにかけといて。背中の汗染み、お母さんが抜いておくから」

わかった、と答え、風呂場に向かう。服を脱ぎ、扉をあけるとほんのり石けんの香りが漂った。母ちゃんが先に浴びたらしい。浴室の濡れた床が熱を帯びている。人肌のぬくもりみたいに感じられ、ぼくはなんだかホッとした。

誰かとこんなに長い時間、出歩いたのは久々だった。慎之介と一葉は昔なじみだけれど、恋人同士だ。まだときどき距離感をはかりかねる。おまけに今日は、北條という「異物」が加わり、ずっと気を張っていた。

シャンプーで頭をごしごし洗いながら、北條のことを考える。

完璧なマナーと、博覧強記と、空気を読まない自由なふるまい。ランジェリーショップを捜索中、ずっとからまっていた細い腕は温かかった。見ないふりをしてきたが、サマーニットは体にはりつき、否が応でも体のラインを意識させた。

そこでぼくは気がついた。女の子のそういうところを全裸で考えている同級生は相当キモい。

「うわぁあああああ！」と声に出して羞恥心と自己嫌悪を吐き出した。

「どうしたの？」と扉越しに母ちゃんの声がする。「なんでもない！」とぼくは叫び、シャワーの蛇口を全開にした。


寝巻がわりのスウェットに着替え、バスタオルで頭を拭きつつ、居間に戻る。エアコンが心地いい。ニュースはどこかの夏祭りを報じていた。熱中症で大勢が救急搬送されたらしい。

「千尋も飲む？」

母ちゃんが食卓の缶ビールを持ち上げる。

「未成年に勧めるなよ」

「もう高校生だし、大人みたいなものじゃない」

悪戯《いたずら》っぽく笑っている。飲ませる気はなく、単にぼくをからかっているのだ。しかめっ面《つら》を向けたあと、冷蔵庫から麦茶の容器を取り出した。コップに注ぎ、一気に飲み干す。生き返る。

「面白い子だよね」

「誰のこと？」

わかっていながら照れ臭く、おかわりの麦茶を注ぎ、ぶっきらぼうにぼくは尋ねる。

「初音ちゃん」

「北條、初対面の女子があっという間に打ち解けて、名前で呼び合うことを嫌っていたぞ」

「いいのよ。わたしは年上だし、『陽子《ようこ》ちゃん』じゃなくて『逸見くんのお母さん』と呼ばれてるんだから。名前での呼び合いじゃないでしょう?」

その言い分には一理ある。それに、一葉を「一葉ちゃん」とちゃん付けしながら、北條を「北條さん」と呼ぶことに、違和感がなくもない。

「熱心に『朝練』に出かけていたの、そういうことだったのね」

母ちゃんが含み笑いをした。

北條は文隣堂で経緯を打ち明け、「それで明日の夜、不法投棄を現行犯で取り押さえるため、逸見くんと浜辺で張り込もうと思っているんです」と説明した。あくまでもゴミの話にして、紐パンと避妊具についてはしゃべらなかった。

「変なふうに勘繰られるのが嫌だったから、黙っていたんだ」

「勘ぐらないわよ。女の子といっしょでも、ゴミ拾いは十分立派。いい運動にもなるでしょう。千尋、最近ちょっと締まってきたんじゃない? 日に焼けて、健康そうにも見える。やっぱり年ごろの男の子には、可愛い女子がいちばんのモチベーションになるんだね」

「だから、そういうのじゃないんだって。北條は見ての通りの変人だ。可愛いとか、そんなたぐいの対象じゃない」

浴室で妄想したことはもちろん言わない。

「ふうん。わたしは可愛いと感じたけどね。それに健気《けなげ》だ」

思わぬことを口にする。健気? 北條のどこらへんにそういう要素があるんだろう。軽い喘息を隠してたってところか？

缶ビールをちびちびすすり、母ちゃんはしばらく黙ったままでいた。ニュースは天気予報を映している。明日も関東地方は猛暑らしい。

「――表面だけ見ていても、他人のことはわからない。あはは、と笑っているけれど、胸の中で泣いてることも、その逆の場合もある。初音ちゃんは自分が抱えているものを、努めて意識しないように振る舞っていると感じられた。だから健気で、痛々しい」

「北條が抱えているもの？　それってなにさ？」

「そこまでは、お母さんにはわからない。一方的に詮索《せんさく》しても駄目だと思う。千尋だって、だいぶ回復したけれど、まだ心の疵《きず》が癒《い》えてないでしょ？　他人にほじくられたら血がにじむ。ひきこもって身を守るのが次善ならば、お母さんはそれでもいいと思っている。初音ちゃんもおんなじよ。千尋が言う『変人』の姿って、初音ちゃんなりのひきこもりの形なのかもしれないよ」

母ちゃんは、テレビを見ながらつぶやいた。

浅漬けの小皿とコップを持ち、母ちゃんがイスから立ち上がる。ぼくはビールの空き缶を分別し、冷蔵庫に麦茶を戻した。食器を洗い、手を拭いて、「どこだったっけな」と母ちゃんがつぶやく。そのまま寝室に引っ込んで、五分して戻ってきた。

「なに探してたの？」

「これ」

母ちゃんが紙焼きの写真を食卓に置いた。少し色があせている。被写体は高校生三人だ。卒業式の後らしい。卒業証書が入った長い筒を手にしている。詰襟《つめえり》の男子を中央に、右側には長い髪の女の子、左側には短髪の女子が立っていた。垢抜けないセーラー服と学ランに時代を感じる。男子は誰だか一目でわかった。

「若いなあ、父ちゃん」

「なかなかの二枚目でしょ。自称『県立横須賀海浜《かいひん》高校のトム・クルーズ』」

「相当痛いね、その自称」

「うん、痛い。いま聞くと激痛だ。でもね、当時はそういうバタ臭い顔がモテたのよ。たのきんトリオも一世風靡《いっせいふうび》セピアも松村雄基《まつむらゆうき》も竹本孝之《たけもとたかゆき》もみんなそうだった」

申し訳ないけど全員知らない。

「こっち、誰だと思う?」

母ちゃんが短髪少女を指さした。口を大きくあけながら、はじけるように笑っている。クラスに一人はいるお調子者の女子だろう。黙っていればそこそこ可愛いのに、と男子から残念がられるタイプだ。

「父ちゃんの彼女?」

「ぶぶー。つきあってたのは右の子」

母ちゃんは愉快そうだ。たぶん少し酔っている。長髪の女の子は証書と反対の手で花束を握り、うつむき気味にはにかんでいた。スラリとやせて、抜けるように色が白い。いま基準でも掛け値なしに美少女だ。

「綺麗な子でしょ?」

「そうだね。父ちゃん、リア充だったのか」

「大リア充よ。よくモテた。とはいえ昔は『押忍《おす》、自分、愛する女を一途《いちず》に守り抜く覚悟っす』

がイケてるオトコのたしなみだった。だからお父さんも彼女一筋。あ、この場合のオトコは『男』じゃなくて『漢』のほうね」

卓上に母が指で漢字を書いた。トム・クルーズだけど「漢」なのか。昔の男子は複雑だ。

「――千尋」

「なに？」

「あなたじゃなくて、この子の名前。雫石《しずくいし》千尋。あなたの名前はお父さんの元カノと同じだって言ったよね？」

あっ、と短く声が出る。この美少女がもう一人、というか、オリジナルの「千尋」なのか。

改めて写真を見る。ぼくとはちっとも似ていない。母ちゃんは「お父さんとよく話して名前を決めた」と言っていた。つまり「千尋」に同意したってことだ。なれそめははぐらかされたけど、高校を卒業後、どこかのタイミングで父と母は結ばれている。二人は父の元カノと同じ名前を長男につけたのだ。息子の名前を口にすれば、父も母も千尋さんを思い出すだろう。「漢」のくせに、父ちゃんはなぜそんな名前をつけたのか。なにより母ちゃんには抵抗がなかったのだろうか。

「大事な親友だったのよ」

母ちゃんが言った。笑みをたたえたその顔を、ぐいっとぼくに近づける。

「鈍いわね、千尋。ほら、気がつかない？」

指先で右の目の下を指さした。母ちゃんにはちょっと目立つ泣きぼくろがある。あっ、と再び声が出た。改めて写真に目をやる。今度は左の少女を凝視した。粒子が荒い紙焼きだけど、写真の子にも目じりに同じほくろがある。

「左側、母ちゃんなのか！」

「今より十キロやせていたとはいえ、息子よ、ちゃんと気づきなさい」

苦笑いしながらぼくの頭をぽこんと叩く。言われてからよく見れば、確かに面影がある。

自分の親に高校時代があったなんて、想像すらしなかった。ぼくにとって、母ちゃんは生まれた時から母親なのだ。父は若くして亡くなった。マンションで狭いから、うちに仏壇はない。その代わり、玄関の靴箱の上に写真立てが置かれていた。母ちゃんは「行ってきます」「ただいま」と毎日父にあいさつしている。ぼくの知る父ちゃんは、写真の父だ。母ちゃんとは異なって、いつまでたっても歳をとらない。だから詰襟姿にもピンときた。

「その三人、どう見える？」

「イケメン彼氏と綺麗な彼女、その親友、でしょ？」

「それじゃお母さんの説明通り、カメラが写した通りじゃない」

「違うの？」

はぁ、とため息ついた母ちゃんは、写真を手に取りじっと見つめた。ぼくは黙って言葉を待つ。

「――横恋慕《よこれんぼ》していたのよ、お母さん」

懐かしむような口調だった。「わたしたち三人は、高二で同じクラスになった。最初から馬があい、すぐにいっしょに過ごす機会が増えた」

初めて聞く話だった。

「その年の冬、お父さんは千尋に打ち明けた。実はね、お母さん、その前からお父さんに惹《ひ》かれていたんだ。でも三人の関係性が壊れそうで、言えずにいた。わたしがぐずぐずしているうち、お父さん、告白しちゃったのよ。千尋、見ての通りの美人だからね。で、二人はつきあい始めた。お父さんも千尋も友だち思いだったから、デートに時々わたしを混ぜた。お母さんはずっと気のないそぶりでおちゃらけて、でも家に帰ると布団をかぶり、焼きもち焼いて泣いていた」

マジか。まるで純情な乙女じゃないか。

「三年の春、お母さんとお父さんは同じ横浜の公立大、千尋は横須賀の薬科大に合格した。お父さんといっしょの大学に行きたくて、お母さん、猛勉強したのよ。千尋から奪うつもりなんてなかったけれど、それでもお父さんの近くにいたかったのね。千尋の家は三浦だから、大学でお父さんとは距離ができる。後ろめたさを感じつつ、お母さん、どきどきしていた」

母ちゃんは「もう一缶だけ飲むわ」と苦笑いして、冷蔵庫からビールを取り出した。プルを引き、口に含んで「ちょっと値段は高いけど、やっぱりプレミアム・モルツはおいしいねえ」と目を細める。そして続けた。

「あれは、わたしたちの卒業式の日のことだった」


式典を終え、体育館からクラスに戻る途中、千尋さんと二人になった。母ちゃんは「卒業しても、いつまでも、三人で仲良くいようね」といつもの調子でお道化《どけ》てみせた。めずらしく、その日の千尋さんは元気がなかった。「陽子とはずっと親友でいられると思っている。でも、逸見くんはどうだろう……」とうつむいた。いまにも泣き出しそうな顔をしている。母ちゃんは驚いて、「浮気でもされたの?」と訊き返した。

「千尋はね、黙って首を横に振り、お母さんの制服のそでを握ったの。廊下にたたずみ、ほかの卒業生が行き過ぎるのを待っていた。そのうち周りに誰もいなくなり、何度も何度もためらって、視線を床に落としたまま、千尋はぽつりとつぶやいた」

「なんて？」

ぼくの問いに即答せず、母ちゃんは缶ビールに口をつけ、いかにもほろ苦そうな顔をした。

「『昨日、逸見くんと初めてした』って」

合格するまでやめておこう、とお互いに約束していたらしい。父ちゃんはそれを守った。だから、そうなったのは、千尋さんも同意の上だ。決して無理強いしたわけではない。むしろ千尋さんから家に誘った。

ぎこちなくことを終え、「どうしようもないぐらい、逸見くんを好きになった」と千尋さんは打ち明けた。「もちろん、今までも好きだった。でも、逸見くんと一つになって、その好きのレベルが何段階も跳ね上がった。絶対に失くしたくない。逸見くんがいなければ、わたしはきっと死んでしまう。そんなふうに感じたの。それで、昨日から、わたしはずっと震えている。好きで好きで、失くすことが恐ろしく、どうしていいかわからない。逸見くんは誠実だ。その前も、その後も、なに一つとしてわたしを不安にさせるようなふるまいをしない。だから、こんな思いを伝えたら、きっと逸見くんを困らせる。誠意を疑っているようで、傷つけかねない。ごめんね、陽子。気持ちの持っていき場がなくて、陽子にこんなことを話しちゃった。これはわたしの問題だ。わたしだけの問題だ。ああ、わたしは本当にばかだなあ」

泣きじゃくる千尋さんを、母ちゃんは優しく抱いた。しなやかな長い髪をなでながら、「大丈夫、大丈夫だよ。最初だから、きっと気持ちが昂《たかぶ》っているんだ。逸見くんは千尋のことだけ見ている。二人はずっといっしょにいられるよ」と慰めた。

「そのときね、お母さんは観念した。もうダメだ。お父さんと千尋は添い遂げる。どんなに時間をかけてでも、綺麗さっぱりお父さんをあきらめよう。二人のことを応援しよう、って」

どう反応すべきかわからずに、ぼくはやっとの思いで「母ちゃん、格好いいな」とつぶやいた。

当たり前のことを失念していた。父にも母にもアオハルがあったのだ。恋をして、嫉妬して、涙を流す。そんな季節を通り過ぎ、大人になって、結婚し、ぼくが生まれた。

「格好いいだろう。どうだ、母を見直したか」

残りのビールを一気に飲み干し、ぷはぁ、と息を吐いてから、薄く笑った。「この写真はね、そのあと、ホームルームを終えて、昇降口を出たところで後輩が撮ってくれた一枚なんだ」

母ちゃんが食卓に写真をもどす。満面の笑みを浮かべた短髪の女子高生が、今度はなぜか泣いているように感じられた。


表面だけ見ていても、他人のことはわからない——。

その言葉を反芻《はんすう》する。ぼくの疵になぞらえて、さらに例を示すため、母ちゃんは自分の話をしてくれたのだ。

「このころのお母さんと、初音ちゃん、ちょっと似ている気がしない？」

どうだろう。短い髪は共通だ。背丈もたぶん、同じぐらいか。でも、こんなふうに笑い泣きする北條は見たことがない。

いつだってふわふわとつかみどころがなく、ひどくぼくを戸惑わせる。心を乱す。だからこそ、最近ぼくは、北條から目を離せない。

母ちゃんは写真をスウェットの胸ポケットにそっと収めた。

「さ、もう遅いから、そろそろ寝なさい。明日は朝練と張り込みのダブルヘッダーでしょう？お父さんの野球帽、必ず持っていきなさい。水分をたっぷりとって、熱中症には気をつけて。夜は案外冷え込むから、ビニールシートとタオルケットも忘れないように」

空き缶を片付けて、母ちゃんは言葉を継いだ。

「初音ちゃん、たぶん、いいところのお嬢さんよ。浜辺で一夜を過ごすなんて未経験でしょう。漢《オトコ》として、あなたがしっかり守りなさい。頑張って、いいところを見せてきなさい」

歯を磨いて自室に戻り、ベッドにごろん、と横たわる。電気を消し、薄い毛布をたぐり寄せた。藤沢からの復路はJRを利用した。北條は異論を唱えなかった。行きで十分、海を堪能したらしい。大船で湘南新宿ラインから横須賀線に乗り換える。逗子までの十分ちょっと、ぼくの隣に腰をかけ、北條は居眠りした。小さな頭がぼくの肩にもたれかかる。身じろぎできず、緊張しながら黙っていると、囁くような寝言が聞こえた。

「……嘘ばっかり」

一瞬、サマーニットのふくらみを、見て見ぬふりしていたことを見透かされたのかとあたふたした。寝言に釈明しても意味がない。違っていたら墓穴を掘る。手汗をかいてつばを飲み、落ち着け、自分、と繰り返した。

「……大人は本当に嘘ばかり」

もう一度、北條はつぶやいた。

ベッドに深く身を沈め、目を閉じる。

本当にそろそろ眠らないと、明日の朝起きられない。

失恋した女子高生の母ちゃんは、いったいどこで巻き返し、父ちゃんを千尋さんから奪還したのだろう。

北條が言う嘘つきの大人って、誰のことだ。

ぐるぐるぐる。答えの出ない謎だけが、頭の中で回転している。

本当に長い一日だった。

ぼくの小さな脳みそは、すでにキャパオーバーだ。演算不能。更新せずにシャットダウン。

パソコンを強制的に終わらせることをイメージした。成功だった。

暗闇に飲まれるように、ぼくの意識はすとんと眠りに落ちていく。

＊　＊　＊

朝のゴミ拾いから帰宅した。部屋のエアコンをフル回転させ、ベッドに倒れる。遅刻するとやっかいだから、疲れていたけど今朝は気力で飛び起きた。

砂浜に到着すると、すでに北條が待っていた。照りつける夏の陽に、いきなりぼくは音《ね》をあげる。イヤホンを耳に挿し、いつもと変わらぬ熱心さで、北條は酒の容器を拾い始めた。小さな体のどこにそんなパワーがあるのだろう。手を休め、離れた場所からセーラー服を見つめていた。

「逸見くん、サボらない！」

見つかって、たしなめられる。ごめん、とトングを左右に振って、足元のサワーの缶をつまみあげた。今日も避妊具は見つからない。今年の観光客は、きっと品行方正なのだろう。

活動後の反省会で「じゃ、夜は十時に集合ね」と言い渡された。

北條は昨夜、あっさりぼくの母を口説き落とし、夜通しの張り込みの了承を取りつけた。いまさらだけど、オールをとがめられるのは女子じゃないか、とぼくは思う。察したように「わたしはおばあちゃんとの同居でしょ。早寝なのよ。九時過ぎには床につくから、こっそり抜け出す」と言ってのけた。夜中にトイレにたったらどうするんだよ。と突っ込みかけて、やめておく。いましがたのやり取りを思い出し、とにかく仮眠しておこう、と目を閉じた。藤沢とはいえ、昨日は久しぶりに遠出した。まだ体から疲労感が抜けていない。

エアコンの冷気が心地よく、あっという間に眠りに落ちる。目覚めると、夕方だった。居間に移動し、ソファーに座る。リモコンを操作して、録画していた深夜アニメをテレビ画面に呼び出した。本当は昨日、観るはずだった。

ツンデレの妹と、同級生の美少女が、冴《さ》えない高二男子を取り合うラブコメだ。原作のラノベは既刊十巻まで読んでいる。ネットニュースの情報では、アニメ一期は五巻までを描くらしい。あらすじがすらすら出てくるぐらい好きなのに、これまでとは自分の温度が微妙に違った。今回もアニメの出来は申し分ない。相変わらず妹は萌え満点だし、凛とした同級生も美しい。コミュ障の主人公には自分が重なり、共感できる。

にもかかわらず、ぼくの内部の熱量は、以前のようには高まらなかった。没入できず、一歩引いてアニメを観ている自分がいる。ぼくは途中で視聴をやめた。きっと疲れているのだろう。

シャワーを出たところで、仕事から母が帰ってきた。「ちょっと待ってて、すぐ夕食つくるから」とあわただしく台所に立つ。出勤前にタイマー予約していた炊飯器からは、湯気とともにほんのり甘いご飯の匂いが漂ってきた。今夜はカレーだ。

　フルタイムで働きながら、不出来な息子の世話までこなす。高校時代、のちの父と交際していた親友に、泣きながら焼きもち焼いた女子高生は、今や立派な「お母さん」だ。十キロ増えた体重も、なんだか愛おしく思えてくる。

　もしここに「お父さん」がいたとしたら、家庭はどんな感じになるのだろう。

　もっとほんわかぬくもるのか、それともピリッと締まるのか。

「お母さん」が醸《かも》し出す雰囲気はよくわかる。でも、「お父さん」のそれはまるで像を結ばない。


「いただきます」と母が両手をあわせる。

「いただきます」とならったぼくは、カレーライスにさじを入れた。

　食卓の向かいに座った母は「今日も暑かったわね」とつぶやいて、プライベートブランドのビールに口をつけた。正確には発泡酒だ。一缶税込み一二〇円。プレミアム・モルツはとっておきなのだ。給料日に六缶まとめて買ってきて、冷蔵庫の奥のほうで冷やしておく。

　昨夜の古い卒業写真がまぶたに浮かんだ。

　短い髪の泣きぼくろの女子高生は、撮影直前、片想いの同級生と大切な親友の、初体験を知らされる。どんな気持ちであんな笑顔をカメラのレンズに向けたのだろう。

　あれから数十年の時を経て、女子高生は「お母さん」になっている。

「あらいやだ。ジャガイモ、まだちょっと硬かったわね」と母ちゃんが苦笑した。目の前で、泣きぼくろが小さく揺れる。

健気《けなげ》だった女子高生と、たくましい母ちゃんは、間違いなくつながっている。そんな当たり前のことに、ぼくは激しくうろたえた。

母ちゃんは生まれながらに母ではない。この世界のすべての大人は、思春期を通り過ぎてきた。わかっている。そんな道理にしたがえば、慎之介や一葉と同じように、誰かとめぐりあった末、「お父さん」になる将来は、ぼくにだってありうるのだ。頭では理解できたのに、いまと地続きのはずの自分の未来が、まったく見えない。イメージすらもわいてこない。

「大丈夫。ジャガイモ、ぜんぜん食べられる」と答えながら、その時ぼくは、無意識に封じ込めてた自分の思いに気がついた。

そうか、思春期を迎えてから、ぼくはロールモデルとしての「お父さん」を求めていたのだ。ついでに言えば、早逝《そうせい》し、ぼくから「お父さん」を取り上げた父親をうらんでもいた。


パーカーとジーンズ姿でリュックを背負い、チャリンコを走らせる。八月の国道一三四号線はとっぷりと闇に沈んでいた。等間隔に配置された街路灯の白い光が、なまぬるい夏の空気を照らし出す。赤信号で停車して、ポケットからスマホを取り出した。アプリにバッジがついている。

慎之介と一葉とのグループLINEだ。

「ちーちゃん、張り込みがんば♡」と一葉から。ネコのキャラのスタンプが「ふぁいとだにゃ～！」と片手をあげている。「すてきな一夜を。避妊だけはしっかりな♂♀」と慎之介。すかさず一葉に「いいかげんにしろー！」とたしなめられている。二人とも、またぼくをおもちゃにしているのだ。

信号が青に変わり、スマホをしまってペダルにぐっと力を込める。目の前に葉山御用邸前の交差点が見えてきた。その先の砂浜で、北條が待っている。

浜辺のベンチの脇にチャリをとめ、月明かりのなか周囲を見渡す。

「こっちこっち、逸見くん」

北條の声がした。目を凝らすと、一段低い砂地に建ったバラック小屋の陰から、小柄な少女が手招きしている。そのまま駆け寄ろうとしたところで、「自転車！」と制された。

「自転車持って降りてきて！」

「なんで？」

「ばかね。そんなもの、ベンチの横に止めていたら、『海で夜遊びしている子どもがいます』ってこっちからPRしているようなものじゃない。職務熱心な警察官やお節介な民生児童委員にでも見つかったら、補導される」

確かにそれはその通りだ。自転車を抱えながら、短い石段を下りていく。暗いからおっかない。

「ここに止めて」

小屋の裏手に高さ二メートル半ほどのコンクリートの壁がある。津波などでの増水時、ベンチが置かれた国道側が浸水しないようにするためだ。小屋と壁との間には教室の三分の一ほどのスペースができている。小屋の庇《ひさし》が突き出しているから、陸側からも海側からも見えにくい。促され、ママチャリの隣に自転車を置いた。

「北條は自分一人で運んだの？」

「ハンドルを握ったまま階段を下りた。いけるかな、と思ったけれど、甘かった。途中で支えきれなくなって手放した。あとは重力任せ」

前の籠《かご》が凹《へこ》んでいるのはそのせいか。北條に怪我がなく、自転車も大破しなかったのは幸いだ。リュックを置いて、ランチボックスを倒さぬように、底のほうからビニールシートを引っ張り出す。母ちゃんが出がけに「初音ちゃんの分も入っている。中身は梅干しか昆布かシャケかおかか」とおにぎりを持たせてくれた。ありがたい。

北條はシートの隅を両手でつかみ、ぼくと向き合い引っ張った。しわをつくらぬように息を合わせて砂地に敷く。陣地ができるや、スニーカーを履いたまま、北條はシートにダイブした。

今夜は白いTシャツにデニムのショートパンツだ。ごろん、と半回転してあおむけの姿勢で止まり、「ああ、やっぱり都心と違うや。本当に星がキラキラしてる」と空を見上げた。そして自分の隣をポンポン叩く。

「なに？　プロレスのギブアップ？」

「よくわかったね。じゃあ、そのまま立ってなよ」

星明りに照らされて、笑っている。張り込みだから明かりはつけない。

「ぼくが持ってきたシートなんだが」

「所有権を主張するなら、わかったうえで、下手くそなボケをしないこと」

北條にはかなわない。ぼくはシートの脇で靴を脱ぎ、たっぷり拳《こぶし》三個分の距離をあけ、隣に座った。

「お母さん、外出のことなんか言ってた？」

「頑張りなさい、北條さんを守りなさい、って」

「理解があるなあ」

「見守りつつも放任なんだ、うちの母」

「大黒柱で家を支え、自立している。そのうえ親としては一人息子を信じている。最高じゃない」

視線を夜空に向けたまま、お腹の上で両手をあわせ、北條はくすっと笑った。そしてつぶやく。

「うらやましい」

「どうだろう。ヘタレの息子に期待しすぎているきらいもある。変態さんと遭遇したら、ぼくはそのまま逃げだしそうだ」

「逸見くんはおびえるだろうけど、逃げださないよ。尻込みしつつもわたしを守る」

北條はためらわずにそう言った。思わぬ評価にうろたえる。

「ほめてるんだか、腐してるんだか」

「決まってるじゃない、両方だって」

北條の言葉はいつだってまっすぐだ。オブラートにはくるまない。

「自分がぼくに襲われるとは思わないの？」

無防備に横たわる北條を眺めていると、少しはあたふたさせたい気持ちになった。安牌《あんぱい》だと高《たか》をくくられすぎているのも腹立たしい。

「ミイラ取りがミイラになるってことも、あるんじゃないか？」

北條は顔だけ動かしぼくを見て、「まあ、その時はその時よ」とあくびした。

張り込みはノープランだった。北條らしい。紐パンが発掘された現場近くでひたすら待つ。

夏とはいえ、深夜になると、通りがかる車も少ない。寄せては返す波の音に、遠くから時折エンジン音がにじり寄り、そのままひっそり遠ざかる。誘蛾灯《ゆうがとう》に吸い寄せられた小さな虫の羽音《はおと》のようだ。淡い光で羽を休め、やがてどこかへ消えていく。

沈黙が気づまりで、「スニーカー脱いだほうがよくないか？　服を汚すかもしれないよ。今夜の服も高いんだろう？」とぼくは言った。

「いや、しまむら。昨日、藤沢で存在を認識した。検索したら東逗子にも店がある。今日の昼間に行ってきた。上から下まで全部そろえて五千円でおつりがきた。布地も縫製《ほうせい》もしっかりしている。いいな、しまむら、最高だ」

一度小さく背伸びして、北條はつけ加えた。

「スニーカーは履いておく。いざという時、足を突っ込む時間を無駄にしたくない」

理にかなっているから言い返せず、また静けさが戻ってきた。薄く目を閉じ、流れる時間をやり過ごす。ものの五分で耐えきれず、「夏休みの読書感想文どうしよう」と話題を振った。

「もうやった」

「すごいじゃん。なに読んだの？」

「太宰の『桜桃《おうとう》』」

太宰治は中学時代、教科書で『走れメロス』を読んだきりだ。読み終えて、偽善者どもめ、と毒づいた。ぼくがメロスだったらセリヌンティウスをきっと裏切る。暴君だったら改心しない。いちばんしんどい時期だったとはいえ、あの邪悪な感情は、こじらせた中二病の症状だ。

「太宰がモモの話を書いてるの？」

「桜桃って、モモじゃなくてサクランボ。太宰の故郷、青森の名産品。最晩年の小説で、太宰の忌日《きじつ》『桜桃忌』の由来になってる」

「へえ……どんな話？」

「クズな男が妻と喧嘩し、愛人宅に逃げ込んで、まずそうにサクランボを食べる」

「なんだそれ」

「そういうお話なのよ」

そこでふと思い出す。話の接ぎ穂のふりをして、気になっていたことを訊いてしまおう。

「――あのさ、『大人はみんな嘘ばかり』の大人って、誰のこと？」

北條ははじかれたように半身を起こした。暗闇の向こうから、アーモンド形の大きな瞳でぼくを見つめる。「わたし、そんなこと言ったっけ？」

「昨日、帰りの電車の中で。寝言でだけど、言っていた」

いかにも不覚というように、表情をゆがめてうめいている。これは持ち出すべき話題じゃなかったのか。「ごめん、答えたくなかったら、ぜんぜん構わないから」と慌てて手を振り釈明した。

「……いいよ、別に」

肩を落とした北條は「文隣堂で立ち読みなんかするんじゃなかった」とため息をつき、ぼくから視線を外してつぶやいた。

「――ドルフィンズダイナ」

「え？」

「あったでしょ、入り口近くの『夏の五十冊』のコーナーに」

ああ、創業者の自伝みたいなタイトルだった。『イルカを捉えた男～ドルフィンズダイナ創業者の二十年』だ。

「『誠心誠意、お客様と向き合って、最高のホスピタリティーを提供する。それが創業以来、一貫した私のスタンスだ。大切な恋人や、愛する家族と極上の体験をしていただく。もちろん、経営者だから利益は求める。だが、それは目的ではなく結果なのだ。イルカは波動で愛を伝える。

仲間や家族を慈《いつく》しむ。ドルフィンズダイナという名前には、食を通じて愛や絆《きずな》をはぐくむ場所にしてほしい、という願いを込めた』」

北條は迷うことなく一節をそらんじた。改めて、驚異的な記憶力に舌を巻く。

「ぜんぶ嘘」

北條が吐き捨てる。「ぜんぶ嘘よ」と繰り返した。

「そうなの？　北條からコストの話を聞かされて、なるほどなあ、とは思ったけれど、ドルフィンズダイナが人気店なのは間違いない。創業者のそういう思いが伝わっているからなんじゃないのかな」

「だからその思いが嘘なんだ。臆面もなく、よくあんなことを書けると思う」

なにかに対し、こんなにネガティブな北條は初めて見た。変人だけれど憎めない。奇矯《ききょう》だけれどわきまえている。ぼくにとっての北條は、そういう異性の同級生だ。

「——父親なのよ」

北條がにがにがしげにつぶやいた。虚《きょ》を突かれ、「え、誰が？」と訊き返す。

「ドルフィンズダイナの創業者、わたしの実の父親なの」

しぼんだ気球のように縮こまり、再びシートに身をゆだね、北條は真一文字に口を結んだ。

＊　＊　＊

目にいっぱいの涙をたたえ、華奢《きゃしゃ》な体をぼくにあずける。そしてドルフィンズダイナ創業者である父親との確執を、泣きながら語りだす——なんてことはまったくなく、ぼくが言葉を探しているうちに、北條は眠りに落ちた。ゴミ拾いのあと、しまむらに服を買いに行ったと言っていた。

ぼくと違って仮眠をとっていないのだろう。

夏の夜の砂浜で、高校生の男子と女子が二人きり。ラブコメだったら間違いなくここからが甘酸っぱい展開だ。別に望んでいるわけじゃない。そもそもぼくらは惹かれあっているわけでもない。こういうところが北條なのだ。肩透かしがむしろ心地いい。

暗闇に目を凝らし、リュックからタオルケットを取り出した。やさしい柔軟剤の香りがする。あおむけの北條の、腹のあたりにそっとかけた。

「……な、ななな」

赤ちゃんがむずかるような声がした。起こしたか、とヒヤっとする。

「な、な、な……」

眠ったまま、眉間にぎゅっとしわを寄せ、北條がなにかを言おうとしている。泣きたいとか、涙が出るとか、そういう思いでいるってことか？

「な……生シラス……」

なるほどそうか。確かにおいしそうに食べていた。夢で見るほど気に入ったんだな。やっぱり北條は北條だ。そう思っておかしくなり、肩までかぶさるようにタオルケットをかけ直す。

「や、や、や……」

吐息を感じるぐらいの距離で、再び寝言をつぶやいた。

「や……ややや」

今度はなんだ。食べ物だったら焼きそばパンか。購買部で出会った春、コロッケパンをぼくから奪い、ペヤングで焼きそばパンにつくりかえた。そのときは仰天し、あきれたが、いま振り返ると、なんだか可愛く思えてくる。

「……やめてよ」

やめて？　ぼくは指一本ふれてませんが。

「お父さん……もうやめて……」

寝言だが、はっきりとそう言った。苦しげに表情をゆがめている。

「お母さんも、もうやめて……」

すねた幼児のような声だった。

「ひとりにしないで……」

唇が小きざみに震えている。

「ひとりはいやだよ……」

ぼくは声を失った。


月と星の淡い明かりが北條の寝顔を照らしている。呼吸に合わせ、タオルケットの胸のあたりが小さく上下を繰り返していた。

座ったまま、その姿を眺めていた。

変わり者の女子高生だと思い込んでた北條は、なにか重荷を抱えている。父と母が関係しているらしい。本当は、無条件で信頼し、信じてもらえる両親と、いったいなにがあったのだろう。

ぼくは単なる同級生だ。それでも毎朝顔を合わせてゴミを拾い、夜通しいっしょに張り込んでもいいぐらいには信頼されてる。ぼくが知る限り、そういう異性の友だちは、北條にはほかにいない。

トークの通知音が小さく響いた。慎之介と一葉とのグループＬＩＮＥだ。ちょうど日付が変わっていた。夏休みの恋人たちは夜更かしだ。

「どうよ？　紐パン女、やってきた？」と慎之介。

「ちーちゃん、本当に気をつけて。危なくなったら北條さんを連れて逃げなよ」と一葉。

「今のところ、紐パン女もそのお相手も現れない」と返事を打った。

一葉は「そっか。逆になんだかホッとした」とつづったあと、「あんしんにゃ〜」とネコのスタンプを追加した。

「北條は物足りないんじゃねえか？」と慎之介は楽しそうだ。「うふん♡」「あはん♡」と文字のついたスタンプを連投してくる。

「寝たよ」と短く文字を送った瞬間、二人が同時に反応した。

「㊗卒業！」

「ちーちゃん、展開早くない⁉」

お前ら激しく誤解しているぞ。そっちの「寝た」はあり得ない。何度も言うが、北條はそういう相手じゃない。

「色ボケどもが。単に北條が寝落ちしたって意味だ」

からかわれているだけかもしれないけれど、ここはきっちり否定しておく。

「なんだ、そうなのか」と慎之介。当たり前だ。

「そういうのって、ちゃんとステップ踏まなきゃだよね」と一葉。たぶんこの一文には慎之介への牽制も込められている。

「でもさ……」と一葉がなにかを書きかけた。

「どうした？　北條なら本当にガチ寝だぞ」

「そんなに深く寝てるんだね」

「もちろん服を着たままだ。なにやら寝言を言っている。張り込みの体《てい》をなしてない」

「いいな、そういうの」

「どういう意味だよ？」

「ちーちゃん、女の子が異性の隣で眠るって、その相手を相当信頼しているあかしだよ？」

スマホを見ると、午前三時を過ぎていた。

早々にグループＬＩＮＥを打ち切って、まんじりともせずシートに座り続けていた。おさかんな女性どころか雌猫一匹現れない。あと二時間弱で日の出を迎える。張り込みは空振りだろう。

北條は深い眠りに落ちている。あれ以来、寝言も口にしていない。

北條を変人だと思ってきた。最初に浜辺で会ったとき、逃げ出そうと考えた。ゴミ拾いに巻き込まれ、以来ずっと振り回されてる。ランジェリーショップは恥ずかしかった。母ちゃんに「朝練」の正体をバラされた。親友と幼なじみに冷やかされている。自分から誘っておきながら、今夜はいきなり寝落ちした。ぼくはいつもおいてけぼりだ。

なのにいったいどうしたことだ。瞳を閉じ、疵《きず》ついている北條を、美しいと感じてしまった。

「――おはよう」

背後から声がした。振り向くと北條が上半身だけ体を起こし、きまり悪そうにはにかんでいる。

「ごめん。すっかり寝ちゃってた。いま何時？」

「そろそろ四時」

「いかがわしい男女は現れた？」

「野良猫さえもこなかった」

「そっか……。犯人は再び現場にやってくるって、推理小説だけの話なんだね」

「どうする、北條？　そろそろ朝がくる。日を改めて、張り込みをやり直そうか？」

「ううん、やめよう。この方法はコスパが悪い。やってみて痛感した。繰り返すのはＰＤＣＡサイクルの理屈に反する」

「じゃあこの先は？」

「……来週はお盆だよね。前に反省会でも話したけれど、たぶん人がたくさんやってくる。割れ窓理論に従って、地道かつ徹底的に、ゴミを拾おう」

「紐パンは？」

「わたしがゴミ袋に入れておく。夏の終わりに避妊具とご供養だ」

供養という言葉遣いがもの悲しく、「どこかに望まれない命ができていないといいな」とぼくは言った。

「本当にそうだ」と北條は薄く笑う。

「わたしみたいなできそこないが、ほかにこの世に産まれませんように」


朝日を浴びた国道を、自宅に向かいチャリンコで駆けていく。さっき食べたおにぎりが、胃の中からせり上がってきそうに思われた。停車して、路肩で一度、吐いてみる。すっぱい胃液は食道の付け根あたりで滞留し、口からはなにも出てこない。

日の出を見ながらいつものベンチでおにぎりをわけあった。ぼくが昆布とシャケ、北條は梅干しとおかかだった。見た目は全部おんなじで、具の選択は偶然だ。

「梅干しもおかかも大好きなんだ。ラッキーラッキー！」

北條は普段と変わらぬ食欲で、おにぎり二つをペロリと食べた。

「逸見くんのお母さん、本当にすてきだよ。仕事もできて、料理も上手。次いつ会えるかわからないから、おいしかったです、と伝えておいて」

別れ際、手をひらひらと振りながら微笑んだ。今日は「山の日」だ。美化活動は土日祝は休みになる。

北條が残さず食べたから、ぼくも無理やり二つをたいらげた。

食欲なんてまったくなかった。


「できそこない」ってどういう意味だ？

「ほかにこの世に産まれませんように」ってなんのことだ？

聞き間違いだと思いたかった。お父さんへの憎しみも、両親に「もうやめて」「ひとりにしないで」と乞《こ》うる寝言も。

にもかかわらず、ぼくの小さな脳みそは、言葉の破片を自分勝手につなぎあわせる。導き出された推論に、激しい吐き気をもよおした。

ゴミ拾いの目的は、浜辺の美化でも風紀の維持でもなんでもない。恐らくこれは、自罰なのだ。望まれず、産まれてしまったプロセスを、第三者の行為を通して確認しようとしている。

自分自身をありのままには肯定できないからだ。両親を許せないからだ。

そういう命が生じることを妨げるくわだては、自分と親の否定に直結する。すでに産まれてしまった以上、生きるよりほかにない。消し去りたくても父も母も消去できない。

自らを罰することで、逆説的ではあるけれど、生を感じる。リストカットとおんなじだ。鈍い痛みをもってしか、自己存在を確かめられない。

母ちゃんは「表面だけ見ていても、他人のことはわからない」と言った。北條を「健気」で「痛々しい」とも表現した。洞察力に圧倒される。ほんの短いやりとりで、北條の本質を見抜いたのだ。

また吐き気が込み上げる。今度は自分の浅さに対する嫌悪からだ。かがんだはずみで野球帽が地面に落ちる。

げえっ、と路肩に少し戻した。胃液で溶けた米粒に、昆布とシャケが混じっている。

夏の朝、ぼくは自分のふがいなさに打ちのめされ、道路の脇にうずくまる。

第2章

Mid Summer

お盆期間はたんたんと過ぎていく。気づくとすでに週末だった。

したたる汗をぬぐいもせず、北條は熱心にゴミを拾っている。夏休みで観光客が増えたからだろう。その分ゴミも増えていた。ただ、使用済みの避妊具は、追加で一つ見つけたきりだ。流木にからまって、ひからびているのを発見した。

町条例はごみを「みだりに捨ててはならない」と定めている。週半ばの発見時、「こういうの、まさに『みだりに』の典型だよね」とぼくは言った。はぁあ、と北條は息を吐き、「もっと国語を勉強しなよ。条文の『みだりに』は『みだらに』とは別物だ。エロい意味はまったくない。『むやみやたら』を意味する形容動詞の連用形だ」と叱られた。「すまん」と頭をかきながら、ひそかに胸をなでおろす。

張り込みの一夜から、北條が変わってしまうことを恐れていたのだ。


「山の日」は土日に連なり、ゴミ拾いは三日続けて休みになった。張り込みの帰路に吐き、自宅に着くや、ぼくは泥のように眠り込んだ。

翌日の土曜日、慎之介と一葉が事情聴取にやってきた。北條に不都合なことはすべて伏せ、あらましを説明する。

「え、それだけ?」と慎之介は拍子抜けした。

「それだけだ」

「本当に？」

「嘘つく理由が一つもない」

「一晩浜辺でいっしょにいたのに、キスはともかく、手をつなぐ、みたいなラノベふうのイベントもなかったの？」と一葉。

「ない。お前らみたいな仲じゃない」

「そっか。北條さん、ちーちゃんを信頼してるし、憎からず感じているとも思ったんだけどなあ」

一葉は本心から残念そうだ。

「あのな、一葉。もし信頼してくれているのなら、それこそなんかしちゃダメだろう？」

「あ、それは一理あるね」と笑い、「わたしは信頼している男の子に、ときどき不意打ちキスをされるけど」と当てつけた。しどろもどろになりながら、慎之介が強引に話の流れを引き戻す。

「――よし、千尋、お前、お盆明けにうちに来い。まずは見た目だ。しばらく散髪してねえだろ？　親父かお袋に、綺麗さっぱり切ってもらえ」

「そうだよ、ちーちゃん。素材は悪くないんだから、もっと外見に気をつかいなよ」

「だから相手は北條だぜ？　やってることはゴミ拾いだぜ？」と反論した。

とはいえ確かに髪は伸びている。この暑さだからうっとうしい。北條とは関係なく、そろそろ散髪どきだと思っていた。

小学生まで、よく戸田理髪店で髪を切った。店頭で赤青白のサインポールがくるくる回る、昔ながらの「床屋さん」だ。訪れるのは中高年の常連客が中心だった。慎之介のおじさんもおばさんも、人当たりがよく腕もいい。でもいまどきの若者は、そういう店では髪を切らない。決して流行《はや》っているとはいえなかった。にもかかわらず、「息子の友だちからお金はとれない」と毎回笑って代金の受け取りを拒まれた。お金の価値がわかるにつれ、申し訳ない気持ちが募っていった。中学校にあがるころ、逗子の千円カットに切り替えた。

「千尋、お盆期間明けの十九日の夕方は？」

「何曜日だっけ？」

「土曜日。俺は朝から横浜だけど、夕方までには戻ってくる。久しぶりに親父とお袋の顔を見にこいよ。散髪したら一葉といっしょにメシでも食おうぜ」

「それまで二人は横浜デートか」

「違う違う」と一葉が手を振った。「あれよ、新聞部の晴れ舞台」

「ああ……なんだっけ、新聞サマー交流会？」

「首都圏高校新聞部交流サマーセミナーｉｎ ＹＯＫＯＨＡＭＡ」

慎之介がげんなりしながらつぶやいた。「湘南東の出席者は俺一人。名ばかり顧問も参加しない。活動の発表時間は十分だけど、たぶん俺、緊張で発狂する」

「わかった。じゃあ、土曜日の夕方に、床屋に顔出す」

一応曜日を確認したけれど、毎朝の美化活動以外、ぼくに夏休みの予定はない。


北條が「これはお初だ」と軍手で瓶をつまんでいる。

「ビールやサワーはわかるけど、紹興酒《しょうこうしゅ》だよ。しかも六〇〇ミリリットル瓶が三本。砂浜で満《まん》漢全席《かんぜんせき》でも食べたのかしら。空き瓶だけで胸焼けしそうだ」

あきれ顔を眺めつつ、やっぱり父親と似ているな、とひそかに思う。

土曜日、慎之介と一葉を追い返し、自室でパソコンを立ち上げた。検索窓に文隣堂で見たビジネス書のタイトルを入力する。検索トップにAmazonが表示された。クリックすると、書影と著者名が表れる。五段階評価で星は三つ半。氏名にカーソルをあわせてから、マウスを叩いた。

《北條健介（ほうじょう・けんすけ）　神奈川県葉山町出身。県立湘南高校を経て東京大学経済学部卒業。外資系銀行で活躍後、独立。株式会社ドルフィンズダイナを創業。現在、同社代表取締役社長兼CEO。湘南地域を中心に同名の飲食店を多数展開している。》

ぴかぴかの略歴の上に、中年の笑顔の写真が載っていた。アーモンド形の目、薄い唇、細い鼻筋。いまふうのオトコマエだ。Tシャツにジャケット、ジーンズというでたちが、かえって「成功したベンチャー企業の経営者」を感じさせる。ラフに見えて、きっと上から下までブランドものに違いない。

続いて「北條健介」で検索する。

ドルフィンズダイナの公式サイトがヒットした。本社は「東京都港区六本木《ろっぽんぎ》六丁目」、主要株主の筆頭は「北條健介」で、持ち株比率は五十一パーセントだ。続く「北條エミリ」が三十四パーセント。残りは「HOJO企画」と銀行でわけあっている。北條エミリは母親だろうか。

SNSでも探してみようと考えて、手が震え、やめにした。

そもそも同級生の女の子のプライバシーを詮索《せんさく》するのは品がない。

ここまで調べておきながら、ぼくは自分の行為を激しく恥じた。知りたいことや、ほしいものがあるのなら、こそこそせず、正々堂々求めるのが筋なのだ。

「逸見くん、さっきからずっと上の空みたいだけど、熱射病？　週末だから疲れが出た？」

見とがめた北條に声をかけられる。

「大丈夫。ちょっと水分補給する」と足元のペットボトルに手を延ばす。ポカリはすでに空だった。未練がましくボトルを掲《かか》げ、落ちてきた水滴を舌で受ける。

「――はい」

北條が右手に握った麦茶のボトルを差し出した。

「まだ半分以上残ってる。ぬるいけど、それでいいならわたしのどうぞ」

受け取るべきか、断るべきか、ぼくは咄嗟《とっさ》に答えを出せない。

「いらないの？」とキャップをひねり、赤く薄い唇で、ボトルの口をそっと含んだ。細い喉がかすかに脈打つ。

「ふぅ、生き返る。今日は朝から本当に暑いね。やっぱり逸見くんも飲んでおきなよ」

口元を左手でぬぐってから、改めてペットボトルをぼくに向けた。

「……北條は抵抗ないの？」

「なにに？」

「いや……こういうのって、いわゆる間接キスだろう？」

「わたし、朝はちゃんと歯を磨いてきてるんだけど！」

北條が憤慨した。ぼくは思わず脱力する。

「そういうことじゃなくってさ」

「だったらどういうことよ？」

「言ったじゃんか。間接キスになるけどいいのか、って」

北條はまじまじとぼくを見つめる。ふうん、とつぶやき、ようやくこちらの意図を察したように「逸見くん、わたしをそういう目で見てるんだ」と直球を投げてきた。

「……まったく見ていないかといえば、最近ちょっと嘘になる」

考えなしにバットを振った。言った瞬間やらかした、と後悔する。空振りだ。ドン引きされる。

「わたし、陰キャ男子にそういう目で見られるの、いやだな、って言ったよね？」

ああ。紐パンを見つけたとき、そんな台詞を投げつけられた。

「藤沢で聴き込みし、お盆前には張り込みした。夏休み、逸見くんとほぼ毎日接している。それでだんだんわかってきた。逸見くんは確かになにかをこじらせてる。でも、根っからの陰キャじゃない」

「……どうだろう。もう陰キャじゃなかったころの自分のことを、よく思い出せない」

「だからね、最近、逸見くんにいやらしい目で見られたとしても、まあいいかって感じてるんだ」

思いもよらない一言だった。そこまでいやらしくは見ていない、と否定しかけて言葉に詰まる。

「そういう視線を向けられるのって、わたしが『女の子』だからだもんね」

ボトルにキャップをはめながら、北條はつぶやいた。引いている、というよりも、戸惑っているような声音《こわね》に思えた。そこでしばらく口を閉ざし、かすかに首をかたむけて、言葉を続ける。

「久しぶりだから、どう反応するのが正解なのか、忘れちゃった」

「久しぶりって？」

「ここしばらく、わたしは誰にとっても『変わり者』だった」

自分自身がどう見られているのか、北條は理解している。そう気づかされ、驚いた。

「――逸見くんは、わたしを引き戻そうとする」

「引き戻す？」

問いには答えず、再び口を結んだ北條は、上目づかいに宙《ちゅう》を見た。つられてぼくも視線を移す。

高台のマンションが、今朝もまばゆく陽の光を反射していた。

視界の隅《すみ》で、セーラー服のスカーフを握っている。下唇を噛んだまま、やがてうつむき、北条は足元をじっと見つめた。夏の空気を深く吸い込み、それから一気に言葉とともに吐き出した。

「女の子はもうやめた、と思っていた。男の子は女の子を守るふりをして消費する。搾取《さくしゅ》する。なによりも、女の子の延長線上には母がある。逸見くん、知っている？　愛がなくても性行為は気持ちよく、誰かの母になれるんだって。母が命を授かれば、その相手は自働的に父になれるんだって。そして産まれた子どもは愛されなくても父母を求める。わたしはね、女の子としてそんなふうに費やされるのも、母になるのもいやだと感じた。でもさ、わたしの体は否応なく女子なんだ。毎月欠かさず出血している。どんなに否定したくても、わたしのなかで、月に一回、赤ちゃんをはぐくむ準備がされているんだ」

全部わかると言ってしまったら薄っぺらい。ぼくは男子だ。生理もこないし、子どもも産めない。ただ、片親の息子だから、子どもの気持ちはおしはかれる。

親に無償で愛されたい。親は無償で愛するべきだ。その覚悟がなければ親なんかになってはならない。ついでに幼い子どもを遺したまま、親は絶対、先に逝《い》ってはならないのだ。

「逸見くんは脅威だよ」

足元の砂をサンダルで蹴りながら、北条がつぶやいた。「脅威」という言葉の鋭利さに、うろたえる。なまくらな、いまの自分が、だれかを威圧し脅かすなんて、ありえない。

北條は黙ったまま、もう一口、麦茶を含んだ。端正な顔が上気している。肩で大きく息をして、砂を蹴る足をとめた。それからゆっくり、ぼくを見る。

「……逸見くんはわたしを『変わり者』から『女の子』に引き戻そうとする。もうやめたと決めたのに、まだ心のどこかで『女の子』として見られることを求めているともわたし自身に気づかせた。本当に癪《しゃく》だ。逸見くんも、自分のことも、腹立たしい」

＊　＊　＊

ＬＩＮＥの通知で目を覚ます。

「いま横浜」

「セミナー終わった」

「すげえことあった」

「のちほど詳しく」

「んじゃ、四時にうちで」

慎之介が興奮気味にトークを連投している。

「わかった、あとで」と返信し、スマホを放った。すでに午後二時半を過ぎている。

母ちゃんは土曜出勤だ。朝方、調理の音で一度起き、いっしょに食事した。

「初音ちゃんとなんかあった？」

トーストにマーガリンを塗りながら、水を向けられる。

「なにもない」

「一夜を過ごしてなにもなく、お盆期間もいっしょにいたけどなにもない、と」

「なんだよ、一人息子がほかの女にとられたら、母ちゃん泣くぜ」

「いっそ母は涙ぐみたい」

嘘泣きの表情で、食器を片付け、ハミングしながら出て行った。きっと母ちゃんなりに、息子を心配しているのだろう。

部屋に戻り、エアコンのスイッチを入れ、ベッドに寝転びラブコメ漫画を手にとった。なぜか心が躍らない。漫画を閉じ、天井をじっと見上げた。思いのほか冷気が強く、ぼくは毛布をたぐりよせる。そこで強い睡魔に襲われた。きっと自分の無意識が、北條について考えることを遮断したのだ。結局、この時間まで二度寝してしまう。

チャリンコを二十分こぎ続け、戸田理髪店に到着した。古い木造二階建て。一階部分が床屋さん、店の奥と二階部分が住居になっている。八歳上のお姉さんは結婚し、去年家を出て行った。いまは千葉に住んでるはずだ。

「わぁ、千尋くん！　久しぶりだねえ。お母さんは元気にしてる？」

店のドアを開けると同時に、白衣姿のおばさんに声をかけられた。

先客の髭にカミソリをあてながら、やはり白衣のおじさんも「ちょっと待ってろ。いい男にしてやっから」と笑った。この店は変わらない。ホッとする。

奥から慎之介が現れた。ぎょっとする。慎之介まで白衣姿だ。

「どうしたんだよ？」

「ああ、親孝行ってやつ。たまに手伝ってるんだ。――とりあえず、突っ立ってないでそこ座れ」

二台ある椅子のあいてるほうに促される。

「慎之介が切るの？」

「切らねえよ。理容師免許持ってない」

苦笑しながら手際よくカットクロスを首に巻く。

「お袋先発、親父継投。今日は戸田理髪店の二大スターが担当します」

「まあ二人しかいないけどね」とおばさんが苦笑しながら脇に立つ。霧吹きで髪を濡らし、「千尋くん、だいぶ散髪してないでしょう。今日はどれぐらいにする？」と尋ねた。

「夏なので、わりとバッサリやってください」

「耳は出してもいい？　襟足《えりあし》は刈り上げない程度？」

「そんな感じで」

鏡に向かってうなずいてから、「よし、始めよう」とおばさんは櫛《くし》を握った。

たっぷりと三十分以上時間をかけ、ぼくの頭は次第に軽くなっていく。ちょきちょきちょき。ハサミの音が小気味良い。

いつもいく千円カットの散髪時間は十分ほどだ。最後には掃除機のホースのような吸引口を頭髪に突っ込まれる。切り落とされた短い髪を吸い取るためだ。洗髪はしてもらえない。サービスを最低限に絞り込み、客の回転率をあげることで低価格を実現している。それはそれでぜんぜんありだ。ニーズがあるからこれだけ店舗が増えている。ただ、久しぶりにフルサービスの床屋に来て、二つは別物なんだと実感した。戸田理髪店での散髪は、とろけるように気持ちいい。

「セミナーの発表どうだった？」

正面を向きながら、背後に座った慎之介に声をかける。

「マジ緊張した。同点で迎えたＰＫ戦の五人目みたいな気分だった」

「お前、試合で五人目やったことあったっけ？」

「ねえよ。だから『みたいな』って言ったんだ」

おばさんが苦笑しながらハサミを動かす。

「――でもまあ、なんとか発表できた。いまはアリバイとして年一回、文化祭特集号しかつくってないから、その話は二分で終わる。あとは昔の新聞部の武勇伝で時間を稼いだ」

「武勇伝？　ああ、武田さんに訊いた話？」

「うん。それとな、お盆中、もう一度、武田さんに取材したんだ」

今度は一対一で過去の逸話を訊いたらしい。こういうところが慎之介なのだ。軽薄なお調子者に見えるけど、やるときはちゃんとやる。

「新聞部、向いてるんじゃない？　将来は武田さんみたいに記者やれよ」とぼくは言った。慎之介はあいまいに笑っている。

「よし、じゃあ、仕上げは俺が」

先客を手放して、今度はおじさんが後ろに立った。小さなハサミを器用に動かし、襟足、もみあげ、前髪の順に髪型を整える。なんでもそうだが、熟練のプロの動作は美しい。

中学時代、母ちゃんが家で単行本にブックカバーをかけてくれた。平らなカバーを机に置き、その上で、何度か本を回転させる。またたく間に本は紙の衣《ころも》に包まれた。開けても閉じてもフィットする。まるで魔法のようだった。

亡き父は、路線バスを運転していた。きっと魔法使いのようにハンドルをさばいたに違いない。見たかったたな、とぼんやり思う。ぼくは将来、なにかの魔法を使えるようになれるのだろうか。

「千尋くん、どうだ、こんな感じで？」

おじさんが、折り畳み式の四角い鏡を後ろで構える。鏡台に反射した後頭部と頭の左右を確認し、「いいですね。だいぶ涼しくなりました。ありがとうございます」と答えた。

満足そうにうなずいて、おじさんは「じゃ、あとは頼む」と慎之介に声をかける。

え？

「お客様、シャワー台に頭をお願いします」

立ち上がった慎之介に、うやうやしく背中を押された。前かがみになり、シャワー台に頭をあずける。温度を確かめてから頭髪を湯で濡らし、慎之介がシャンプーを泡立てた。シャワーヘッドをもとに戻し、両手でぼくの髪をごしごし洗う。

「かゆいところはありませんか？」

「……フリだろうから答えるけれど、股間が少し」

「オプションで別料金になりますが」

「じゃ、いいです」

照れ隠しの台詞をかわされ、押し黙る。一度頭皮を洗い流し、慎之介は改めて、シャンプーをなじませた。今度はさらにゆっくりと、指の腹でぼくの頭を洗い始める。

「……うまいな、慎之介。いつから手伝っているんだよ」

「高校に入ってから。ろくに部活もやってないしな。洗髪は、親父やお袋に教わったり、ＹｏｕＴｕｂｅで見たりして学んでいる」

「さっきの話は訂正だ。慎之介、記者じゃなく、腕のいい床屋になれるよ」

「そのつもりでいる。高校を卒業したら、横浜の理容専門学校に進学する」

軽口を真正面から肯定され、ぼくは驚く。

「マジか？　お前ぐらい理数ができれば、それなりの大学に進めるだろう？」

「そういうことじゃねえんだよ」

慎之介は指を止めずに小さく笑った。

「姉貴は嫁《とつ》いで出て行った。床屋に定年はないけれど、親父もお袋も、この先ずっとは働けない。いまどきこんな古い床屋に若いやつが就職してくれるはずもない」

「慎之介、まだまだ俺は死なねえぞ」とおじさんの声がする。「古くったって掃除はちゃんとしてるわよ」とおばさんも口を挟んだ。慎之介は二人の話を聞き流す。

「だからさ、俺が継ぐんだよ。この家で俺は生まれた。両親が汗水たらしたハサミの対価で育ててくれた。店と自宅がいっしょだから、俺は働く二人をずっと見てきた。小学校から帰ってくると、そこのソファーに腰をかけ、宿題やって、新聞読んで、ゲームで遊び、テレビを観た。常連客にはかまってもらった。なかでも大学で物理を教えていた元教授は、孫のように俺のことをかわいがり、あれやこれやと教えてくれた。数年前に死んじゃったけどな」

小学校は別だった。そのころの慎之介をほとんど知らない。

「ここは俺の原点なんだ。居場所やよりどころと言ってもいい。つぶすわけにはいかねえんだ」

二度目の泡を慎之介が洗い流す。「熱くないか?」と尋ねられ、「大丈夫」とぼくは答えた。慣れた手つきでリンスを髪に広げていく。今日は絶対お金を支払う。

「なあ、慎之介」

「あ? やっぱりシャワー熱かった?」

「一葉はいまの話を知ってるの?」

「まだ伝えてない」

「あいつ、大学進むつもりだよ。変わってなければ、中学校の教員志望だ」

「それは俺も聞いている。自分がつらい思いをしたからこそ、生徒を救える先生になりたいんだ、って言っていた。一葉らしいな」

慎之介は誇らしそうだ。一葉のことが好きなのだ。異性としてばかりでなく、一人の人間としても敬《うやま》う気持ちを抱いている。

「専門と大学だと授業の時間も違うだろう。もし一葉が神奈川の教員採用試験に合格しても、配属先は横浜、川崎、相模原《さがみはら》を除く全県だ。片やお前は葉山から動けない。離れ離れになるかもしれない未来に、不安はないの？」

「そのときはそのときだ。俺と一葉が距離なんかで終わるとしたら、お互い運命の相手じゃなかったってことだよ」

リンスを洗い流しつつ、慎之介は言い切った。蒸しタオルをくるっと頭に巻きつけて、「おつかれさま」とぼくの体を引き起こす。

「うん？　誰が運命の相手じゃないの？」

扉が開いて、声とともに一葉が店に入ってきた。「おじさん、おばさん、こんにちは」と会釈してから、再びぼくらに視線を向ける。慎之介の白衣姿に驚かない。進路については聞いていないが、手伝いは知っているらしい。濡れたぼくの頭髪をまじまじ見つめ、「ちーちゃん、イケメン度数が上がったよ」と微笑んだ。

白いシャツにデニムのオーバーオールを重ね着している。短髪とよく似あう。今日の幼なじみは慎之介に嫉妬するほど可愛らしい。

「――ああ、そっか。運命の相手じゃないって、北條さんのことを話してたんだ」

北條のこと？

「いやそれとは別の件。さっき一葉にはさわりを伝えたけれど、千尋にはまだなにも言ってない」

「そうなんだ。そろそろ散髪終わるよね？　わたしも自転車で来たから、三人で一色《いっしき》の夢庵《ゆめあん》行こう。あそこならドリンクバーがある。時間を気にせず話ができる」

いや一葉。ドリンクバーで粘るのは、ファミレスに迷惑だ。もう五時だし、ついでにメシも注文しよう。

「北條さん、変わってるけど魅力的だなあ、とは思ってた。それでもやっぱりびっくりしたよ」

うん、なにに？

「いたんだね、麻布の森の中等部時代、つきあっていた彼氏さん」

＊　＊　＊

「悪趣味だなあ」と一葉が顔をしかめている。

「俺だってそう思う。写真はあとでちゃんと消すよ」

慎之介はストローでコーラをすすった。

「わたしが言っているのは、その西園寺《さいおんじ》って公家みたいな名前の麻布の森の二年生のことだよ。慎之介にしてみれば、もらい事故みたいなものじゃない」

一葉のたとえは的を射ている。他校とはいえ上級生だ。初対面でもＬＩＮＥのＩＤ交換を持ちかけられたらＮＯとは言えない。ぼくも慎之介も根っこの部分は体育会系なのだ。

国道沿いの夢庵は混んでいた。ぼくらは三十分以上待たされて、テーブル席に案内される。食後にドリンクバーを取りに行き、みんなそろったところで慎之介がスマホを取り出した。

「マジ驚いた。セミナー帰りの京急で、わっ、と声が出た」

慎之介はこの日、午前中から「首都圏高校新聞部交流サマーセミナーｉｎ　ＹＯＫＯＨＡＭ

Ａ」に参加していた。東京、神奈川、千葉、埼玉にある高校新聞部の部員や顧問が、年一回、日本大通りの日本新聞博物館に集まる。新聞の歴史や技術を学んだあと、各校の部活動について代表者が報告するというプログラムだった。

ネットの普及で新聞は部数を減らし、全国の高校新聞部も元気をなくしているそうだ。それでも慎之介の話では「五十～六十人は参加した」らしい。そのうちの一人が、西園寺先輩だった。

セミナーは昼過ぎに終了した。とっとと帰ろうと、上階からエントランスに降りたところで慎之介は呼び止められる。

「君、葉山の湘南東高の生徒だよね？」

振り向くと、夏なのに詰襟姿の男子が立っていた。セミナーで司会者から「戦後まもなく創刊され、発行が一度も途切れたことのない伝統ある高校新聞の次期主筆」と持ち上げられていたイケメンだった。

「初めまして。ぼくは麻布の森学院高等部の新聞部二年生で、西園寺親男《ちかお》って言います」

「あ、俺は湘南東高の一年、戸田慎之介です」

「へえ、一年生で代表なんだ。ひょっとして君が主筆なの？」

いいえ、幽霊部の幽霊部員で参加を押しつけられました、と言いかけて、いかにもばかっぽいからやめておく。西園寺先輩も、訳ありなんだと悟ったようで、突っ込まない。というか、そもそも慎之介には興味がなく、早々と本題を切り出した。

「あのさ……北條は元気かな？」

「北條？」

「北條初音。この春、うちの中等部から湘南東に進んだはずだけど」

西園寺先輩は「たまたま思い出したから訊いてみた」ふうを装っているが、慎之介は気づいてしまう。ああなるほど、先輩こそ訳ありですね。

「新聞部じゃありませんが、顔と名前は一致します。北條、隣のクラスです」

「ふうん、そうなんだ。——あいつ、ちょっと変わってるだろ？」

呼称がいきなり「あいつ」に変わった。わかりやすい。慎之介は胸の中で苦笑する。

「変わっているかはともかくとして、勉強は断トツですね。一学期は中間も期末も学年トップの成績でした」

「だろうね」

まんざらでもない表情で、長いまつげの両目をパチパチさせた。そういう仕草がさまになる。やせていて、色白で、いかにも育ちが良さそうだ。慎之介は関心した。実在するんだ、こういう少女漫画のヒーローみたいな高校生って。

「——元カノなんだよ」

先輩はさらりと言った。「北條はぼくの元カノなんだ」と繰り返す。

「マジですか!?」

「ぼくが高等部に進んだのがきっかけで、校舎が離れ、お別れしたけどね」

「お別れ」と中立的な言葉を使っているが、わざわざ他校の生徒を呼び止めてまで近況を尋ねるぐらいの存在だ。振られて未練があるんだろうな、と慎之介はピンとくる。でも上級生の顔に泥は塗らない。

「あいつ、いま誰かとつきあってるの？」

「特定の男といるのは見たことないです」

先輩は、そっか、とあからさまに安堵の笑みを浮かべている。無防備ですよ。心の声がダダ洩《も》れです、と慎之介はちょっと哀れに感じてしまう。

「葉山には縁があってねえ」

「来たことがあるんですか？」

「いや、いつか行きたいとは思っているけど、都心からは少し遠い」

「だったらどういう縁が？」

気障《きざ》ったらしくもったいつけて、先輩は「今カノが、同じ葉山の出身なんだ」と言った。

ああ、そうですか。それは偶然ですね。で、ご用件は以上でしょうか、と慎之介はいらだった。今カノがいるんだったら元カノへの未練は断ち切れよ、と。

「そういうわけで、もし北條と話すことがあったなら、西園寺は元気でやっています、と伝えておいてほしいんだ」

なるほど、これが本題の本題なのか、と合点がいく。振られたけれど、もうちっとも引きずっていない。綺麗さっぱり過去にして、新たな恋愛を楽しんでいる。それを元カノに伝えたいってことなんですね。

ポンと肩を叩いて出ていこうとした先輩が、振り返り、「そうだ、同じ新聞部としてＬＩＮＥのＩＤ交換しよう」と申し出た。慎之介は内心舌打ちしつつ、スマホを差し出す。

みなとみらい線で横浜駅まで引き返し、ちょうどきた京急の快特に乗った。逗子・葉山駅への支線に乗り換える金沢八景《かなざわはっけい》駅まで、わずか三つ。ＬＩＮＥが通知音を響かせたのは、横浜駅の次の上大岡駅を出た時だった。

「先輩、ツーショットの過去写真を送ってきやがった」

夢庵のテーブル席で慎之介はスマホをタップした。読みだされたトーク画面に写真が一枚載っている。もう一度、慎之介がタップし拡大した。ぼくと一葉は息を呑《の》む。

たぶん季節は夏だろう。長い髪をまとめた少女が紫陽花《あじさい》柄の浴衣《ゆかた》をまとい、はにかんでいた。抜けるように肌が白く、藍色《あいいろ》の生地を際立たせている。隣にはいけすかないイケメンが、やはり浴衣姿で笑っていた。写真は右手で自撮りされたものだ。左手は背後から小さな肩を抱いている。

「……北條さん、綺麗」

一葉がうなるようにつぶやいた。

短髪で小麦色に日焼けした、ぼくのよく知る北條とは、別人のようだった。でも間違いない。これは中学時代の北條だ。

めまいがした。見たくない、と咄嗟に感じた。でもまるで、強力な電気磁石に細かな砂鉄があらがうすべもないように、ぼくの視線は北條に引き寄せられる。胸の中がざわざわした。心臓がきゅーっと締めつけられる。鼻の奥がツンとした。

「ロングだったんだね、北條さん」

「だな。ボーイッシュなイメージがあったけど、こうしてみると可憐なお嬢様のおもむきだ」

一葉の言葉を、らしからぬ文学的な表現で慎之介が肯定した。『アルジャーノンに花束を』はもう読み終えたのだろうか。

そうか、やっぱり「知らないこと」は幸せなんだ。

小説では主人公のチャーリーが、脳の手術を受けて天才になっていく。だが同時に、残酷な事実にも気づいてしまう。チャーリーを気づかうふりをし、実はみんな、ばかにしていたのだ。手術には欠陥があり、チャーリーのＩＱはやがて元のレベル以下に落ちていく。物語の終わり近くのチャーリーは、手術を受ける前のように穏やかで、優しく、なにより無垢《むく》だ。

でもぼくは、脳の手術を受けていない。気づいてしまった感情を、なかったことにする手立てがない。アイスコーヒーを飲みながら、この激しい想いの持って行き場を探していた。そんな場所は自分の外には存在しない。それぐらい理解している。それでもぼくは、無様《ぶざま》に探し続ける。


「ごめん、今日のわたしはちょっと変だ。いや、いつも変なのは自覚している。でも輪をかけて、今日はおかしい」

昨日、美化活動のあと、北條はそう言った。反省会で缶コーヒーを飲みながら、視線を合わせず言葉を続けた。「だから、さっきの話は忘れてほしい」

——逸見くんはわたしを「変わり者」から「女の子」に引き戻そうとする。

言われた言葉を何度も何度も反芻《はんすう》し、でもその意味するところに確信が持てない。

——もう「女の子」をやめると決めていたのに、まだ心のどこかで「女の子」として見られることを求めているとも気づかせた。

そう口にした北條は、これまで見たどの瞬間の北條よりも、はかなげで、悔しそうで、愛おしかった。

「夏休みの終わりまで、あと一週間半残っている」

缶コーヒーを飲み干して、北條は息をつく。「やり切りたいと思っている。逸見くんを巻き込んだのは申し訳ない。でも、望まれない命ができることを妨《さまた》げたいのは本音なんだ」

「一度乗った船だから、ぼくは最後までつきあうよ」

「そうか。ありがたい」

そこで思い切って訊いてみる。訊かなきゃいけない気持ちがした。

「北條はつらくないの？」

「つらい？　わたしが？　どうしてよ？」

驚いた表情で、問い返された。

「このゴミ拾い、北條が自分を傷つけるためにやってるように感じたんだ」

本当は「自分と親」が正解だけど、親のほうだけ発言から削り落とす。しばらく黙ってぼくを見つめ、北條は「……逸見くんは変なやつだ」と苦笑した。

「北條ほどじゃないけどね」

「逸見くんの洞察力をあなどった。やっぱりわたしはできそこないだ」

「いや、北條はちっともできそこないなんかじゃない」

そこはキッパリ否定する。あの夜に打ち消してあげられなかったぶん、強調した。北條は、あっけにとられたようにぼくを見て、それからうつむき、「……ありがとう」とつぶやいた。

朝の風がスカーフを揺らしている。その様子を黙って見ていた。北條がゆっくりと語り出す。

「高校に入学し、心のリミッターを外してみた。わたしの素《す》は『女の子』じゃなく『変わり者』だ。中学の時のように『女の子』を装ったままこじらせてると、またわたしは誰かにわたしを搾《さく》取《しゅ》させてしまう。それはとっても不健全だ。自分というより、むしろ相手にとってよろしくない。心をいびつにさせてしまう。でも――」

一呼吸おいてから、言葉を継いだ。「逸見くんみたいに搾取しない男の子もいるんだな」

「北條が言う搾取って、心理的なもののことだよね？」

コクン、とうなずく。

「他人の弱さや不幸を我が身のために消費する、みたいな意味でしょ？」

またうなずく。

「ぼくもラノベや漫画、アニメでやっている、難病とかトラウマとか、そういう事情を抱えた薄幸そうなヒロインが、大好きだ。健気さに胸を打たれる。泣かされる。同情しつつ、その実は、胸の見えない奥底で、容赦なく搾取し消費している。視聴者や読者という安全地帯に身を置いて、『かわいそう』をおいしく味わい、無自覚にカタルシスへと換えている。もっと言えば、胸をなで下ろしていることさえある。うちは片親だけれど、ここまで不幸なわけじゃない。下には下がいるんだな。ヒロインたちは気の毒だな、って」

ひと思いに吐き出して、自嘲した。自分のなかには間違いなく、そういう醜い部分が宿っている。

「フィクションだけなら罪はない。逸見くんはリアルな世界で搾取はしない」

「どうだろう。自信がない」

「ううん、きっとそうだ」

北条はなぜかぼくに対する評価が甘い。

「――残りの美化活動を円滑に進めるため、わたしは少し、わたしのトリセツを伝えるよ」

唐突に、北条は言いだした。「トリセツ？」と訊いたあと、取扱説明書のことだと気がついた。

「わたしには、サヴァンの気《け》がある」

「なにそれ？」

「サヴァン症候群。特定の分野について、普通の人とはまったく違う記憶力や計算力を発揮する。わたしは円周率なら無限に言える。教科書も一度読んだら記憶に焼きつく。その色がどんな要素からできているのか瞬時にわかる」

なるほど、そういうことか、と腑《ふ》に落ちる。北條の並外れた能力はそれが理由だったのか。

「麻布の森みたいな学校には、同じような子どもたちがちらほらいる。そしてたいてい、リミッターを切ったわたしみたいに『変わり者』だ。サヴァン症候群の原因はよくわかっていない。遺伝するともしないとも言われている。ただ、全員じゃないけれど、たいてい大事なものと引き換えに力が発揮されている」

「大事なものって？」

「——コミュニケーション能力。サヴァンの人はうまく空気が読めないんだ」


「北條さん、先輩とお別れしたから髪を短く切ったのかな？」

一葉がドリンクバーから戻ってきた。おかわりもメロンソーダだ。青虫を煮詰めたような色をしている。一葉は小さなころからチープなメロン味が大好きだ。

「そういうのって、振られた側がやるんじゃないのか？」

慎之介は三杯目のコーラをストローでかき混ぜた。

「どっちもあるとは思うけど、まあ確かに、振られて気分を切り替えたい、って動機のほうが目立つかもね」

「だったら、北條は違うと思うぞ。たぶん北條が振った側、先輩が振られた側だ」

親友と幼なじみの考察を、ぼくはうつろに聞いていた。北條が振った側なのはおそらく正しい。その理由はこれ以上、西園寺先輩に搾取されない、させないためだ。髪を切ったのは「女の子」から「変わり者」に自分をリセットするためだろう。

時計の針はすでに午後九時近くをさしている。帰ろうか、と言いかけたところで、慎之介のＬＩＮＥが通知音を響かせた。三人そろってスマホの画面をのぞきこむ。

「今カノ」

短いトークに続き、もう一枚、写真が届いた。ついいましがた撮ったのだろう。闇に沈んだ横浜マリンタワーを背景に、先輩と制服姿の女子高生が体を密着させている。山下《やました》公園の氷川丸《ひかわまる》あたりが撮影場所だ。セミナー後に落ちあって、この時間までデートを楽しんでいたに違いない。

最初に反応したのは一葉だった。うっ、とうめき、グラスにメロンソーダを少し戻した。「大丈夫か？」と背中をさする慎之介の息も荒い。のぼせていたぼくの体も震えている。いやな汗が全身から吹き出した。

ボブヘアーで少し垂れた大きな瞳の「今カノ」は、半年前よりさらに綺麗になっていた。お嬢様学校として知られる三田《みた》女学院高校に進学し、ますます磨きがかかったようだ。

うっかりしていた。麻布の森のすぐそばじゃないか。両校とも最寄りは地下鉄の麻布十番駅のはずだった。彼女と先輩に接点があったとしても、不思議じゃない。

美しいからあざむかれる。かつてのぼくら三人が、そうであったように。

高梨《たかなし》ここみ。中学時代の同級生。女子ソフト部の一葉のライバル。

先輩に寄り添い、屈託なく微笑む美少女は、ぼくらの心に深い疵を残した「黒幕」だった。

＊　＊　＊

自分から当たりにいってるように感じられた。

ボールを受けたその女子は、バッターボックスに倒れ込み、右手の付け根を押さえてうずくまる。周囲の女子ソフト部員が「大丈夫？」「痛くない？」と口々に気づかった。マウンドでは一葉がぼうぜんとたたずんでいる。

「一葉、突っ立ってないで謝りなさいよ！」

部員のひとりが怒声をあげた。はじかれたように一葉が高梨ここみに駆けていく。

ぼくはサッカー部員だった。校庭の少し離れたところから、その様子を見つめていた。

中学二年の夏休み、ぼくと一葉はともに部活でほぼ毎日登校していた。

「紅白戦をなんどかやって、秋の地区大会のエースを決めるの。ここみは制球が抜群だけど、球速ならわたしのほうが勝っている。どっちがエースに選ばれるにせよ、悔いがないよう全力でがんばろうと思ってるんだ」

その朝、一葉は笑って言った。ぼくらは家がすぐそばだ。その日も迎えに来てもらい、二人いっしょに登校した。

「女同士の仁義なき戦いか。修羅場になりそうだ」

「〈そしてTOKIOの夏は悶☆MOAN〉」

一葉は愉快そうに口ずさむ。なんだそれ？　なんかの呪文か？

「呪文じゃないよ、『シュラバ☆ラ☆バンバ』。サザンの三十曲目のシングルで、発売は一九九二年」

「昭和じゃんか」

「平成だって。平成四年」

どっちにせよ、生まれるはるか前に変わりはない。

一葉は高梨の横にしゃがみ込み、「本当にごめんなさい！」と小さな頭を何度も下げた。

「平気。気にしないで。湿布貼って少し休めば元に戻る」

高梨は起き上がろうとして「痛っ……！」と顔をしかめてみせた。アイドルみたいな容姿をした、学校一の美少女だ。実際に横浜でスカウトされたという噂もある。そんな少女が健気《けなげ》に振る舞えば、異性ばかりか同性だって気にせずにはいられない。

「ここみ、無理しないでね」

取り巻く部員が高梨を支える。

「ありがとう。ごめんね、試合を中断させて」

心からすまなそうに頭を下げた。部員のひとりに支えられ、保健室へと消えていく。夏休みだが部活の盛んな渚中では、お盆を除き養護教諭が出勤していた。顧問の教師はなにかの用事で職員室にいるらしく、グラウンドには姿が見えない。

校庭から高梨が退場するや、一葉の周りをぐるっと部員が取り巻いた。

「わざとでしょ？」とひとりが言った。高梨とクラスが同じセカンドだ。部活以外でもいっしょにいるのをよく見かける。

「答えなさいよ、一葉、狙ってボールを当てたでしょ！」

少し離れた場所からも、驚く一葉の様子がわかる。

「そんな……わざとなわけないじゃない」

「だったらあんなに都合よく、ここみの右手に当たるかな？　しかもエースを選ぶ紅白戦で」

そうだよ、と別の部員が加勢する。一葉は力を込めて釈明した。

「違うって。狙えるほどわたしはコントロールが良くないよ」

その一言が、かえって周囲を煽《あお》り立てた。

「ぶつけておいて、なにその言い分！　開き直り？　ノーコンだから仕方ない、自分はちっとも悪くない、って聞こえるんだけど」

「制球に自信がないならピッチャー降りなよ！」

「一葉、ここみのこと嫌ってたもんね。男子がみんな噂していた」

言葉の刃《やいば》が容赦なく振り下ろされる。

「嫌いじゃない！　誰よ、そんな無責任なこと言ってるの」

「すり替えないで！　男子が誰かは関係ないでしょ」

「全員に好かれているとは思ってない。でも、男子の『みんな』に根も葉もないことを言われるほど憎まれてるとも感じてない」

一葉が必死で反論する。

「ああ、サッカー部の仲良し幼なじみは例外かもね。今日もいっしょに登校してた。あんたたち、つきあってるの？」

セカンドが薄ら笑いを浮かべている。火の粉がぼくにも飛んできた。

「ちーちゃんとはそんなんじゃない！」

「一葉さ、前から言おうと思ってたんだけど、その『ちーちゃん』って呼び方、マジキモい。かわい子ぶって、逸見くんの気を引こうとしているの？」

セカンドが、正面から肩を押した。弾みで一葉が尻もちをつく。

ああそうか、デッドボールは単なるきっかけだったのか、と気がついた。すまない、一葉。

一学期、ぼくはセカンドに告られた。名前すらうろ覚えの女子だった。ぼくは戸惑い、「ごめん」と詫びた。以来、セカンドはなにかと一葉にからみはじめる。

ソフト部の発火の仕方は異常だった。セカンドがひそかに地ならししていたのだ。少しずつ、事実無根の一葉のうわさを部員に吹き込み、火を着ける機会をうかがっていた。そこにデッドボールの好機が舞い込む。そう考えれば、この可燃性の高さにも合点がいく。かなり用意周到だったのだろう。部員に一葉をかばう声はない。

「逸見くん、こんな卑怯なブスのどこがいいんだろう。――あ、わかった。ここみみたいな可愛い子に、幼なじみを奪われるのがいやだから、思わずボールをぶつけたんだ」

セカンドの言い分はめちゃくちゃだ。言いがかりにもほどがある。でも、こういう喧嘩は「場」を支配した者の勝ちなのだ。言葉の正誤はどうでもいい。そしてみんな勝ち馬に乗りたがる。

「男好き！　男好き！」

「ひょっとして逸見くんとやることとすでに済ませてる？」

「それあるかも！　逸見くんち、母子家庭だから、昼間に親がいないもんね！」

罵詈雑言《ばりぞうごん》に一葉はあらがうすべもない。

「――ちょっと行ってくる」

ペアでパス回しの練習をしていた慎之介にボールを預け、ホームに向かって歩き出す。

「千尋、俺も行こうか？」

「いや、いい。ぼくと一葉とぼくの母の問題だ。慎之介は関係ない」

「でも……」

「お前まで出張《でば》ったら、無責任な『男好き』にお墨付きを与えかねない」

「そうか……」

まだ慎之介は一葉とつきあう前だった。気づかいだけありがたく受け取って、ぼくは一人、一葉を囲む女子の輪に割って入る。勇気というより怒りだった。一葉は気の合う幼なじみだ。母ちゃんは一人で息子を育ててくれてる。ぼくじゃなく、ぼくの大事な者を侵《おか》されるのは、我慢ができない。

「お前ら、いい加減にしろよ」

キッパリ言って、尻もちついてる一葉に視線を向ける。「大丈夫か?」

一葉は小さくうなずいた。セカンドが舌打ちする。

「同じ部員を寄ってたかってつるし上げ、ありもしないことを叫んでいる。中学生だぜ? お前ら恥ずかしくないのかよ」

「だったら、ライバルの利き手にボールをぶつける行為はどうなのよ!?」

セカンドが声を張り上げた。ぼくに視線は合わせない。

「たまたま瞬間を目撃した。高梨が、自分から当たっていったように感じられた」

「なにそれ、ひどい! ここみのせいだっていうの?」

セカンドに追従《ついしょう》し、部員たちが騒ぎ出す。

「ちーちゃん、言い過ぎだよ。ここみはそんな子じゃないよ……」

おびえた目をした一葉がつぶやく。

「黙れ、ブス! その呼び方はキモいって言ったでしょ! 加害者が口を挟んでんじゃねーよ!」

激高したセカンドが、足元を蹴り上げる。土が舞い、一葉は目を閉じ顔をしかめた。

ねじくれている。いま一葉が口にしたのは、高梨をかばう言葉だ。なのに一葉に罵声を浴びせる。ぼくに肩を持たれることが気に入らないのだ。収拾がつけられない。

「やめて！」

立ち往生していると、背後から声がした。

「みんなやめて！　わたしは本当に平気だから」

高梨だった。右手に大きな湿布を貼っている。付き添いの部員を従え、校庭に戻ってきた。

高梨が近寄ると、女子の輪のその部分だけ道ができる。十戒《じっかい》のモーセさながらだ。

高梨は一葉の前にしゃがみ込み、「わたしはぜんぜん大丈夫。ごめんね、上手によけられなくて」と一葉を抱いた。張り詰めた糸が切れたように、とたん一葉が泣き始める。高梨は小さな顎を一葉の肩にあずけたまま、赤ちゃんをあやすように背中を何度もぽんぽん叩いた。

「次はちゃんとよけるから、本当に気にしないで。またいいライバルとしてエースを競おう」

あんなにわめいていた女子たちが、一葉を抱いた高梨を、口を結んで見つめている。

「一葉こそ、大丈夫？」

尋ねられ、しゃくりあげながら一葉は首を縦に振った。「よかった」とつぶやいて、高梨は悠然と立ち上がる。

「みんなごめん。わたしが試合を止めちゃって。さあ続けよう。わたしが死球で出塁し、八回裏、一死一塁からでいいんだよね？」

そして優しく微笑んで、一葉にそっと手を差し伸べた。

圧巻だった。部員たちから拍手がわいた。

＊　＊　＊

二学期が始まって一か月、ぼくと一葉は中学校で孤立を深めていた。以前と変わらず接してくれるのは、慎之介と高梨の二人ぐらいだ。ほかの生徒は三つに割れた。いじめに積極的に加担する者、引きずられて従う者、無関心を装う者。割合としてはその逆順に多かった。

夏休み、女子ソフト部の紅白戦で、一葉は高梨に死球を与えてしまう。二人は秋大会のエースを争うライバルだった。まるで待ち構えていたかのように、セカンドの女子が一葉いじめののろしをあげる。

一学期、セカンドはぼくに告白し、拒まれた。話したことはほとんどなく、名前すらもよく知らない。その程度の関係性でうなずくほうがよっぽどその子に失礼だ。そう考えての判断だった。だが、セカンドは同じようには思わなかった。ぼくに恨みを募らせて、それを幼なじみの一葉に向けた。彼女は高梨と仲がいい。ふだんから、金魚のフンのようにつき従っている。その高梨は一葉のライバルだ。セカンドにとって、一葉の死球はいじめに踏み出す好機だったに違いない。

サッカー部の練習中、ぼくは一部始終を目撃した。そこで一葉をかばったことが、裏目に出る。未練を捨てたセカンドは、その日を境にぼくをハッキリ「敵」と定めた。

いまどき、いじめに腕力は必要ない。欠かせないのは情報だ。加えて、いち早く場の空気を支配することも重要だった。あとは自働で回っていく。そこまでくれば、もがいたところでターゲットは抜け出せない。蟻地獄の完成だ。

ドラマのような「血の惨状」も「机の上がゴミだらけ」なんてことも、起こらない。先生の目があるからだ。標的が怪我をしたり、教室に証拠が残ったりすれば、事なかれ主義の学校も、動かざるを得なくなる。

公立の高校入試では内申点が重視される。いじめがバレたら「自分の将来にかかわる問題」になりかねない。だからこそ、知恵の回る子どもたちによるいじめは見えず、陰湿なのだ。

まず「逸見と灰谷はつきあっている」という噂がたった。ぼくらは幼なじみだ。家は近く、いっしょに過ごす時間も長い。噂は信憑性《しんぴょうせい》を帯びるだろう。ぼくらはそれを放置した。むきになって反論すれば、むしろ火に油を注いでしまう。直接訊かれた時だけ否定した。

部活が盛んな渚中では、夏休み期間も生徒間のコミュニケーションが途切れない。二学期が始まるまでに、噂は全校的に広がった。

九月に入り尾ひれがつく。「二人は逸見の家でヤッている」という下品な尾ひれだ。

漫画や本を貸し合うことも、二人でゲームをすることも、確かにある。物心がついたときから、ぼくらはいっしょに過ごしてきた。お互いに一人っ子だから、感覚としては「きょうだい」なのだ。兄や弟は、妹や姉に欲情しない。当たり前の感覚が、同級生には理解されない。

一葉は両親からたっぷりと愛情を注がれている。のびやかだ。高梨みたいに目立つ美人じゃないけれど、くりっとした大きな瞳と小さな鼻、ぽってりとしたやわらかそうな唇を備えている。幼なじみのひいき目だが、なかなか可愛い。一葉をいいなと感じる男子は決して少なくないはずだ。そこに「ヤッている」という燃料が投下される。

思春期の好悪《こうお》の情は、性的な触媒により簡単に反転する。ほかの男に股を開いた（実際には開いていないけど）嫉妬から、一部の男子は一葉のことを「ビッチ」と呼んだ。もちろん、相手とされたぼくだって恨まれる。早くもいじめは自動回転モードに入っていた。

ぼくと一葉の関係性が気になるから、男子は陰口をたたくのだ。彼らに想いを寄せる女子からすれば、面白いはずがない。ぼくらはまたたく間に同性からも疎《うと》んじられる。

二学期が始まって間もないころの昼休み、高梨に呼び出された。その絶対的な美しさから、高梨は特権階級に君臨していた。そのうえ優しい。まさに無双の王女様だ。だからぼくや一葉と接触してもハブられない。

「一葉には内緒にしてね。傷つけるのがいやだから」

高梨は校舎の裏で囁いた。周囲を見回し、スカートのポケットからiPhoneを取り出す。

「運動部系の女子でつくるグループLINEがあるんだ。メンバーは五十〜六十人。最近できた。一葉は入っていない」

女の子の仲間意識と同調圧力は強烈だ。運動部系の男子には、そういうグループLINEは存在しない。

「昨日、あるメンバーから音声が投稿されたの。その子にはツイッターのDMで届いたらしい。匿名のアカウントだから、送り主の本名はわからない。彼女はそれをスマホで録音し、グループLINEに投稿した。なので、かなり聴きづらい」

高梨の説明に、とてつもなく悪い予感がした。

「じゃ、再生するね」

メッセージの再生ボタンにそっと触れる。流れてきたのは十二秒の音声だった。

《あっ……。ちーちゃん、気持ちいいよ……。私、もうイキそうだ……。イク……イク…！》

全身が凍りつく。

なんだ、これは？

どういうことだ？

「……逸見くん、一葉の声かな？」

よくわからなかった。そう言われればそうとも聴こえる。違うと指摘されれば違うようにも感じられた。メッセージの音質は悪かった。なによりも、こういう一葉の声は聴いたことがない。

「一葉かどうかわからない。でもぼくは、一葉とこんなことはしていない」

高梨はため息をついた。口を結んで足元を見つめている。「……わたしだって、あんな下品な噂は信じたくない。この音声も間違いだって思いたい」

「幼なじみとして断言するけど、一葉には、ぼくも含めてつきあっている男はいない。あいつはこんなことをしていない」

高梨はしばらく考え込んでから、質問を逆向きに回転させた。

「……逸見くんにもこういう相手はいないんだよね？」

「いるはずない。ぼくらまだ中二だぜ」

「一葉以外で逸見くんを『ちーちゃん』と呼ぶ女の子、いる？」

「それは……」

いなかった。一葉だから許していた。ぼくは自分の名前が好きじゃない。ましてや甘えた響きの「ちーちゃん」なんて、ほかの誰にも呼ばせない。

「中学生でこういうことをするとしたら、家でだよね。盗聴かなって思うんだけど、思い当たる節はない？」

「ぼくと一葉はやってない。盗聴以前の問題だ。そもそも部活から帰る時間に一葉の家にはおばさんがいる。日中だけのパートなんだ」

「逸見くんちは違うよね？」

高梨は食い下がる。真相を知りたい一念だろうと、ぼくはそれを好意的に解釈した。

「うちの母は確かにフルタイムで働いている。ぼくの帰宅時間には家にいない。だからといって、むやみに女子を連れ込まない」

音声はグループLINEに投下された。一度ネットに乗ったデジタル素材は取り消せない。むしろ広がる一方だ。この音声の聴取者は、もう五十～六十人では済まないだろう。メンバーが、友だちや交際相手に転送する。その相手も、さらに友人知人に拡散する。それが終わることなく繰り返される。

今朝からクラスの様子が変だった。女子はこれまで以上にぼくを避け、男子は薄笑いを浮かべている。真偽なんてどうでもいい。みんなにとって、ぼくと一葉がこういうことをしている「疑い」だけで十分な娯楽になる。

「一葉と逸見くんがいやな思いをしていることに、責任を感じてる」

涙声だった。高梨の綺麗な顔がゆがんでいる。「わたしが一葉のボールをよけられていれば、こんなことにはならなかった」

「高梨は悪くない。あのあとも、変わらずぼくらに接してくれている」

それでも彼女は「ごめんなさい、ごめんなさい」と繰り返した。

「だから謝るなって。――ただ、頼みがある。ああ見えて、一葉は案外もろいんだ。このメッセージもそうだけど、いじめの度が過ぎるのを見かけたら、やんわりと止めてほしい。いま、それができるのは高梨だけだ」

顔を上げ、潤んだ瞳で「約束するよ、逸見くん」とつぶやいた。その顔は女優のように神々《こうごう》しかった。

　この日を境に一葉は登校できなくなってしまう。セカンドが、一葉にメッセージを転送したのがとどめを刺した。内容が内容だから、学校にも親にも相談できない。その深夜、「聞いちゃった。わたしじゃない。もう死にたい」と一葉からＬＩＮＥが届いた。返事を書いても既読にならず、音声通話もつながらない。翌朝、早起きし、直接一葉の家に足を運んだ。

「ごめんなさいね。あの子、ひどく体調悪そうで、昨日、帰ってきてからずっと部屋にこもったままなの。千尋くん、なにか理由を聞いてない？」とおばさんに質問された。

　聞いてません、とぼくは答えて、登校する。

　休むわけにはいかなかった。休んだら、負けになる。ぼくだけの負けじゃない。一葉も含めた敗北だ。こんな根も葉もない中傷に、屈したくない。

　学校中の好奇の目に耐えながら、ぼくは死に物狂いで通い続けた。そこに二の矢が飛んでくる。今度も短い音声メッセージだった。

《ねえ、ちーちゃん。またここみにボールぶつけちゃおうかと思ってるんだけど》

「一葉」が「ぼく」に話している。教えてくれた高梨は「わたしは信じていないからね」と言っていた。メッセージは拡散され、再び一葉に転送される。

　九月の第三週、慎之介からツイッターの鍵垢《かぎあか》の存在を知らされた。「垢」とは「アカウント」をさすネットスラングだ。ぼくと一葉についての話題を交わす鍵垢だった。

ツイッターは通常の設定だと、投稿がフォロワーのタイムラインに表示される。検索すれば誰でも見られる。だが、アカウントに鍵をかけると、承認しあった者同士でしか共有されない。アカウントは匿名で、誰でもすぐに開設できる。

「俺は千尋の仲間だと思われてるし、そもそもツイッターをやっていない。同級生から『お前もあれこれ書かれているぜ』と耳打ちされ、気がついた。そいつは仲間外れの保険のために鍵垢をつくった程度のヤツなんだ。自分からは書き込まない。いいねも押さない。だからわりと気軽に見せてくれた。えげつなかった。千尋と灰谷へのからかいと、誹謗中傷、エロ画像」

慎之介から画像について訊き出した。パソコンに長《た》けたやつがいるらしく、静止画のAV女優と男優に、一葉とぼくの顔写真が合成されているようだ。さらに誰かが、投稿されたその写真を「一葉の喘《あえ》ぎ声」と組み合わせ、再投稿しているらしい。ああ、そうか。事実無根の音声メッセージもそんなふうになにかを加工し、つくったのだろう。

最悪だった。聞いているだけで吐き気がする。一葉には絶対に見聞きさせてはならない。

投稿者を特定するには法的な手続きが必要だ。お金もかかる。中学生にはハードルが高すぎる。母には絶対頼れない。けれどぼくには父がいない。

一葉の休みは続いてた。必然的に高梨がエースの座に就く。だがもはや、そんなことは些事《さじ》だった。

ぼくは意地になって登校した。

そのうち頭がずきずき痛み、視界に薄い霧がかかるようになっていった。平衡感覚を失って、しょっちゅうつまずく。ボールを蹴られる状態ではなく、サッカー部の顧問には「休部したい」

と申し出た。「どうした、風邪か？　早く治せよ」と顧問は言った。

職員室の住人は、ぼくと一葉になにが起きているのかまったく知らない。知ろうとしない。

九月末、布団から起きることができなくなった。全身が鉛のように重たくて、身じろぎすらもかなわない。

「最近様子がおかしかったけど、千尋、いったいなにがあったのよ？」

出勤前の母ちゃんに気づかれる。その気づかいがトリガーだった。ぼくの心のダムは決壊する。幼児みたいに大泣きした。母ちゃんはなにも言わずにぼくの体を抱きしめる。

「ごめん……仕事遅刻するからもう行って……」

「有休とるよ。息子より大事な仕事なんてありゃしない。話せるならば、お母さんに話しなさい」

母ちゃんは一本だけの大黒柱だ。子育ても家事もこなしている。タスクをわけあう夫はいない。自分が心底ふがいない。なぜもっと強くなれないのだろう。母ちゃんに負荷をかけずに生きられないのか。

結局、ぼくは打ち明けた。話を薄めて、ところどころを脚色した。じっと耳を傾けて、母ちゃんは再びぼくを抱きしめた。

「千尋はよく頑張った。一葉ちゃんを守ろうとしたのも立派だよ。さすがはわたしとお父さんの一人息子だ。でもね、もういいから。これ以上、一切頑張らなくていい。行きたくなるまで学校も休んで構わない。ゲームでも漫画でもラノベでも、好きなことだけして過ごしなさい。人生長い。そういう時間があってもいい」

ターゲットをともに仕留めたからだろう。ぼくと一葉に対する関心は、急速に薄れていった。

三日に一度、慎之介がうちに来てくれた。学校のプリントなどを届けるためだ。菓子を食べ、漫画を読み、ゲームをやった。慎之介だけが、ぼくと外部の接点だった。

繰り返し、慎之介には謝られた。「俺があの時、千尋といっしょに灰谷を助けていれば」「もっと毅然といじめに声を上げていれば」――。そのたびに涙ぐむ。ぼくと一葉だけではない。親友を侵《おか》されて、あらがえなかった慎之介も、また深く傷ついていた。

一葉にも接点が必要だと考えた。秋から何度も誘いのＬＩＮＥを送った。既読にさえもならなかった。

年が明け、桜が咲くころ、慎之介が興奮気味にやってきた。

「俺からの終業祝いだ」

茶封筒をぼくに差し出す。体を起こし、自室のベッドに腰をかけ、なんだよこれ、と受け取った。表には東京の弁護士事務所の名前が刷られている。

「その先生、住んでいるのは都内だけれど、葉山に別荘があるんだ。学生時代はサーファーだったと言っていた。夏と冬にそれぞれ十日、休みを取り、滞在中、うちに髪を切りに来る。古風なスタイルを気に入っていると言っていた。それで、ダメ元で事務所に電話してみたんだ」

「いつの間に？」

「相談したのは去年の秋。鍵垢の話をしたころ」

「マジか。そんな前かよ」

「鍵垢を見せてくれた同級生の目を盗み、投稿をアドレスごと何人分かスクショした。スマホからウェブメールで自分に送り、オリジナルは消去した。弁護士に転送したのはそのうち数枚。すまん、千尋に断らず」

「それはいいけど……弁護士費用って高いんだろ？」

「本来ならね」

スクリーンショットを転送すると、弁護士からすぐに電話があったそうだ。

「いまどきのガキどもは悪質だな。若いころ、俺も結構やんちゃをしたが、こういう卑劣な真似《まね》はしなかった。いいよ、二件まで出世払いだ。俺が代理人として開示請求してやるよ。ただし、請求できるのは『自己の権利を侵害された者』だけだ。つまり、慎之介くんについての悪口のみってことになる。それから、君は未成年だから、親父さんに一筆もらう必要もある」

雛形を送ってもらった慎之介は、適当な理由をつけて、父親に署名捺印してもらう。

「――で、今日うちに届いた結果がその封筒。半年もかかるんだな」

慎之介に促され、ぼくは書類を取り出した。案の定、一人目は口火を切ったセカンドだった。

親権者の同意はいるが、スマホは中学生でも本人名義で契約できる。

「一番ツイートが多かったのがそいつだよ。エロ画像も拡散していた。ただ、ツイートの内容を読む限り、そいつよりも上位の誰かがいる印象だった。匿名だけど、当事者同士は誰が誰だかわかってたんだろうな」

書類をめくり、絶句した。慎之介が口を開く。

「たぶん、そっちの垢が黒幕だ。一つ目の音声を投稿したのもその垢だった。セカンドはお前に振られた逆恨みがきっかけだろう。黒幕はそれに便乗し、ライバルを蹴落とすために利用した。そのうちいじめ自体が楽しくなって、リアルの主従関係をＳＮＳに持ち込んだ。さすが我が渚中の王女様だよ。巧みに会話をリードして、お前と灰谷を全員から分断した」

校舎の裏で涙を流した彼女のことを、女優みたいに感じていた。なるほど、泣きの見事な演技もしていたってことか。彼女なら、一葉の声の真似ぐらい、簡単にできそうだ。

狂っているな、高梨ここみ。

ぼくは一葉にLINEを送る。

「一葉が知っておくべきことがある。慎之介が見つけてくれた。慎之介はぼくの親友だ。絶対お前を傷つけない。だから、勇気を奮ってうちに来い。二人で一葉を待っている」

スマホを机に戻す直前、LINEの通知の音がした。ぼくらはそろって画面を見る。

「今から行く」

半年ぶりに一葉が示した生存のサインだった。

＊　＊　＊

「ちょっと歩くか」

夢庵を出たところで慎之介が切り出した。

「そうしよう」とぼくは答え、一葉もうなずく。

「もう九時だけど、一葉は平気か？」

「このまま帰るほうが大丈夫じゃない。お母さんにはさっきLINEした。『日付が変わる前には戻ってきなさい』だって」

「理解あるな」

「慎之介とちーちゃんが、信頼されているんだよ。半年ひきこもっていた一人娘を助けてくれた恩人だしね」と苦笑した。

ぼくらは自転車を押しながら、国道を海に向かって歩き出す。

一葉は深く息を吸い、ゆっくり吐いて、サザンの曲をハミングした。お気に入りの曲で自分をなだめているのだろう。

潮の匂いを含んだ夏の夜風が、必要以上にぼくらをセンチメンタルにさせている。

ぼくと一葉は二年生の終わり、そろって中学校へと復帰した。二人で励まし合って登校した。そばにはいつも慎之介がいてくれた。同級生が驚いたのは最初だけだった。積極的に話しかけてくるヤツはいなかったけど、あからさまに遠ざけられもしなかった。拍子抜けした。いつまでもいじめを続けられるほど、みんな他人に興味がないのだ。

ぼくと慎之介はサッカー部を、一葉は女子ソフト部を退部した。授業が終わると三人で学校を出る。「同じ高校に進学しよう」と約束し、遅れを取り戻そうと町立図書館で勉強した。よくはかどり、成績も伸びた。気晴らしにみんなで海を見に行った。

時間をかけてゆっくりと、ぼくと一葉は落ち着きを取り戻す。並行し、慎之介と一葉の距離が縮んでいった。はたで見ていて微笑ましく、ちょっぴり寂しい思いがした。

高梨ここみはずっとぼくらを避けていた。配下のセカンドたちもおんなじだ。その理由がわかるのはもう少しあとになる。

中三の夏だった。慎之介の家に遊びに行き、弁護士と出くわした。夏休み、別荘に滞在し、戸田理髪店に髪を切りに来ていたのだ。アロハシャツを着た中年の遊び人という風体《ふうてい》で、慎之介に「あの人がそう」と耳打ちされてびっくりした。眼鏡をかけて仕立てのいいスーツをまとい、いつも難しい法律用語をしゃべっている——。弁護士にそんなイメージを抱いていたからだ。

散髪を終え、店を出たところで呼び止める。「その節はお世話になりました」と頭を下げた。

「君が逸見くんか。よく頑張ったな。もう平気かい？」と笑顔で問いかけられた。平気です、とぼくは答える。

「いじめは民法上の不法行為だ。加害者を知ってから三年以内なら損害賠償を請求できる。相手をこらしめたいと思ったら、それまでにどうぞ。ただし今度は有料な」と冗談交じりに名刺を渡し、弁護士は去って行った。

その日初めて、ぼくらの学校復帰直前に、慎之介が高梨に因果を含めていたことを知らされる。高梨を呼び出して、開示結果を突きつけたのだ。

「証拠は十分だ。弁護士に訊いたけど、いじめた相手を訴えることもできるらしいぜ」

実際には慎之介はそこまでやるつもりはなかった。こうした証拠が学校に知られたり、SNSに流れたりするだけで、高梨の人生は詰みになる。

「これ以上、千尋と灰谷に関わるな。俺にもだ。高梨には影響力がある。取り巻きにも関わらないよう言ってくれ。約束を守ってくれれば、証拠は机にしまっておく。——どうする？」

高梨は下唇をぎゅっと嚙んでうつむいた。

狂っているけど、保身すらできないほどのばかじゃない。ツイッターの裏垢や、グループLINEはいつの間にか消し去られた。

ネットに漂う情報は、完全には回収できない。とはいえ名も知れぬ中学生への悪口や、稚拙《ちせつ》な合成写真が、これ以上世間の耳目《じもく》を集めるとも思えなかった。人に悪意がある限り、残酷な娯楽は次々と生み出される。よってたかって消費され、みんなそのうち飽きるのだ。

「同情する気はさらさらないけど、高梨んち、親の圧がすごいらしい。小さいころから文武両道を求められ、容姿を可愛く保つことまで命じられてきたそうだ。そんなんだから、上手に他人に負けられず、頭のネジが飛んじゃうんだな。よかったよ、うちは親父もお袋も、のんびりとした街の床屋で」

慎之介はそう言った。同級生から聞いたらしい。事実だとしたら確かに息が詰まりそうだ。

高梨は美しい。でも、勉強やスポーツまでオールラウンドに飛びぬけているわけじゃない。親の期待に応えきれてはいないだろう。彼女には彼女なりの地獄があるんだな——。ぼくはわずかに胸を痛める。

卒業後、高梨は葉山から二時間かかる三田女学院高校に進学した。往復四時間。彼女と親の、どっちの選択なのかは知らないけれど、移動だけで一日の六分の一を費やすほどの価値を「都心のお嬢様学校」に見いだしたということだろう。

高梨は西園寺先輩とつきあった。偏差値の頂点に立つ麻布の森のイケメンが、彼女の心を満たすことを願わずにはいられない。

御用邸前の坂を上った先のミニストップまで、三人並んで自転車を押した。夢庵でドリンクバーを頼んだのに、早くも喉が渇いている。蒸し暑い。「なんか飲み物買って行こう」と声をかけると、慎之介も一葉もうなずいた。レジでペットボトルを購入し、窓際のイートインカウンター席に腰かける。ぼくはコーヒー、慎之介はダイエットコーラ、一葉はウーロン茶だ。さすがに一葉もこの時間だとファンタのメロンは選ばない。

カウンターの下で、一葉は慎之介の手を握っていた。五指をからめた恋人つなぎだ。夜風にあたり、ハミングし、恋人のぬくもりを感じるうちに、だいぶ落ち着いてきたようだ。この先も慎之介は一葉を守るだろう。一葉も慎之介を支えていく。まだときどき、距離感に戸惑うが、慎之介は変わらずぼくの親友で、一葉は大事な幼なじみだ。

「……ちーちゃんさ」

「うん？」

「いまさらだけど、わたしは、ちーちゃんに感謝してるんだ」

「この前、学校でおごったこと？」

一学期の終わり近く、財布を忘れた一葉にジュースをおごった。自販機のファンタが売り切れ、あのとき一葉は、迷った末に「まろやかメロン＆ミルク」のボタンを押した。

「サンガリアは相変わらず攻めているよね。独特の味がした」とくすっと笑う。「まろやかメロン＆ミルクにも感謝している。でも、言いたいのはそれじゃない」

「じゃあなにさ？」

「あきらめずにわたしをＬＩＮＥで誘ってくれたこと。慎之介と引き合わせてくれたこと」

いじめの前から二人は顔見知りだった。ただ、お互いに遠慮しあっていた。慎之介はぼくと幼なじみに割り込まない。一葉はぼくと親友を邪魔しない。

決して迷惑には感じなかったはずだ。けれど二人は、それぞれの関係性をおもんぱかり、間合いを取った。そういうところが慎之介であり一葉なのだ。

「ちーちゃんと、慎之介がいてくれたから、わたしはあの地獄から抜け出せた。湘南東に入学できた。さっきみたいにまだ取り乱すこともあるけれど、長引かない。落ち着いて、すぐに笑顔を取り戻せる。そっちは慎之介がいるからだ」

「そりゃお熱いこって」

「うん、お熱い」

茶化した言葉をまっすぐに肯定される。一葉は穏やかに笑っていた。慎之介は黙ってコーラを飲んでいる。

「ちーちゃんはあったかい。わたしはいい幼なじみに恵まれた。神様に感謝している」

「大げさな。単なる近所のヘタレだよ」

「ヘタレなのは知っている。そこがちーちゃんの良さでもある」

なんだ、ヘタレは否定してくれないのか。

「──あのさ、わたしわかったことがあるんだよ」

「いまさら紐パンのブランドでも探り当てた？」

二度目の茶化しをスルーして、一葉はゆっくり言葉をつむいだ。

「誰かに想われるって、すてきなことだ。自分自身に自信が持てる。優しくなれる。勇気がわく。この人のために生き延びようって気持ちになる」

生きる、ではなく、生き延びる。

聞いていて、切なくなった。

「好きな人のあったかさは、幼なじみや親とはまた違う。上手く伝えられるかわからないけど、揺らぐんだ。距離の近さも分けた血もない。それをずっと与えてもらえる保証もない。だから揺らぐ。揺らぐからこそ一生懸命求め続ける。相手にも、同じものが伝わるように努力する。きっとこれは死ぬまでおんなじだ。もしその人と結婚できたとしても、変わらない」

慎之介が「……俺は一葉と別れねえし」と赤い顔でつぶやいた。

「慎之介がわたしに振られるかもしれないでしょ」

その気もないのに、意地が悪い。一葉はくすくす笑ったあと、「嘘だよ。わたしは慎之介が大好きだ。だから、ずっと好きでいさせてね。それからずっと好きでいて」と囁いた。

「ちーちゃん。わたし、思ってるんだ」

「なにをだよ?」

「大事な幼なじみにも、そういう人がいればいいのにな、って」

いじめの前から無意識に、片親家庭をこじらせていた。父がいない。思春期のロールモデルが存在しない。もう「男の子」の季節は過ぎた。ぼくはそろそろ「大人の男」にならなきゃいけない。でも、その作法がわからない。目指すべき、あるいは、乗り越えるべき存在に欠けている。好きな人と心を通わせ夫になり、父親として子どもを育てる。そんなありふれた未来像すら描けない。それどころかいじめを受けて、異性におびえてさえもいる。

母ちゃんは大変そうだ。幼い子どもを残したまま、配偶者に先立たれた。生きていくにはお金がかかる。仕事だけじゃない。家事だって、育児だってやらなきゃならない。一人息子はヘタレている。役に立たない。

もしぼくに、恋人ができたとする。誰かの夫や親になれたとする。そのときぼくは、一葉が言う「あったかさ」を、大事な誰かにちゃんと与えられるのだろうか。

「なんでもいいと思うんだ」と一葉が言った。「相手が異性じゃなくても、結婚という形にとらわれなくても、子どもをもうけなくっても、ぜんぜんいい。いまは全部認められる。そういう時代になったと感じている。ダイバーって言うんだっけ?」

「ダイバーシティー」と慎之介が口を挟んだ。

「そうそう、それだ。ダイバーシティー、多様性」

握った手をぶんぶん振って、一葉が笑う。

「でもね、そういう時代になったとしても、人はたぶん、一人では生きられない」

「ぼくにはお前も慎之介もいる。片親だけど、母ちゃんもいる」

「わたしと慎之介の新婚家庭に、ちーちゃんなんか呼ばないよー」

自分で言っておきながら、一葉は照れた。慎之介はもっと照れている。

「それにさ、ちーちゃん、親不孝しちゃダメだから」

「親不孝？」

「お母さんより先に死んだら絶対いけない」

また当たり前のことを失念していた。その昔、女子高生だった母ちゃんは、失恋し、親友に嫉妬して、泣きじゃくった。ほろ苦いアオハルを通り過ぎ、ぼくの母になったのだ。そして老いる。やがて父のもとへ行く。親より先に子どもが死ぬのは究極の親不孝だ。

いつの日か、ぼくは母のいない世界を生きねばならない。

「ゆっくりでも、どんな相手でも、いいと思う。ちーちゃんに、大切な人を見つけてほしい。その人に、ちーちゃんを大事に想ってもらいたい」

「……見つけられるのかな、ヘタレのぼくに」

そこで一葉は悪戯《いたずら》っぽくぼくを見た。手をつないだ慎之介も、同じ表情を向けている。頭に浮かんだその人を、まるで見透かされているようだった。

「なんだ、こんな時間に。夜の『ゆうゆう散歩』か？　三人そろって不良だな」

唐突に声がした。イートインコーナーのすぐ脇が店の出入り口だ。ジャージ姿の小柄な女子が、あきれたようにこちらを眺め、仁王立ちしている。

「ひどいだろ、これ」

腕まくりして二の腕をぼくらに向けた。虫刺されの赤い跡が三つ見える。

「夜は窓を閉めるべきだった。かゆくて眠れない。ミニストップに蚊取り線香置いてあるよな？」

答えも待たずに前を向き、少女は店の奥へと歩み出す。三歩進んだところで「おっ！」と急に立ち止まり、首だけひねってぼくを見た。「髪を切ったね」

ああ、切った。

「あとさ……ちょっと耳に入っちゃったんだけど、逸見くんには大切な人がいないのか？」

北條が、じっとぼくを見つめている。


「大切な人」の有無を問われて押し黙る。

でもそう答えたら、「それは誰？」ときっと二の矢が飛んでくる。ミニストップで答えてしまっていいのだろうか。おまけに親友と幼なじみの目の前だ。こういうのは、もう少しロマンチックな環境で、二人きりのとき伝えるのが作法のような気がする。

北條に嘘はつきたくない。いないと答える選択肢はない。

ぼくから視線をそらした北条は、ふうん、と短い息を吐く。

「まあいいや。じゃあ、蚊取り線香買ってくる」と店の奥へと消えていった。

「ヘタレ」と一葉が小声でなじる。「一葉に同意」と慎之介が追い打ちをかけた。

カウンター席に座ったまま、ガラス越しに国道をぼんやり眺める。そろそろ十時だ。行き過ぎる車やバイクもほとんどない。

北條が「あったあった」と声をあげ、支払い済みの蚊取り線香を片手に戻ってくる。

「さ、マジ帰ろう。おれは一葉を送っていく。千尋は北條を送っていけ」

慎之介がアイコンタクトもなくパスを放った。

「いや、わたしはいいよ。一人で来たから、一人で帰れる。自転車なので危なくない。それに逸見くんと灰谷さんのほうが家近いでしょ？」

北條が断るや、一葉がカウンターの下から手をあげた。「ほら、わたしたちはこれなんで。北條さん、そこはむしろ、わたしと慎之介に気をつかってよ」

二人は片手をずっと握ったままだった。

「そうか。そういうことなら、距離でペアを決めるのは無粋《ぶすい》だな」

「送るよ、北條。二人のためにもそうさせてくれ」とぼくは言う。

「すまん。せっかくの夜の『ゆうゆう散歩』を邪魔してしまった」

「そういうのじゃないよ。ちーちゃんが慎之介の家で髪を切り、そのあと夢庵で食事して、気持ちを落ち着かせるためミニストップに寄っただけ」

一葉が苦笑いして席を立つ。手はしっかり握ったままだ。大切な人の手のぬくもりは、お互いの心を癒すのだ。

四人そろって店を出た。生ぬるい夏の空気に包まれる。

「気を落ち着かせるって、なんかいやなことでもあったのか？」

北條が自転車の籠《かご》に蚊取り線香を放り込んだ。

「わたしたち三人ね、中学時代、いじめられてたの」

一葉がさらりと口にした。ぼくと慎之介はぎょっとする。星明りが一葉の顔を照らしていた。やわらかく、笑っている。

ああそうか、と気がついた。一葉は今夜、いじめを「過去」にできたのだ。強いな、一葉。幼なじみとして誇りに思う。

「知らなかった。三人とも大変だったんだな」

北條がすまなそうにつぶやいた。一葉が左右に首を振る。

「もし、北條さんにも心にわだかまりがあったなら、わたしたちにシェアをして。無理強いはしない。一人で抱えているのがしんどくて、吐き出したいと思ったときだけ、そうしてほしい。秘密は守る。わたしも慎之介もちーちゃんも、北條さんの味方になる。高校で知り合う前のことでも構わない」

北條が黙り込む。チャリンコの両ハンドルを握りしめ、なにかをしきりに考えていた。

「中学時代か……」

つぶやきながら細い顎を上に向け、夜空を眺めてポツリと言った。

「——元カレの安否が気がかりなんだ」


ミニストップで慎之介と一葉と別れた。二人きりの帰り道、北條は口をつぐんだままだった。歩道が狭く、ぼくは半歩後ろをついて行く。傍《かたわ》らを通り過ぎる車のライトがジャージの背中を一瞬照らした。それがなにかの合図のように、北條は「まったくあの人らしいな」と苦笑した。

思いもよらず、北條から「元カレ」を気づかう言葉が飛び出した。慎之介が迂闊《うかつ》に反応し、「大丈夫、元気だった」と言ってしまう。北條からは「どういうこと？」と当然の反応が返ってきた。すかさず一葉に肘でつつかれ、失言だったと慎之介は口ごもる。

「いいから教えて。西園寺先輩は元気なの？」

北條が食い下がる。慎之介はかいつまんで経緯を話し、ＬＩＮＥを見せた。「うわ……。ロングで浴衣のわたしじゃないか。中学時代の黒歴史だ」と写真を凝視し、肩を落とした。もう一枚にもちらりと目をやり、「今カノは三田女学院《ミタジョ》なんだ」とつぶやいた。

「その子がいじめの主犯格」と一葉は言った。もう高梨の写真に動じない。ぼくもどうにか平静を保っていられた。

ただ、それとはまったく別の理由で、胸がきりりと痛みだす。

「……先輩に未練があるの？」

耐えきれず、ぼくはとうとう口にした。チャリンコごと立ち止まり、振り返った北條は「逸見くん、それ本気で言ってるの？」と問い返す。

「ぼくにはつきあった経験がない。当然、恋人と別れたこともない。だから、そのあとの男女がどんな距離感なのか、わからない」

「答えを言えば、人それぞれ。どんな別れ方をしたかにもよるだろうね」

「北條は？」

「身も蓋《ふた》もないほどバッサリだった」

「振ったの？」

「うーん、振った振られたというよりも、わたし的には『関係を解消した』って認識かな」

再び前を向き、北條は自転車を押しながら歩き出す。歩道が少し広くなり、歩調を速めて隣に並んだ。

「……前に逸見くんを茶化したけれど、中学時代、わたしはめちゃめちゃこじらせていた」

以前ちらりと耳にした。詳しくは聞いていない。

「ちょっと遠回りだけど、父と母のことから話すね。でないとよく伝わらない」

北條は切り出した。


北條の両親は大学時代に知り合った。父親は東大で、母親は慶大に通っていた。お互い大学二年のとき、あるベンチャー経営者の講演会で偶然隣の席になる。バブルのはじけたその当時でも、東大生と慶大生なら就職先には困らない。若手起業家ブームがくるのはまだ先だ。にもかかわらず、二人は「いつか自分の会社を立ち上げたい」と考えて、講演会に参加していた。終わった後、どちらからともなく声をかけ、お酒を飲んで意気投合する。

慶大生の大半は、三年で日吉から三田にキャンパスが変わる。それを機に、母は横浜の実家を出た。駒場から本郷にキャンパスが移った父親も、同時に葉山の実家を離れる。二人は都心で同棲をスタートさせた。

卒業後、父は外資系銀行に、母は大手広告代理店に就職した。二人は給与の半分近くを株に充《あ》て、儲かると不動産に投資した。古いアパートを一棟買いし、リフォームして、相場より安い家賃で低所得者に貸しつけた。

「生活保護の住宅扶助の上限額にあわせるんだって。役所からお金が出るから取りっぱぐれない。父も母も、そういう知恵がよく回るのよ」

やがて二人は中古マンションや古い戸建てにも手を広げる。家賃として得たキャッシュを株だけでなく債権や先物にも突っ込んだ。不動産は値上がりすると売却し、さらに投資に還流させる。「結婚の必要性を感じない。とにかくいまは創業資金が必要だ。余計なカネがかかるから、子どもなんて考えられない」と言い合った。

資産が増え、創業の計画が具体化するのと並行し、二人の関係性は変わっていく。まず先に、父親が女をつくり、次いで母親も男をつくった。浮気は長く続かない。そもそも二人に続ける気はなく、お互い短期で相手を変える。

その夏、父と母は葉山を訪れた。二人は父の実家に滞在せず、海沿いに宿をとる。ドルフィンズダイナの創業を間近に控え、事業計画を再点検し、改めて長者ヶ崎の一号店予定地を下見した。すべて順調に運んでいた。

「それで深夜、二人そろってお酒片手に浜辺に出たの。高揚感があったのね。もうすっかりビジネスカップルだっていうのに、父と母は酔って外で欲情した。そのときにできたのがわたしってわけ。できちゃったら仕方ない、と父と母は籍だけ入れた。創業資金にめどがつき、この先は、既婚のほうが銀行や取引先の信用を得られやすい、という思惑もあったと思う。出産育児のために、創業直後、母は経営を退《しりぞ》いた。代わりに三十四パーセントの株を手に入れた。逸見くん、三分の一超の意味ってわかる？」

ぼくは黙って首を振る。北條はこの話を、両親や祖父母から断片的に訊かされて、パズルのピースみたいに組み合わせていったそうだ。その気持ちを察すると、胸が痛む。

「大株主として特別決議を単独で拒否できる。つまり、父だけでは大事なことを決められない。必ず母の同意がいる」

ドルフィンズダイナの公式サイトを思い出す。五十一パーセントを握る「北條健介」が筆頭株主、二番目は三十四パーセントの「北條エミリ」だった。

「女ぐせ、男ぐせって、病気みたいなものなのね。その後も父は、よそで女をつくっては、あっという間に終わらせて、またつくって終わらせる、の繰り返し。女性は若さがニーズに直結しているから、母はちょっと損みたい。でもお金は十分あるから、いまだに若い男のいる店で遊んでいる。二人に愛なんてまったくない。それでも離婚しないのは、子どもではなく株のせい」

北條を育てたのは何人かのベテランシッターだった。「経営者にふさわしい娘」としてのマナーもしつけてくれた。貧しい思いは一度もしてない。本は無制限に買ってもらえた。パソコンは自由に使えた。サヴァンの素質があったから、読んだ書物もホームページも教科書すらも、そのまま頭に焼きつけられる。麻布の森の初等部にも合格した。

「わたしは空気が読めないから、友だちらしい友だちはできなかった。両親は変わり者だし、あの学校にはそういう子どももちらほらいる。それでいいやと思ってた。でもね、中等部に進んだころ、授業で太宰治を読んだんだ」

そういえば、北條は夏休みの読書感想文を太宰で書いたと言っていた。

「太宰って、若いころから何度も何度も心中未遂を繰り返し、最期は妻子がいるのに愛人と心中した。生みの親に放置されて育ったせいで、狂ったように『情』を求める人だったのよ。もちろん、わたしも辞書的には『情』を知っている。けれど、愛情も友情も、体感的にわからない。太宰は死ぬほど求めたのに、どんなに読んでもわたしには『情』ってなんだか、ピンとこなかった」

北條は歩き続ける。前を向き、一歩ずつ、八月の暗闇をもがくように進んでいく。

「気づいて震えた。わたしには、人間として大事なものが欠けている。両親が、酔った弾《はず》みでやっちゃって、予定外に生み出されたのがこのわたし。その経緯や愛すらないのに別れない父と母を、ひそかにずっと軽蔑してた。でもね、なんのことはない、わたしだっておんなじだ。『情』がちっとも理解できない。わたしはわたしを哀れんだ。そんなときに声をかけてくれた人がいた」

それが一つ上の西園寺先輩だったのだ。

麻布の森の中等部にそのまま進み、北條は図書委員になった。

「あんまり好きな学校じゃなかったけれど、図書室だけは自慢できる。三階建ての別棟なの。図書室っていうより図書館ね。蔵書数は二十万冊。これなら一生読み続けられる。そう思って委員に手を挙げた」

カーブを曲がると急な上り坂が現れた。暗い夜道を踏ん張りながら、自転車を押していく。「おばあちゃんち、この坂を上り切ったところ。逸見くん、やっぱりごめん、送らせちゃって」と荒い息で詫びられた。「気にしてないよ」とぼくは答える。

授業が終わると北條は図書室に直行した。委員の仕事は貸出の受け付けと、返却に応じて書籍を棚に戻すことだ。それさえこなせば、あとはカウンターの内側で自由に過ごせる。

小説からアートや図鑑、専門書、レシピまで。北條はなんでも読んだ。

「『情』がわからないとか、うまく空気が読めないとか、わたしには人間としての欠落がある。それを知識で補えないかと考えた。だから特定分野にこだわらず、数をこなすことを心がけたんだ。ＡＩが機械学習するのに似ている。ヒトの真似をしようとあがいていた」

図書館の書籍は「日本十進分類法」によって整理するそうだ。基本は三桁で表され、それぞれの桁は０から９まで十に細分されている。たとえば「３３３」なら、一桁目の３は「社会科学」

を、二桁目の3はそのうち「経済」を、三桁目の3はさらにそのうち「経済政策・国際経済」を意味するらしい。北條はスマホの乱数アプリでその日手に取るジャンルを決めていた。

「変わった読書の仕方をしているね」

中二の春、北條は一つ上の西園寺先輩に声をかけられる。中等部でも新聞部に所属していた先輩は、よく図書室で調べ物をしていた。貸し借り以外で会話したのは初めてだった。以来、ときどき当たり障りのない話をするようになる。季節は梅雨にうつろった。

「その日も雨で、委員会を終えた後、昇降口で途方に暮れた。朝方は晴れていたから、傘を持ってこなかったんだ。最寄り駅まで歩いて十五分。まあいいか、濡れて帰ろう。そう決めて、一歩踏み出したところで、うしろから大きな傘をさしかけられた」

振り向くと先輩だった。「北條さんがいやじゃなければ、入っていかない?」と微笑まれる。咄嗟《とっさ》に意味をはかりかね、膨大な頭の中の文字データと参照した。いくつかの物語がヒットする。これはいわゆる「相合傘」ってやつなんだ。冷やかしの対象になりうる行為だ。それで「いやじゃなければ」と言ってくれたのか。

どうだろう。別にわたしはいやじゃない。冷やかされたとしても一瞬だ。そもそも先輩とは物語の男女のような関係ではない。このままセーラー服を濡らすより、傘に入れてもらったほうが、合理的に感じられる——。そう考え、「じゃあ、よろしくお願いします」と頭を下げた。申し出ておきながら、先輩のほうが意外そうな顔をした。

麻布の森は台地が盛り上がった場所にある。二人並んで校門を出た。狭い路地をしばらく下り、昔ながらの商店街へと抜ける。本屋やベーカリー、時計店。老舗《しにせ》の鯛焼屋からは甘い匂いが流れてきた。北條には親しい友だちがいない。だから登下校はいつも独りだ。雑談するのが苦痛だった。その感覚はよくわかる。ぼくも同じだからだ。

「初めて相合傘で帰ったその日、わたしはあることに気づいたの。学校で、寂しいと感じたことはほとんどなかった。クラスメイトと友情を築けないこともつらくない。わたしはたいてい独りでいた。当たり前だと思っていた。――でも、本当はすごく孤独だったんだ」

北條は自転車を押す手に力を込めた。バイクが一台、猛スピードで坂道を下っていく。エンジン音が遠ざかると、静寂に虫の音《ね》が戻ってきた。

「ふれるような距離に他人がいる。体温や吐息が伝わってくる。それをいいな、とわたしは感じた。その感覚は知識から導き出されたものじゃない。直感だった。体の中からわいてくる。びっくりしたの。完全に欠けていると思ってたけど、変わり者のわたしにも、ヒトの断片が宿っている。そんなふうに感じられた」

先輩は「濡れるよ」と北條の肩を抱き寄せた。あらがうことなく身を寄せる。「北條さんは、寂しそうだ。ぼくで埋められるならば、そうしてほしい。抱えているなにかがあれば、半分受け持つ」

「わたしは黙ってうなずいた。好きだとか、恋してるとか、そういう感覚はわからない。でもわかりたい、と考えた。そのために『女の子』をやってみようと思ったんだ。頭の中には山ほどの資料がある。思春期の男の子が好みそうな『女の子』のふるまいを知っている。それを模倣《もほう》してみよう、形からでも入っていけば、そのうち愛情が、理解できるようになるかもしれない、って」

雨の日の一週間後、北條は告白された。

髪を伸ばし、鏡に向かって笑い顔を練習した。私服にはファッション誌のコーディネイトをとりいれた。父親からは「自由に使え」と家族カードを渡されている。雑誌に勧められるまま家の近くのブティックで衣服を買った。誘われた夏祭りには紫陽花《あじさい》柄の浴衣姿で出て行った。先輩には「似合っている」とほめられた。

スマホに流行りの曲を入れ、ポケットに有線のイヤホンをしのばせた。学校帰り、公園のベンチに並んで座り、左右でシェアする。小説でそういう場面を知っていた。やってみると、先輩はうれしそうな顔をした。

うんと薄めて両親のことを打ち明けた。

「大変だね」

「初音はよく頑張っているよ」

「お前のことが大好きだ」

先輩は北條を受け入れた。慰められ、共感されるのは心地いい。生まれて初めてそう感じた。もしかしたら、「女の子」として感じたこの思いの延長線上に、愛情があるのかもしれない――。

「でもね、違っていた」

北條は自転車をとめて薄く笑った。坂道を上り切り、住宅街の祖母の家にたどりつく。いま来た夜道を海のほうから潮風がせり上がってきた。チャリンコのハンドルを両手で支え、ぼくは黙ってその場にたたずむ。

「先輩が中等部を卒業し、高等部に進む春休みだった。招かれて、初めて自宅に遊びに行った。白金《しろかね》の豪邸だった。六本木にあるわたしの家も、そこそこ広いけれど、マンションなんだ。成金とホンモノのお金持ちは違うんだなあ、ってしみじみ感じた。先輩ね、もう何代も続く医者の息子なの。お父さんは広尾で大きな病院を経営している。平安時代の藤原通季《ふじわらのみちすえ》にルーツをたどれるんだって」

夢庵で一葉が「西園寺って公家みたいな名前」と言っていた。はからずも正解を言い当てていたことになる。

なんだかおとぎ話を聞いているようだった。白金も、六本木も、広尾も、大病院も、公家も、ぼくの中では限りなくフィクションの領域にある存在だ。

たんたんと北條が口にする。

「そこで体を求められた」


キスまではかわしていた。中学生だが北條のデータ的にはギリギリ許容の範囲だった。でも、そこから先はまだ早い。

ベッドに押し倒されたその瞬間、自分の出自が頭をよぎった。性的なことに抜きがたい嫌悪感を抱いていた。拒んだが、先輩は止まらない。ブラウスのボタンを三つ外され、スカートに手を入れられる。「やめてください」と北條は繰り返した。先輩は答えを返さない。固く閉ざした唇を、舌先で強引にこじ開けられる。思い切り、北條は舌を噛んだ。

ぎゃっ、とうめいて、先輩が飛びのいた。右手で押さえた口元に、血がにじんでいる。北條はベッドを降り、ボタンをしめた。スカートの下のショーツもずれている。お腹側から手を突っ込んで、引き上げた。息を必死で整える。

「なんでだよ……」

先輩は泣いていた。

「初音だってぼくを好きそうにふるまっていただろ……」

北條は考える。そうだよ。もしかしたらこの先に愛情があるのかな、とも感じてた。

「ぼくはさんざん、初音の弱さを受け入れた……」

口元をぬぐった先輩の手が、赤く染まる。思いのほか傷は深いようだった。

「初音をかわいそうだと思っていた。放っておけない。だから一生懸命、心の穴を埋めてきた」

ああそうか、と北條は理解する。この人は、わたしのことを「不幸」と感じ、せっせと搾取してきたんだ。

「ぼくらは似ている。お互い親に愛されない。ぼくには初音の痛みがわかる」

放置されてきた北條と、先輩は真逆だった。過干渉。医者になる、西園寺の家を守る。それらを強いられ、幼いころから主体性を奪われてきた。表面的なふるまいとは裏腹に、だから自分に自信が持てない。よるべがない。

わたしの心を埋めるふりをして、不幸を搾取し、自分の空虚を満たすために消費してきた。先輩、たちが悪いです。まるで自覚がないじゃないですか――。北條は胸の中で小さくなじる。

「ぼくだって孤独を埋めてほしい。ぼくの痛みもわかってほしい……!」

先輩が声を絞り出す。つらそうだった。全存在をかけて求められているような感じがした。

「初音は確かに優しくて、ぼくに好意を向けてくれた。でも、気持ちだけじゃ埋められない心の孤独があるんだよ。ほしいのは体じゃない。体を通じた心なんだ。愛情なんだ。受け入れられたい。ぼくは死ぬほど受容されたい。初音、なぜわかってくれないんだよ……!」

――ねえ、先輩。わたしと体で結ばれたなら、本当にそれは解消できるんですか？　わたしの父母は愛がなくても発情しました。その結果がわたしです。裏を返せば、仮に体でつながっても、水が上から下へ流れるようには愛情なんて生じないと思うんです。孤独はきっと埋められません。

「初音……ぼくを助けてくれ。いままであげた半分で構わない。返してほしい。初音と一つにさせてくれ。それで必ずぼくは救われる。このままだと自分で自分を消去してしまいそうな気がして怖い。お願いだ。頼むよ、初音。頼むから……」

北條は泣き崩れた先輩を抱きしめた。そしてつぶやく。

別れましょう――。

わたしもとっても悪いことをしてしまいました。「情」について知りたくて、「女の子」を装って、先輩にもたれかかってみたんです。たちの悪さはお互い様です。本当にごめんなさい。

わたしはまた「変わり者」に戻ります。こんなわたしだけれど、思春期を迎えたせいで、胸や尻は丸みを帯び、見た目では、どこにでもいる年ごろの女子のようです。

封印しようと思います。

わたしはもう、スカートは履きません。制服だけはどうしようもないから、必ず下にジャージのズボンを着用します。校則はゆるめだし、変わり者には変わり者の特権があるんです。たいていの逸脱は、苦笑いしてすませてもらえます。

長い髪もバッサリ切ります。

来年、高等部には進みません。けじめです。中等部と高等部は別々の校舎だから、しばらくお互い目に入りません。そのままずっとわたしは消えます。

これはわたしのためでもあるんです。動機はどうあれ、先輩は優しかった。もしかしたら「女の子」になれるんじゃないかって、思いました。先輩が視界にいたら、またわたしは同じ過《あやま》ちをしでかしかねない。先輩が自分を消してしまうのと同じぐらい、そのことにおびえています。

「よかったよ……」

祖母宅前で、北條はつぶやいた。そろそろ日付が変わる時刻だ。電気の消えた葉山の街は底なしの闇に包まれて、星明りがいっそう強くふりそそぐ。北條の両頬で、きらきら光っているのはたぶん涙のかけらだろう。

「先輩が生きていてくれて、本当によかった……」

言い終えて、長い長い息を吐く。見えない大きな肩の荷が、一気におりたようだった。

別れてすぐにスマホを換えた。学校にしか転居先を伝えていない。事情を知らない教師の誰かが「北條さんは葉山です」とこぼしたのだろう。町には高校が一校だけだ。検索すればすぐわかる。先輩はそれで慎之介に近況を訊いたのだ。

北條の小さな体を見つめていた。薄明りに涙を流す北條は、息を呑《の》むほど美しい。

ずずず、と小さく鼻をすすってから、ゆっくりとぼくを見た。

「逸見くん、送ってくれてありがとう」

どう答えるのが正解なのか、わからない。どういたしまして、と返事するのは間抜けに思えた。とはいえ代案は見つからない。

「遅くまでつき合わせちゃった。明日、というか、もう今日か。日曜だから美化活動が休みでよかった」

そうだね。とにかくいっぱいありすぎて、ぼくの小さな頭ははちきれそうだ。北條もゆっくり休めばいいよ。

「その髪型似合ってる。戸田くんのお父さんとお母さんは腕がいいんだね」

ああ。両親の血を継いだ、慎之介もきっといい床屋になる。ぼくは千円カットはやめにした。また戸田理髪店に切りに行く。節約中の母ちゃんには悪いけど、稼げるようになるまでは、その分お小遣いを増やしてもらう。慎之介が一葉といっしょになる前に、店がつぶれるようなことがあったら絶対いやだ。

「戸田くんは灰谷さんを、灰谷さんは戸田くんを、本当に好きなんだね」

うん。まったくもってお熱いこった。

「その二人のことを、逸見くんは大切に感じている」

かけがえのない親友と幼なじみだからね。ちょっと早めのサバイバルを経験した。なんとか三人そろって生き延びた。もう二度と経験したくはないけれど、振り返れば、あれでぼくらの絆《きずな》は深まった。先輩の今カノに感謝したほうがいいかもしれない。

北條は「自虐的だなあ」と困ったような笑みを浮かべた。門の内側に自転車を押し入れて、スタンドを立て、籠《かご》から蚊取り線香を取り上げる。

「じゃ、おばあちゃんを起こさないよう寝室に戻ります。逸見くんもくれぐれも気をつけて。必要だったら、後日、わたしからおばさんには説明する。ご子息はわたしが引き留めました、って」

「それはむしろやぶ蛇だ。母ちゃんは北條を気に入っている。こんな時間まで二人でいたと知られたら、遅い帰りをとがめるどころか、根掘り葉掘り事情を訊かれる」

「そうなんだ。色っぽい話じゃなく、単にわたしの黒歴史を聞かされていただけなのにね」

「北條こそ自虐的だぞ。らしくない」

「忘れていた。わたしは変わり者だった。またうっかり、逸見くんに引き戻されかけてた。気をつけよう。わたしは本当にできそこないだ。先輩をあれだけ深く傷つけたのに、懲りてない」

いけないいけない、と頭をかいて、ジャージ姿の肩をすくめる。いたたまれない思いがした。

チャリンコを反対の向きにして、ぼくはサドルにまたがった。握りしめたブレーキをゆるめれば、重力に引っ張られ、この場から離脱できる。

「北條」と名前を呼んだ。玄関のノブをひねろうとしていた北條が、振り返る。

「さっきの質問の答えを言うよ」

「なんだっけ？　――ああ、ミニストップで訊いたこと？」

「いる」

「え？」

「慎之介と一葉以外にも、ぼくには大切な人がいる」

「どこに？」

「目の前に」

それだけ言って、一気にブレーキを解放した。

＊　＊　＊

うわぁあああああああああああああ！――と毛布をかぶって叫びをあげた。

もう午前八時を回っている。遮音もしてるし、近所迷惑にはならないだろう。いや、なるか。なるけど構っていられない。このままだとなけなしの自意識が、羞恥心で破裂する。

うわぁあああああああああああああ！――ともう一度叫んだところで毛布の上からクッションをぶつけられた。「千尋、うるさい！　そろそろ起きて、朝ごはんを食べなさい」

毛布から顔を出すと、母ちゃんがベッドサイドに立っていた。書店員の休日はローテーションだ。久しぶりに日曜日に当たったらしい。

「目の下にくまができてる。寝てないの？」

「ほとんど眠れなかった」

「昨夜は何時に帰ってきたのよ？」

「一時前。ごめん、寝てたよね？」

「ビール飲んで十時過ぎには寝落ちした」

母ちゃんが笑って部屋を出ていく。ホッとした。叱られないし、事情も詳しく訊かれない。

「千尋、先方のご家族が心配するから、もう二度と初音ちゃんをそんな時間まで連れまわしちゃだめよ」

気づいてたのか！　まさか寝言で名前を呼んだとか？

「……ぼくが連れまわしたわけじゃなくて」

弁解しかけたところで母が振り向く。「あら、本当に初音ちゃんといっしょだったの？」

母ちゃん、息子に鎌をかけるなよ。


朝食時の聴取は黙秘で通した。北條といたことだけは認めたうえで、話した中身は伝えない。

「ほほう。千尋にしては粘るわね。お母さんにも言えないような密会なのね」

挑発にも乗っからない。北條の経験はあまりにヘビーだ。親であろうと中身は言えない。

もう一つ。去り際のぼくのふるまいも、恥ずかしすぎて絶対内緒だ。思い出しても発狂しそうになる。「大切な人は目の前の北條だ」。そう言って、チャリンコで逃げ出した。中二病全開だ。

消えたい、消えたい。週明けに、どんな顔してゴミ拾いに行けばいいのだろう。

母ちゃんは取り調べをあきらめて、「どんな事情があるにせよ、今後はそんな深夜に年ごろの娘さんを連れ出さないこと。約束しなさい」と厳命した。

わかりました、とぼくは答える。

自室に戻ってめいっぱい窓を開けた。猛暑だけれど、エアコンのために部屋を閉ざすと息が詰まりそうな感じがした。海岸にうちあげられたクジラのように、ベッドに寝転び汗をかく。

切ないラブコメ漫画や萌えアニメ、悲恋のラノベもいまは楽しめそうにない。ひきこもっていた中学時代、繰り返し観た初期の新海アニメもだ。

創作とはいえ、ぼくは他人の不幸を搾取して、心の穴を埋めるために消費してきた。あるいはその世界に自分自身を溺《おぼ》れさせ、現実から逃げていた。

あのころを振り返る。心の穴は埋めても埋めても穴のままだし、逃げた先の世界が終わると、また現実が還《かえ》ってきた。搾取も逃避も弥縫《びほう》にすぎない。実際にぼくを救ってくれたのは物語ではなかった。

慎之介と一葉。自画自賛だが、ぼく自身も頑張った。つまるところは、そういうことだ。

奪ったものでは穴埋めできない。逃げていては救われない。

どの瞬間も人生で一度きりだ。時間は逆向きには流れない。ぼくは「いじめのなかった学校」も「父が死ななかった家庭」も生き直せない。決して過去にはリープできず、後悔や痛みを抱えたままで、前へ向かってこの現実世界を歩いていくよりほかはない。

支えを受けても自分の力で立ち上がる。血を流しながらでも一歩一歩進んでいく。そういうふるまいだけが、世の中から認められ、自分と自分の大切な人を救うのだ。

ベッドのうえで、悶々《もんもん》と思考をめぐらせる。すでにお昼近くになっていた。のろのろと体を起こし、冷蔵庫に麦茶を取りに行く。エアコンをきかせた居間で、母ちゃんは本を読んでいた。

「千尋」

「なに？」と麦茶のコップを傾けながら、ぼくは答える。

「週末に散髪するって言ってたじゃない。床屋さん、行かないの？」

「昨日行った」

「あら。寝ぐせがひどくてわからなかった。言われてみれば、サッパリしてる。千円カット？」

「いや、慎之介の家。母ちゃん、悪いけど、また戸田理髪店に通わせてくれ」

「いいじゃない。お母さん、そうしなさいって言ってたでしょ」

「高校生だし、料金をちゃんと払いたい。出世払いで返すから、その分小遣い増やしてほしい」

母ちゃんは笑った。「一人息子の散髪代に困るほど、文隣堂は薄給じゃないわよ。それに、千尋が会社でうまく立ち回れるとは思えない。出世なんてしなくていい。返さなくても構わない。

切りに行くとき、ちゃんとお母さんに請求しなさい」

シングルだけど、ぼくは親に恵まれた。放置もしない、圧もかけない、ぼくの知る範囲では男ぐせも悪くない。父ちゃんは幸せだったに違いない。

「千尋、あなた今日予定ある？」

「ない。暑すぎて、ラノベも漫画もアニメも楽しめない」

「たまにはお母さんとランチ行こうか？」

唐突に持ちかけられた。恥ずかしいと断りかけて、北條を思い出す。自作の焼きそばパンを披露された日、おばあちゃんを気づかった、と言っていた。藤沢に出かけたときもだ。

「わかった。つき合う。あてあるの？」

「ある」

「どこ？」

「着いてからのお楽しみ。じゃ、三十分後に出発するから、シャワーを浴びて着替えなさい。お母さんも女子だから、汗臭い寝ぐせ男を助手席に乗せるのはごめんだわ」

　ニヤっと笑い、母ちゃんはいそいそと準備を始めた。

＊　＊　＊

「――着いた。起きなさい」

　母ちゃんに肩を揺さぶられる。睡眠不足で助手席に身をゆだねると、心地よい揺れにあっという間に眠りに落ちた。車窓から寝ぼけまなこで外をのぞく。海に向かって棘《とげ》のような細長い岬が延びていた。長者ヶ崎だ。葉山と横須賀の境にあり、「かながわの景勝50選」にも選ばれている。

　岬のつけ根あたりに視線を泳がす。白い洋風の木造建築が目に入った。入口付近にイルカのキャラと「ＤＤ」を組み合わせたロゴ。十人ほどが入店待ちで並んでいた。

「ドルフィンズダイナだ」

　母ちゃんはうなずいた。「ちょっと待ちそうだけど、いいよね、千尋？」

「構わない。でもこのチェーン、内情はイマイチらしいよ」

「それ、初音ちゃんの受け売りでしょ？」

　図星だった。北條はかたくなに江の島店に入ることを拒んでいた。

「まあ、ものは試しよ。ここ、一号店だから運営もそれなりに力を入れているかもよ」

「来たことあるの？」

「初めてよ。未亡人にはキラキラすぎる。ターゲットは若い男女や家族連れでしょ」

「詳しいね、いろいろと」

「初音ちゃんのパパの本、読んでみた」

母ちゃんはひらりと軽自動車から外に出た。慌てて助手席側からぼくも降りる。

「なんで北條のお父さんのこと知ってるんだよ？」

「書店に来たとき、初音ちゃんが『夏の五十冊』のコーナーで立ち読みしてた。書店員はね、お客さんが立ち去ると、必ず本の位置を直すのよ。なにを熱心に読んでいたのかと思ったら、ドルフィンズダイナ創業者の半生記だった。著者を見ると北條姓だ。近影のイケオジも初音ちゃんと目鼻が似ている。中身を読んで確信した」

イケオジとは「イケてるオジサン」の意味だ。母ちゃんはあなどれない。雑なようでよく見ている。

「どんな内容だった？」

「こういっちゃなんだけど、まあ、ありがちな経営者の武勇伝ね。ただ、湘南愛にはあふれていた。それで若い担当が『五十冊』に選んだみたい」

「北條について書かれてた？」

「ううん。プライベートはほとんどなし。結婚や子どもの有無にもふれていない。初音ちゃん、名門校を途中で辞め、おばあちゃんちに身を寄せて、こんな田舎の県立高にやってきた。喘息《ぜんそく》は本当だろうけど、ご両親ともいろいろありそうね」

「そういう詮索《せんさく》、品がないぜ」

やんわりとたしなめる。並んで歩く母ちゃんは、ちらっとぼくに視線を泳がせ、「そうだけど……大事な一人息子の彼女になるかもしれない子なんだから、母親としては無関心でいられないわよ」とほくそ笑んだ。

だから北條とはそういう関係じゃないんだって、と言いかけて、口をつぐむ。ぼくは北條に惹かれている。もはやそれは間違いない。交際に発展するかはともかくだけど、照れ隠しで自分の想いを否定するのは違うような気持ちがした。

入り口近くで鐘の音を聴く。母ちゃんと顔を見合わせ、店舗のテラス側に回り込んだ。海にひらけたその場所に、門の形のモニュメントが置かれている。鉄骨の上の枠の真ん中に、金色の鐘がぶら下がっていた。大学生ぐらいのカップルが、鐘から延びたロープを握り、いちゃつきながら「カーン」と音をたてている。暑苦しい。

Bell for Happiness

脇に置かれたプレートに、母ちゃんが視線を向けた。

「幸せの鐘って意味だよね？」

「うん。観光地によくあるやつだ。二人で鳴らせば幸せになれる、って縁起物。半生記にも『食を通じて愛や絆をはぐくむ場所にしてほしい』と書かれていた。初音パパのこだわりね」

「江の島店にはなかったな」

「一号店は経営者にとって特別なのよ。プレートにもそう書かれている。ほら、訳してみなさい」

We ring the first bell here.
May that sound be with us forever.

「えっと……『我々はここに最初の鐘を鳴らします。その音声は永遠に我々とともに許されますか』で合っている？」

「五十点。お母さんは理解した。千尋、もっと英語を勉強しなさい」

北條みたいな台詞を言って、「なるほど」と一人合点し、母ちゃんは入店待ちの列に並んだ。


ぼくはタラバガニのクリームパスタ、母ちゃんは小エビとアンチョビの冷製パスタを注文した。ランチだからパンと飲み物がついてくる。値段はともに一六〇〇円だ。

「フツーにおいしい」とぼくは言う。母ちゃんも「そうね。フツーにおいしい」と同じ感想を口にした。

アジアンリゾートふうの内装は、お洒落《しゃれ》だけれども落ち着きがある。スタッフは若い美男美女ばかりで感じがいい。人気チェーンなのも納得できる。コストを持ち出し腐していたけど、本当に北條が許せないのは、やっぱり父と母なのだ。その思いが店に投影されているのだろう。

「なあ、母ちゃん」

食後のアイスコーヒーを一口含んで、ぼくは訊く。

「夫婦って複雑そうだな」

母ちゃんは目を丸くした。右手のアイスティーをテーブルに置いてから、「いきなりどうしたの。中二病の発作？」と尋ねる。

「違うよ。詳しくは言えないけれど、北條が両親とわだかまっているのは察しのとおりだ。原因はお父さんとお母さんの不仲にある。本にどう書いてあったかわからないけど、ドルフィンズダイナは両親が力を合わせて創業したんだ」

「相手については書かれていた。『大学以来のパートナー』って表現だけど」

「こういうチェーンを創業するの、大変だろうと思うんだ。でもさ、いろんな権利がからんでいたとしても、好きな気持ちが消えたあと、夫婦は別れずいられるのかな？」

「シングルマザーにそれ訊くか」と母ちゃんは突っ込んだ。

「ほかに尋ねる相手がいない」

なるほど、確かにそうだねえ、とつぶやいて、アイスティーを一口すすり、母ちゃんは外を見た。今日の浜辺は海水浴客でおおにぎわいだ。沖にはウインドサーフィンがいくつか出ている。

母ちゃんは視線を戻さず言葉を続けた。

「夫婦にはね、夫婦の数だけ形があるの。外野には不可解に感じられることがあるかもしれない。でもね、続いている夫婦には、そうなっている理由が必ずある。仮にそれが打算や金銭、子育てみたいなものだとしても、愛情のかけらぐらいは残っている。お母さんはそう思う」

「母ちゃんはどうだった？」

「どうだったって？」

「高校時代、親友に父ちゃんをかっさらわれた。どんな展開なのか知らないけれど、それから見事に奪還し、結婚した。授かった一人息子に、夫婦合意で親友と同じ名前をつけた。その息子が三歳のとき、父ちゃんはあっけなくあの世に旅立つ。以来、母ちゃんは再婚どころか彼氏すらもつくらない。北條の両親もよくわからないけど、母ちゃんと父ちゃんのことも謎だらけだ」

あっけにとられた表情で、母ちゃんはぼくを見つめていた。怒らせたかな、と我に返って焦っていると「言うわね、千尋。成長したね」とうれしそうに微笑んだ。

「お会計してドライブしよう。三浦半島半周コース」

伝票を握りしめ、母ちゃんがすくっと席を立つ。車に戻ってキーを差し込み、「長くなるよ」と断った。助手席に腰を下ろし、シートベルトをしっかりしめて、ぼくは首を縦に振る。

「先にさわりを言っておく。お母さんの親友で、お父さんの元カノだった、雫石《しずくいし》千尋はこの世にいない」

「え？」

「千尋は死んだ。大学四年の冬だった。お母さんとお父さんは共犯者なの。夫婦になり、夫婦を続けた理由は、愛情以外にそれなんだ」

サイドブレーキのレバーを下ろし、母ちゃんは、ゆっくりとアクセルを踏み込んだ。

＊　＊　＊

ブラスが印象的な曲だった。軽自動車のカーステレオからポップスが流れてくる。

女の子が〈じゃあね　じゃあね　だめよ　泣いたりしちゃ　ああ　いつまでも　私達は　振り向けば　ほら　友達〉と歌っていた。少しピッチがずれている。サビでコーラスが聴こえたから、グループだろう。

「切ない歌詞だね。誰の曲？」

「おニャン子クラブ。メインボーカルは中島美春ちゃん。会員番号五番」

「おニャン子クラブ？」

「AKBや坂道のルーツよ。若いころ、お父さんが好きだった。そういや千尋はアイドルにはハマらなかったね」

ドルフィンズダイナの駐車場を出たところで、母ちゃんはダッシュボードの奥からカセットテープを取り出した。ほかにも数本入っている。どれも自作のオムニバスらしい。年季の入ったマツダ・キャロルはマニュアルで、カーステレオも骨董品だった。カセットを再生できる。

長者ケ崎を出た先は横須賀だ。車は国道一三四号線を南にくだる。

「お母さんとお父さんは横浜の公立大に進学した。千尋は横須賀の薬科大。そこまでは前に話したよね？」

黙ってうなずく。

「高校の卒業式の日、前日に初体験したことを千尋から打ち明けられた。お母さんは綺麗さっぱりお父さんを忘れようと決めたんだ。でもね、お互い通学は京急だったし、大学はキャンパスが狭かったから、なんだかんだでよく会うの。お父さんにしてみれば、わたしは単なる高校時代の同級生で、交際相手の親友でしょ？　気のおけない関係だから、しょっちゅう学食に誘われた。外でご飯を食べたこともある。潔癖に拒むのは不自然だし、千尋に一抹《いちまつ》のうしろめたさを感じつつ、『仕方ないなあ。つきあってあげるよ』と誘いに応じてた。本当はうれしかったんだ。人間ってこんなにも弱いのか、と自己嫌悪で頭を抱えた」

「母ちゃん、ツンデレだったのか」

「いや、デレはない。ツンもそれほどとがっていない」

国道は秋谷《あきや》海岸の先で左に曲がり、車窓から海が見えなくなった。

「二人はとっても順調だった。学食でランチしながら、お父さんにはたびたびのろけを聞かされた。甘すぎて砂糖吐くかと思ったわ」

片想いには相当しんどい状況だろう。大学生の母ちゃんを想像すると胸が詰まる。

高校で始まった「二人と一人」の関係は、大学に持ち越された。

「いまよりやせてた母さんだって、まあまあモテたんだ」

赤信号で車を停め、胸を張る。初めて意識したけれど、母ちゃんは案外巨乳だった。

「でもね、もうどうしようもなくお父さんにとられてた。せっかく打ち明けてくれたのに、断っちゃった男子もいる。結婚してすぐ先立たれるなら、あのとき、うなずいていればよかったわ」

まったく本音じゃないことが、表情と言葉のニュアンスから伝わった。再びいつものように背を丸め、サイドブレーキを解除する。車は陸上自衛隊の武山《たけやま》駐屯地前にさしかかった。国道は混んでいるが、流れている。

カーステレオはシンプルな8ビートのポップロックを響かせ始めた。

「レベッカの『フレンズ』だ。なつかしい」と母ちゃんが目を細める。

三人は大学四年を迎えていた。そのころは四年の春から本格的に就活を始めたそうだ。インターンの制度はなく、エントリーは履歴書を手書きで送る。ネットの普及前だから、情報集めは就職雑誌と企業のつくった会社案内、ＯＢ・ＯＧ訪問だけだった。

本好きの母ちゃんは、出版社やチェーン書店に応募する。父ちゃんは手あたり次第に新聞社を受けていた。千尋さんは薬剤師国家試験の準備を始める。法律が変わる前、いまと違って薬科大は四年制だったらしい。

「地頭《じあたま》がよかったのね。お父さん、初夏に全国紙から内定をもらったの」

初耳だった。伊豆の海で死んだとき、父は地元で路線バスの運転手をしていた。職業に貴賤《きせん》はない。新聞記者もバス運転手も立派な仕事だ。とはいえ、二つはあまりにかけ離れている。

「お母さんは出版社を軒並み落とされ、文隣堂に拾ってもらった。ろくな対策もせずに就活したから当然よね。その点、お父さんと千尋は高校からすでに二人の未来を見据えていた」

「高校から？」

「そう。ミーハーな発想でマスコミを受けているのかと思ってたけど、お父さん、高校からひそかに記者を目指してたのよ。内定をもらったあとで、教えてくれた」

三人が高校時代、群馬県の山中にジャンボジェット機が墜落した。五二〇人が犠牲になり、奇跡的に四人が助かった。ぼくも聞いたことがある。「事件事故で振り返る激動の昭和史」みたいなテレビの特番で取り上げられていた。父はリアルタイムで事故を見て、しばらくのちに刊行された新聞社のノンフィクションを夢中になって読んだらしい。

「つきあっていた千尋には記者の夢を伝えていた。だから彼女は薬科大を志望したのよ」

「どういうこと？」

「全国紙だと記者は数年おきに転勤するんだって。千尋はね、大学を卒業したら、大好きなお父さんと結婚し、勤務地についていこうと考えた。そのために、地方でも働き口を探しやすい資格を取ろうと思ったのよ。薬剤師なら引く手あまただ。病院や製薬会社はもちろん、薬局やドラッグストアにもニーズがある。二人は高校時代に結婚を約束し、単に夢見るだけでなく、具体的に行動していた。ずっとぼんやり横恋慕《よこれんぼ》していたお母さんは、とんだ道化だったってわけ」

小さく自嘲し、母ちゃんが続ける。

「遅い夏のことだった」

バイトを終えて、葉山の実家に帰宅した。母ちゃんの母親、つまりぼくの祖母の字で、自室の机にメモがあった。

《逸見くんから電話。遅くてもいいから折り返しがほしいとのこと》

時刻は夜の八時過ぎ。携帯がなかった時代、連絡は自宅の電話にするしかなかった。この時間ならばまだ平気。母ちゃんは黒電話の受話器を握り、記憶していた番号を一つ一つダイヤルした。

ワンコールで父が出る。

「——陽子。大事な話がある。直接会って伝えたい。これから出てこれないか？」

父の実家は葉山寄りの横須賀だ。さっき通り過ぎた秋谷海岸の近くにある。父が指定したのは県立葉山公園だった。お互いの実家のほぼ中間で、自転車ならば十五分もかからない。

母ちゃんは「行く」と答え、「友だちと会ってくる」と祖母に伝えて家を飛び出す。

「どきどきしながらペダルをこいだ。二人の未来の約束を知ってなお、お母さんはお父さんに未練があったのよ。呼び出しなんてめったにない。なんだろう、夏休みでしばらく会ってなかったけど、ひょっとして、千尋と喧嘩したのかな。やっぱり陽子が好きなんだ、なんて展開かしら、と能天気に考えた。息子の中二病をまったくもって笑えない」

息を切らして公園にたどりつく。すでに父の姿があった。母ちゃんを見て「悪かった」と短く詫びた。「いいよ」と答えて並んでベンチに腰かける。

「蒸し暑く、月が綺麗な夜だった。冷えた缶ジュースを渡された。お父さんは自分の缶を握ったまま、しばらくなにもしゃべらなかった」


車は三浦にさしかかる。半島の南端だ。オートリバースが機能して、カセットがA面からB面に切り替わった。また知らない懐メロが流れてくる。

〈君に胸キュン　気があるの?って　こわいくらい読まれてる〉

今度は男性ボーカルだった。テクノふうの楽曲に、すがすがしいほど真ん中なアオハルの歌詞がのっている。

「千尋のお腹に子どもがいる」

父は言った。

「妊娠五か月。俺は一昨日《おととい》打ち明けられた」

血の気がひいた。天と地がひっくり返ったような衝撃だった。めまいがし、母ちゃんは缶ジュースを落っことす。足もとにオレンジの染みが広がった。

「あいつ、もともと生理不順だったから、自分で気づいたのも一週間前だと言っていた。昨日、千尋の親に会いに行き、親父さんに殴られた。うちの親にも激怒された。当然だと思ってる」

父は視線をあわせない。母ちゃんは座った姿勢で足を踏ん張り、「予定日は？」と訊いた。

「――年明け」

「堕《お》ろすって選択肢はないんだよね？」

「ない。母体に負担をかけたくない」

「ごめん、ちょっと立ち入る。逸見くん、ちゃんと避妊はしていたの？」

動揺の内側から、激しい怒りが込み上げた。

「もちろんしてた。でも、避妊に百パーセントはないんだな」

「当たり前でしょ！」

母ちゃんの怒気に父はうつむき押し黙る。

なぜか涙があふれてきた。月明かりがにじんで見える。オレンジジュースの水たまりにしずくが落ちて、波紋ができた。

それでもわたしは、この人が大好きだ。千尋のことも、変わらず大事に思っている。

「いま振り返っても、なぜそんなふうに感じたのか、うまく説明できないの。お母さんは間違いなく怒ってた。お父さんをばかだと思った。千尋の不安に思いをはせるとやるせない。哀しくて、苦しくて、にがかった。えぐられたように胸が痛い。すぐにでもその場から逃げ出したいと思う一方、いつまでもお父さんに寄り添っていたいとも感じていた」

ハンドルに両手を載せて、母ちゃんが昔話を語り続ける。車窓から眺める風景は、だいぶのどかになってきた。温暖な三浦では、露地野菜の栽培が盛んなのだ。

「……内定を辞退する」

ベンチの父がぽつりとつぶやく。「あす新聞社の人事部に行ってくる」

「わけわかんないよ、逸見くん。お父さんになるんだよ？　千尋と結婚するんでしょ？　だったらお金が必要じゃない。新聞社ならばお給料だっていいんでしょ？　ならばなぜ――」

「千尋と子どもを置いていけない。かといって、見知らぬ土地にも連れていけない。記者は激務だ。訪問したＯＢが『昼も夜も土日もないから覚悟しとけ』と言っていた。地方では、千尋は親の助けを得られない。地縁からも切り離される。仕事をこなし、千尋をしっかり支えたうえで、子育てに力をそそげる自信がない」

まだ「ワークライフバランス」や「イクメン」なんて言葉すらもなかった時代だ。会社や社会の理解度も、恐らくいまとはまったく違う。父が思い詰めるのも、無理はない。

「内定を蹴ったところでどうするの？　無職だったらオムツもミルクも買えないよ？」

「地元で探す。なるべく転勤のない仕事を見つける」

「就職活動期間は終了してるよ。どこも内定を出し終えた。いまさら履歴書を受けつけてくれるところなんてあるのかな？」

「高卒枠でも探してみる。現業系なら常時募集している企業もある」

「ばかじゃない！　記者はずっと逸見くんの夢だったんでしょ？　いいのそれで？」

「構わない。夢よりも千尋と子どものほうが大切だ」

言い切った。そこで母ちゃんは立ち上がる。限界だった。


こんなにも千尋は父に愛されている。


改めて、そのことを知らしめられた。これ以上はもう無理だ。嫉妬で自分の気がふれる。

「――帰る。下半身のだらしない馬鹿野郎とはつき合いきれない。いっしょにいると、こっちまで孕《はら》ませられそうだ。呼び出されて、のこのこ来るんじゃなかった。悔やんでる」

「……悪い」

「逸見くんの謝罪は薄っぺらい！」

「……頼みがある」

「なによ。就職口ならリクルートか職安に相談しなさい」

「千尋をいっしょに支えてほしい」

父は言った。母ちゃんを真っすぐ見つめている。捨てられた犬のような目をしていた。

「千尋はナーバスになっている。当たり前だ。妊娠なんて初めてだからな。できれば俺が四六時中、いっしょにいてやりたい。でも、少なくとも当面は、千尋の家に近づけない。電話も無理だ。あいつの親が許さない」

母ちゃんは、そうだろう、と考える。自分が親でも出入り禁止だ。電話も絶対とりつがない。

「それに俺は男だから、知識としてしか女性の体がわからない。女ならではの悩みについて、上手く対処できるか自信がない。そもそも、ことがことだし、千尋が頼れる相手は限られている。俺は俺の全力で千尋を支える。それでも足りない女の部分を、陽子に担《にな》ってほしいんだ」

母ちゃんはしばらく考え、「応じるかは、逸見くんの答えで決める」とつぶやいた。父はうなずく。母ちゃんはゆっくり問いを投げかけた。

「――わたしがずっと逸見くんを好きだったこと、気づいてた?」

父に瞳をのぞき込まれる。嗜虐性《しぎゃくせい》を刺激され、母ちゃんはひそかに驚いた。自分のなかにこういう部分があったんだ。

「……途中からは気づいてた」

父は答える。その瞬間、母ちゃんのなにかが壊れた。

求めていたのは否定の言葉だ。自分の好意を知ったうえで、この人は、千尋との仲睦まじい姿をさらしていた。あまつさえ、こんな夜に呼び出して、妊娠を告知した。さらに「いっしょに支えてほしい」と甘えてくる。

拾い上げたオレンジジュースの空き缶を、母ちゃんは地面に叩きつけた。

「――死ねばいいんだ」

はっきりと口にした。

「逸見くんは死ねばいい。千尋といっしょに死になさい。金輪際、わたしは二人に関わらない。

だから二度と話しかけないで」

きびすを返したところで涙があふれた。悟られないよう振り向かない。追いかけてくれないかと一瞬願い、我が身を恥じた。またしてもひとりよがりに決まっている。父は自分になびかない。

「実際にそうだった。呼び止められもしなかった。お母さんの完敗だ」

母ちゃんは巧みなハンドルさばきで曲がりくねった坂を下り、三崎《みさき》港へとマツダ・キャロルを導いた。「ちょっと休憩していこう」

海沿いに建つコンクリートの「うらり」には、魚介や野菜の直売所、市民ホールが備わっている。旧三崎魚市場があった場所に設けられた公共施設だ。運よく駐車場に空きを見つけ、母ちゃんは車体を滑り込ませた。キーをひねると、エンジンもカーステレオも沈黙し、静けさが車の中に戻ってくる。

「結果的にその言葉が呪いになったの」

「呪い?」

「予定日のひと月前、千尋は家の近くの階段から転げ落ちて破水した。動けずに、人通りの少ない住宅街の裏道で、三時間も気づかれなかった。携帯がない時代だったから、そういうことが起きたのよ。夕方、偶然通りかかった中学生が発見し、一一九番通報してくれた。千尋はね、救急隊員に『この人に連絡してください』とわたしの名前と電話番号を伝え、意識を失くした」

母ちゃんは自宅で電話を受けた。二人とはあの夏の日以来、連絡を断っていた。葉山からバスと電車をいくつか乗り継ぎ、三浦市立病院に駆けつける。冬の街はすっかり夜陰に包まれていた。受付で事情を告げる。高度治療室《HCU》に案内された。血の気を失くした千尋さんが、ベッドで医療機器につながれている。母ちゃんが一番乗りだった。

「残念ながら、死産です。転んだとき、腰や胸の骨が折れ、子宮以外の臓器からも出血していました。手術で止血し、輸血を続けていますが、率直に言って危険な状態です。ご両親に連絡はつかないでしょうか？」

看護師の説明に気が遠のく。のちにわかるが、千尋さんの父親は仕事で都内に、母親は横浜に買い物に出かけていた。母ちゃんは父ちゃんの自宅に電話をしたが、地元のバス会社に就活に向かったきり、まだ帰宅していなかった。

「千尋は薄っすら目を開けて、お母さんに気がついた。ためらっていると、看護師さんに『手を握ってあげてください』と囁かれた。ベッドに近寄り、手をとった。千尋はかすかに笑っている。酸素マスクをはめたまま、唇を動かした。顔を寄せるとかすむような声が聞こえた」


逸見くんから話は聞いた。陽子、いまさらだけど、ごめんなさい。わたしは心底鈍いから、逸見くんに言われるまで、本当に陽子の想いに気づかなかった。ひどいよね、あんまりだ。ずっと謝りたいと思ってた。最期に機会をつくれてよかったよ。

陽子はたった一人の親友だ。

だから、逸見くんを託《たく》します。

わかっていると思うけど、あの人は、強そうに見えて繊細だ。何度謝罪に訪れても、結婚を許してもらえず、ずっと凹《へこ》んだままだった。

本当はね、父もずいぶん軟化していたの。そりゃそうだよね。娘のことが大切ならば、未婚の母が望ましいとは思わない。予定日は間近だし、たぶん、時間の問題だった。

逸見くんは、わたしのせいで夢を失い、未婚のまま、わたしと子どもも失くしてしまう。きっと一生こじらせる。

支えてあげてね。

それができるの、陽子だけだ。

あの世で二人の幸せを祈っています。

さよなら、陽子。

わたしは陽子が大好きでした。

「千尋は死んだ。お父さんがきっかけをつくり、お母さんが呪いをかけた。だからわたしたちは共犯なのよ」

母ちゃんは窓を開けた。むん、と熱い潮風が、車の中に流れ込む。

今度こそ、「二人と一人」の三人組は崩壊した。

大学を卒業後、文隣堂に就職し、横須賀店で八年勤めて鎌倉店に異動になった。駅から離れた郊外店だ。職場が変わって一週間。仕事帰り、いつものように店の近くで鎌倉駅行きのバスに乗った。年度末の繁忙期で、通勤定期を買い忘れていた。

後部ドアの発券機で取ったはずの整理券が見当たらない。ポケットやバッグを何度も探すが出てこない。自分を除く乗客すべてがバスを降り、車内には母ちゃんと運転手が残された。

「ないならば、いいですよ。どこから乗車されました？」

聞き覚えのある声だった。制服姿の運転手に息を呑《の》む。母ちゃんに気がついて、運転手も言葉をなくした。

疵《きず》を抱えた二人の距離は、ゆっくりゆっくり縮んでいく。入籍したのは再会から三年過ぎた夏のことだ。挙式は控えた。翌年の命日に、二人で千尋さんの墓を参り、結婚と妊娠を報告した。霊園からの帰り道、母ちゃんから名前を提案した。まだお腹の子の性別はわからない。でもその名前なら男の子でも女の子でもつけられる。殺してしまった親友と、元カノを、忘れない。今度こそ、歯を食いしばってでも幸せにする。愛し続ける。若い夫婦は誓い合った。


「ごめんね。やっぱり千尋は自分の名前が好きじゃないか」

　母ちゃんが運転席で頭をかく。

「今日、少しだけ、自分の名前を好きになれたよ」

「そうか。だったら話したかいもある」

「夫婦って、複雑なんだね」

「まあ、我が家はちょっと特殊だけれども、慎之介くんや一葉ちゃん、初音ちゃんのご両親だって、大なり小なりいろいろあるとお母さんは思ってる」

「人は見た目じゃわからない、か」

「お、学習したね、千尋」

　右目の泣きぼくろにしわを寄せ、ぼくの頭をぐりぐりなでた。車を降りて、直売所を散歩する。母ちゃんはマグロのカツと肉まんをおごってくれた。今日はなんだか気前がいい。

　乗り越えるべき存在で、思春期のロールモデルになると思い込んでた父親は、どこを切ってもヘタレだった。モテるところを除いてみれば、息子とたいして違わない。いや、下半身がまともな分、ぼくのほうがマシにさえ感じられる。

マグロの匂いに包まれながら、気がつくと、なぜか北條のことを思っていた。

あすの朝が待ち遠しい。

北條に会いたくて、顔が見たくて、たまらない。

＊　＊　＊

月曜日、ＬＩＮＥの通知で起こされた。毛布から手をのばし、充電中のスマホを握る。まだ朝の五時だった。

「本日の美化活動は雨天中止」

まるで小学校の事務連絡だ。北條には無駄がない。寝ころんだまま窓の外に視線を向けた。鈍《にび》色《いろ》の夏空が、とめどもなく雨粒を吐き出している。確かに今日はゴミ拾いには向いてない。

「了解」

シンプルにはシンプルで反応するのがぼくの流儀だ。というのはまったく嘘で、照れ臭く、それ以上の言葉が出てこなかった。

一昨日《おととい》、ミニストップから家まで送った。北條からいたたまれない話を聞いた。力づけたい強い気持ちが込み上げた。なのに一方的に思いを伝え、いちもくさんに逃げだした。まるで目的を果たせていない。というか、重度の中二病的行動に、きっとドン引きされただろう。思い出し、また全身を羞恥心が支配する。あやうく叫びそうになり、毛布の中で慌てて口を両手でふさぐ。

枕元にスマホを戻そうとしたところで再び通知音がした。

「ありがとう」

思いもよらない五文字が、トーク画面に追加されてた。

ありがとう？　北條に感謝されるようなことは思い当たらない。首をひねって「なんのこと？」とタップしかけたところで、先を越される。

「大切な人だと言ってくれた。うれしかった」

何度も何度も読み返した。心臓をわしっとつかまれたような気持ちがした。眠気が吹っ飛び、体がふわふわ舞い上がる。

いや待て、深読みするな。顔を見るのもいやな相手じゃない限り、誰かに「大切な人」と言われたら、悪い気はしないだろう。短文から過剰な意味を読み取るのはリスクが高い。自分の好意で言葉の意味を増幅するな。そういうのこそ、中二病の症状なのだ。

ぼくは必死で自分をなだめ、深呼吸してから、「どういたしまして」と文字が入ったウサギのスタンプを送信した。

「ばかなの？」

すかさずあきれた顔のネコのスタンプが戻ってくる。

二度寝しようと毛布をかぶったものの、眠れない。雨の音を聴きながら、消えたい、消えたいと念仏みたいに繰り返した。いやいや、もう逃避はできないと悟ったはずだ。消えてどうする。

北條の好意を感じている。ただその強度ははっきりしない。両親と中学時代の話を聞かされ、踏み込むことが妥当なのかもわからなくなった。そもそも自分は誰かに踏み込めるほど、ちゃんと回復しているのだろうか。まるで複雑な方程式を解くようだ。手が出ない。

そういえば、夏休みの宿題を放置していた。二学期まで十日ちょい。「雨天中止」を好機ととらえ、やってしまおう。

気合を入れてベッドから跳ね起きる。スウェットの上下のまま、勉強机に向かってみた。数学と英語と古文と読書感想文。さてどれから手をつけたものか。感想文は読書しないと始まらない。北條は太宰治の『桜桃』で書いたと言っていた。

「クズな男が妻と喧嘩し、愛人宅に逃げ込んで、まずそうにサクランボを食べる」と説明された。絶対にラノベにならないあらすじだ。アニメ化もコミカライズも無理だろう。『走れメロス』はともかくとして、『人間失格』も『斜陽』もタイトルだけで気が滅入る。太宰は暗い。ぼくと同じで重度の陰キャに違いない。

スマホでネットを検索すると、「青空文庫」に『桜桃』が入っているのを発見した。著作権が切れた昔の小説を、ボランティアがデジタル化して、誰でも無料で読めるように公開しているウェブサイトだ。

「本屋としては紙の本を買ってほしいけど、活字に親しむきっかけになればいいかな、とも思っている。若い世代が『青空文庫』で読書に目覚め、書店で新刊を手にとるようになってくれればありがたい」と母ちゃんは言っていた。

全国の書店数は過去二十年でほぼ半減しているそうだ。電子書籍やAmazonなどは伸びているが、書店で紙の本を買ってもらえない。文隣堂のような大手チェーンも、売り上げの半分ぐらいは店舗以外が占めている。

「外販したり、楽器売ったり、カルチャースクール開いたり。もう書店だけじゃたちゆかない。定価で売れる再販制度と返品可能な委託販売に、本屋が甘えてきたところもある。そこは素直に認めたうえで、いま全国の書店員は死に物狂いでがんばっている。『夏の五十冊』みたいな取り組みも、書店員が手をたずさえた小説賞も、その一環。なによりも、お母さんは千尋が自立するまでしっかり食わせていかなきゃならない。逃げ出すわけにはいかないんだ」

普段はませた女子高生みたいな母ちゃんだけど、内側には書店員として、母親としての熱い思いを秘めていた。この話を聞かされたのは今春だった。遅い時間に帰宅して、珍しく缶ビールを三つもあけた。酔っ払い、言うだけ言って、食卓に突っ伏した。たぶん、仕事でなにかあったのだろう。なのに愚痴はこぼさない。そもそもこぼす伴侶《はんりょ》がいない。安いビールでまぎらせながら、一人でいろんなものを飲み込んで、前を向く。ぼくはそっと毛布をかけた。力になれない自分のことがふがいなく、心の底から母ちゃんを尊敬した。


「あら、今日は朝練ないの？」

居間に出ると、出勤前の母ちゃんがトーストをかじっていた。昨日は半日ぼくとドライブした。疲れていても仕事はあるのだ。

「雨天中止」

ぼくの言葉にかぶせるように、つけっぱなしのテレビから「しばらく落ち着かない天気が続きそうです」とアナウンサーの声が流れてくる。

「そうね、この雨じゃゴミ拾いは大変そうだ。千尋はともかく初音ちゃんが濡れたら風邪をひく」

「そこは息子も心配してくれ」

あはは、と笑い、母ちゃんは食器を流しに運んだ。食卓にはぼくの分のハムエッグとサラダの皿もラップで覆って置いてある。

「残念ね」

「ゴミ拾い？　たまには休みたかったからちょうどいいよ」

「違うわよ」

母ちゃんは食器を洗う手を止めず、顔だけ振り向きぼくを見る。「初音ちゃんと会えなくて」

ぼくは素直にうなずいた。冷やかされるかと思ったけれど、母ちゃんは満足そうに鼻を鳴らし、蛇口をひねって水を止めた。

「じゃ、行ってくる。千尋はずっと家にいる？」

「逗子まで本を買いに行く」

「ああ、例のラノベの新刊、今日が発売日だったわね」

書店員は主な新刊発売予定を頭に叩き込んでいる。お客さんの問い合わせに即答できるようにするためだ。

「ラノベじゃないよ、太宰治」

「太宰？」

「宿題の感想文。なんでもいいんだけれど、ラノベで書くのは気が引ける」

「へえ、それで太宰を選んだんだ。やっぱり血は争えないわね」

母ちゃんが、ふふふ、と笑った。北條に影響されたことは口にせず、「どういう意味さ？」とぼくは尋ねる。

「お父さんが高校時代にハマってたのよ。青春のはしかってやつね」

驚いた。あのバタ臭い昭和のイケメンリア充が、太宰を好きだとは思わなかった。

「絶賛片想い中だったお母さんも、図書室で借りてずいぶん読んだ。当時はね、本の一番最後のページに貸し出しカードがついていて、借りた人は学年と氏名を記入する決まりだったの。太宰はコーナーがあったから、カードを確認しては、お父さんの名前がある小説をこっそり借りた。

ほら、そうすると、お父さんの名前の下に、自分の姓名を書けるでしょ？　並んだ二つの氏名をニマニマ眺め、幸せな気分にひたってた」

「母ちゃん、それかなり重度の中二病だぜ」

「悪いわね、そっちはお母さんから千尋に遺伝したみたい」

またひとしきり、頭をぐりぐりなでて、千円札をぼくに握らせ、母ちゃんは出て行った。書店員の息子として、「青空文庫」で読むのはためらわれたけど、結果的に負担をかけてしまった。

なんだっけ、太宰には有名な一節があった。

ああそうだ。

「生れて、すみません」、そして、「恥の多い生涯を送って来ました」だった。

＊　＊　＊

「え、逸見くんも『桜桃』で書いたの？」

ゴミ拾いを終えたあと、いつものベンチに並んで座り、北条が驚きながらぼくを見る。

「先生になにか言われるかな？」

「いやまあ、感想文だし、内容さえ違っていれば、問題ないとは思うよ」

海沿いの国道に視線を戻し、「しかし逸見くんが太宰治を読むなんて」と缶コーヒーをすすっている。短い髪のばらけた毛先が、汗のしずくで宝石みたいに光っていた。

月曜日から夏の雨は四日間も降り続き、同じだけゴミ拾いも中止になった。

北条は毎朝五時に「雨天中止」とＬＩＮＥをくれた。トークの台詞にまるで色気はないけれど、モーニングコールを受けてるみたいで、ほほがゆるむ。本当は通知前に目覚めていた。妄想のモーニングコールに胸躍らせる同級生は、恐らくかなり気持ちが悪い。偽装のため、通知音がしたあと三分我慢し既読をつけ、「了解」と返信していた。

月曜日、母が出勤したあと、バスに乗り、逗子駅そばの書店に出かけた。『桜桃』は見つからない。京急で金沢八景駅まで足を延ばした。大学と高校それぞれ二つの最寄り駅だからか、歩ける距離に大きなチェーンの書店がある。けれどそこにも在庫がなく、隣の金沢文庫駅へと転戦した。ようやく別の書店で棚差《たなざ》しされた文庫本を手に入れる。Ａｍａｚｏｎだったら送料無料で翌日配送。悩ましい。


「で、どうだった?」

「『桜桃』って短編だったんだね。薄かった」

「五千字ぐらいだったはず。逸見くん、本を買ったの?」

「母ちゃんが書店員だから、食いぶちの業界に貢献した。文庫本、四編入っていちばん最後が『桜桃』だった」

「ああ、ほかに『ヴィヨンの妻』『秋風記』『皮膚と心』が収録されてるバージョンだ」

「北條も持ってるの?」

「中学時代に図書委員をやるぐらいには紙の本に愛着がある」

「北條の言ってた通りの内容だった。『クズな男が妻と喧嘩し、愛人宅に逃げ込んで、まずそうにサクランボを食べる』ってやつ」

「書き出しからしてひどいよね。『子供より親が大事』だよ? 父親どころか本当に人間失格だ」

主人公は「太宰」という名の冴えない作家だ。きっと私小説なのだろう。幼い子どもが三人いる。小心をごまかそうと酒ばかり飲んでいた。ある夜、子育てをめぐって妻とぶつかり、育児放棄し家を出る。向かった先は愛人らしき女がいる「酒を飲む場所」だ。そこで出されたサクランボをまずそうに食べては種を吐く。物語の結末で、「太宰」は冒頭の言葉を繰り返すのだ。「子供よりも親が大事」と。

「北條は感想文になんて書いたの？」

「主人公がクズすぎる。ワンオペなのに愛人の存在まで許している妻も妻。なぜ離婚しないのか意味不明。子どもが本当にかわいそう」

北條の家庭を考えると、それ以外の感想はないだろう。起業家の父は女をつくり、母も男と遊んでいる。にもかかわらず、別れない。気の毒なのは放置された一人娘だ。

「逸見くんはどう書いた？」

「『子供よりも親が大事』って、主人公の本音と違うのかも、とぼくは感じた」

「どうしてよ？」

「書き出しは、正確には『子供より親が大事、と思いたい』だよね？　言い切らないで『思いたい』が入っている。あと、ラストも『心の中で虚勢みたいに呟《つぶや》く言葉』と前置きしてから『子供よりも親が大事』と書かれている。反語じゃないかと思ったんだ。実際は、誰よりも子どものことを愛してるけど、素直にそれを表現できない」

「はぁあああ？」

叩きつけるように缶コーヒーをベンチに置いて、北條がぼくをにらみつけた。

「もっとマシな家に引っ越して、妻子を喜ばせたいってくだりもあるよね？　主人公は奥さんも好きなんじゃないかと感じた。奥さんもそれをわかっているから別れない。だから、感想文には

『家族への愛情をまっすぐに表現できない主人公の不器用さがもどかしい』と書いた」

「ばかなの、逸見くん⁉」

北條に断罪される。「どう読めば主人公に同情の余地があるっていうのよ？　まるっきり男の論理。いや、見切りをつけない奥さんだって同罪だ。妻子持ちの男を泊める女のことも許せない。そろって大人のエゴむき出し。ひたすら子どもが哀れだよ」

口が滑った。北條にとっては譲れない一線なのだ。そういう親を許せない。許しちゃいけない。両親を「軽蔑してる」と話していた。それこそが北條の心を守ってきたのだ。

受け入れてもらえなくても構わない。だってわたしはさげすんでいる。そんな父と母の愛情なんて、こっちから願い下げだ。求めていない。だからわたしは寂しくない――。そういうふうに考えて、愛情飢餓に耐えてきた。

「――帰る。反省会はこれにて終了。また明日！」

言い捨てて、北條は自転車にまたがった。ハンドルを握り締め、丘の上に視線をやり、「気づけばか」と小声でつぶやく。ぼくではない。ぼく以外のだれかに向かって呪詛《じゅそ》を吐く。額の汗をセーラー服の袖でぬぐい、サンダルで深くペダルを踏み込んだ。

小さな背中が夏にかすんだ国道を遠ざかる。丘のいただきあたりのマンションは、今朝も嫌味なほどにまばゆく光を反射していた。


翌朝、北條はほとんど目を合わせてくれなかった。いつも以上にたんたんと、トング片手に砂浜を歩き回る。ぼくが配慮を欠いたのだ。仕方がない。これ以上波風を立てぬよう、無理に会話は探さない。穏やかに、穏やかに。今日を乗り切れば土日になる。北條の怒りもおさまるだろう。

「逸見くん」と事務的に名前を呼ばれ、駆けていく。砂にまみれた避妊具が落ちていた。仁王立ちした北條に「処理」と命じられ、トングでつまんでゴミ袋に放り込む。

「累計いくつ？」

「七つになった」

「本当に大人のエゴむき出し」

吐き捨てた北條に、どっちかといえばエゴよりもエロじゃないか、と突っ込みかけて、口をつぐむ。北條は本気なのだ。父と母を罰しつつ、自分の生も感じたい。だからこそ、我が身を刻んで血を流し、酒の容器と避妊具を拾い集めている。

反省会もそこそこに、缶コーヒーを一気飲みして、北條は帰っていった。

見送りながら、父について考える。

母ちゃんから話を聞いた。想像よりもずっとヘタレな父だった。虚像は消えた。大人の男になれない理由を、だからもう、ぼくは父の不在に求められない。それはいい。なんとか自分自身で引き受ける。乗り越えるべき存在なんて、最初からなかったのだ。

それがわかって一瞬心が軽くなり、それから一気に振り子が振れた。

父ちゃんは、元カノを妊娠させて、死の遠因を生み出した。一人息子に元カノと同じ名前をつけたのは、今度こそ愛し抜くと誓ったからだ。なのにあまりにあっさりこの世を去った。さんざん焼きもち焼かせ、それでも見捨てなかった母ちゃんと、愛すべき幼子《おさなご》さえも置き去りに。

無責任極まりない。

父親への幻想が霧散して、今度はさげすむ気持ちが頭をもたげる。北條みたいに心の支えに転用できない。やり場がない。

いじめの痛みは親友と幼なじみに癒された。母ちゃんにも救われた。自分だって努力した。父に対するわだかまりは、同じようには解消できない。

こんなおぼつかない気持ちのまま、だれかに好意を伝えるべきじゃない。

その前に、やらなきゃならないことがある。

母ちゃんが話してくれたのは「シーズンⅠ」だ。父と出会い、結ばれて、子どもを授かるまでの出来事だ。それから一気に三年飛んだ「シーズンⅡ」の結末は、端的に「溺死した」としか聞いていない。

なぜ父は、旅先で酒を飲み、ぼくと母ちゃんを遺《のこ》したまま、無責任に死んだのか。最期の最期もヘタレていたのか。それをしっかり解き明かす。どう目をこらしても、弁解の余地がなければ、一晩泣いて切り捨てよう。汲《く》むべき事情があれば、心に宿す。


ここしばらく、気がつけば北條のことばかり考えていた。ぼくは北條が好きなのだ。北條からも似たような想いを感じている。うぬぼれかもしれないし、あとで恥をかくかもしれない。それでもいいやと思っている。

北條は中学時代、西園寺先輩の恋人だった。でもそのふるまいや「好き」の形は、膨大なデータから抽出し、北條が自分自身にインストールした「創造」や「想像」の産物なのだ。

川をたどった山奥の、澄んだ浅瀬にとめどもなく水が湧き出るように、愛する気持ちは心の底からにじみ出す。感情とは、たぶんそういうものだ。

『桜桃』の解釈にむきになった。ジャージのズボンも脱いでいない。

平気な顔をしているけれど、両親や元カレに、わだかまりを抱き続けているからだ。

「わたしを女の子に引き戻そうとしている」となじられた。そんな力はぼくにない。勘違いと傲慢を承知で言えば、北條自身の心が揺れ動いている。でもそれを、自ら必死に食い止めている。本当に「空気が読めない」ＡＩは、決して過去を引きずらない。肉親との葛藤にも苦しまない。おのずと好意を抱かない。

強引に封じ込めた感情は、ねじくれながらも必ず外ににじみ出す。そして周囲を戸惑わせる。だからこそ、ぼくはぼくのわだかまりを片づけよう。

もしこのまま北條にもたれたら、すさまじいデータ量と演算速度で「疵を抱えた男の子」に対する最適解を導かれる。それではダメだ。そんなまがいものはほしくない。ぼくを哀れむ北條は、きっとそのうち気づいてしまう。自分がぼくの不幸を搾取していることに。そして同時に思うのだ。「疵を抱えたわたしだって、逸見くんに搾取されてる、搾取させてる」と。

ともあれまずは、自分の課題だ。

父を知る。ぼくは父を知らなきゃならない。

＊　＊　＊

「なんでそんなことに興味があるのよ?」

母ちゃんに問い返された。ビール片手に枝豆をつまみ、居間のソファーでテレビを見ている。

「素朴な疑問だよ。海沿いに住んでる人が、どうしてわざわざほかの海に行くんだろう、って」

仕事から帰宅するなり「暑い暑い」とシャワーを浴び、夕食を済ませた母ちゃんは、エアコンの冷気とほろ酔いで、すでにまぶたを重たくしている。

これまであまり父の話をしなかった。その話題を避けてるような印象さえあった。亡くした夫を思い出すのがつらいのだろう。そう感じ、遠慮して、こちらからも尋ねなかった。だから父と千尋さんとの学生時代のエピソードには驚かされた。内容も衝撃的だが、母ちゃんがその話をしたこと自体が驚きだった。

「——星ヶ浜《ほしがはま》にはね、甘酸っぱい思い出があるのよ。それと約束。だから千尋が生まれた翌年から、毎年夏は伊豆半島の南の端まで足をのばした。その星ヶ浜でお父さんは亡くなったから、たった三回だけだったけど」

「思い出？　約束？」

「お父さん、大学四年の初夏に新聞社から内定もらったって話したわよね？」

「うん」

「それで、合宿免許に誘われたの」

全国紙の新人記者は研修後、必ず地方に配属されるそうだ。地方では自家用車で取材に出かける。内定後、父は「入社までに運転免許を取るように」と人事部から命じられた。

「通える範囲の久里浜や鎌倉にも教習所はあったけど、合宿のほうが断然早い。一日中教習だからね。お父さんみたいな事情がなくても、あのころ、若い人はみんな免許を取っていた。教習所は大盛況よ。普通に通うと教習の予約を入れるだけで大変だった」

「車離れのいまからすると、信じられない時代だな」

母ちゃんがうなずいた。

「それでね、夏休みに入る直前、お父さんに『陽子も免許とらないか？』と持ちかけられたの。『大学生協でキャンペーンやってる』ってパンフレットを渡されて」

「へえ」

「両親に相談すると『学生のうちに取っておけ。社会に出たら乗らなくても身分証明書になる』と背中を押してくれたんだ」

バイト代で足りない合宿費用は、父と母、つまりぼくの祖父母が出すと言ってくれたらしい。

「——あのさ、そのときすでに、父ちゃんは千尋さんとつきあってたんだよね？」

「そうよ。高校からって言ったでしょ」

「だったら、いくら仲良しとはいえ、彼女以外の異性を合宿に誘うのはどうかと思う」

「でしょ？」と母ちゃんは苦笑した。「でもね、千尋の提案だったのよ」

「え？」

「お父さん、当然、千尋を先に誘っていた。『ごめんなさい。国試に向けた準備もあるし、最近、体調がいま一つなの』と断られたんだって。『二人で申し込むほうが安いなら、陽子といっしょに行ってきなよ』と言われたらしい。あとから思えば、体調不良はお腹に子どもがいたせいね。千尋は本当にお母さんの気持ちに気づいてなかったし、お父さんを信頼してもいたんでしょう。お母さんは安牌《あんぱい》な代打だったのよ」

疑心暗鬼は醜いけれど、無垢すぎるのもまた罪だ。そんなふうに言われたら、父ちゃんには母ちゃんを誘わぬ理由が、母ちゃんにはそれを断る理由が、見つからない。

結局、父の誘いに応じ、「南伊豆ドライビングスクール」の合宿免許に参加した。

「大学を卒業したら、お父さんは遠いところに行ってしまう。千尋はそれについていく。合宿だけど、好きな人との初めての旅行だ。二週間を大事にしよう——。そう考えた。まったく若気の至りだ。感傷的で乙女すぎて、思い出すと羞恥で大声出したくなる」

わかるぞ、母ちゃん。そのふるまいは、確実に息子に受け継がれている。

受講者は期間中、教習所と契約した近くのホテルに宿泊した。夜は自由行動だ。母ちゃんは父に声をかけ、歩いて行ける星ケ浜を散歩した。五百メートルにわたり、ゆるやかな弧《こ》を描く、白砂の美しい浜だった。湘南とは海の色がまったく違う。三浦半島は東京湾の入口だが、伊豆半島はより外洋に面している。満天の星空も美しい。最終日、もう一度、父を浜辺に誘った。

「いつの日か、わたしと逸見くんと千尋の三人で、また海と星を見に来たいなあ」

大学生の母ちゃんはそう言った。果たせないとわかっていた。これは最初で最後なのだ。泣きたい気持ちを必死でこらえた。

「笑って明るく話したつもりだったけど、きっと声が震えていたんだろうね。お父さんは黙っていた。もしかしたら、お母さんの気持ちに気づいた瞬間だったのかもしれない。しばらく二人で空を見つめていた。手をのばせば届きそうな距離に無数の星が光っている。この一瞬がずっと続けばいいな、とお母さんは感じていた。そのときね、お父さんが言ったのよ」

「なんて?」

「『いつか、また必ず来ようぜ。俺と千尋と陽子の三人で』って」

ぼくはようやく理解する。

その半年後、千尋さんは亡くなった。さらにだいぶ時間が経って、母ちゃんは父ちゃんと結ばれる。授かった息子には「千尋」と名づけた。母ちゃんは葉山、父ちゃんは横須賀の出身だ。ともに目と鼻の先に海がある。にもかかわらず毎年夏、南伊豆まで旅行していたのは、そのときの約束を果たすためだったのだ。中身は違うが同じ「千尋」を交えた三人で、星ケ浜に来るという。

座ったまま母ちゃんが舟をこいでいる。「ベッドで寝なよ」と声をかけた。寝ぼけた口調で「そうする。千尋も早く寝なさい」と言い残し、口をゆすいで寝室へ消えていった。

なあ、父ちゃん。だったらなおさら死んじゃダメだろう。

母ちゃんの願いは確かに叶《かな》えた。でも、三回目にはそれをトラウマに変えたのだ。センチメンタルが過剰なだけで、父はまったくしまらない。


小さな謎がひとつ解け、さらに父へのやるせなさが募っていく。

母ちゃんは、たぶんこの先は話さない。今夜の逸話も出会いから結婚までの「エピソードⅠ」の範疇《はんちゅう》だ。父の死をめぐる「エピソードⅡ」は訊き出せない。

これまで何度か、父ちゃんの名前をググってみた。「逸見大輔《だいすけ》」。中小企業の社長とか、呼吸器が専門の内科医とか、映画の登場人物とかがヒットした。いずれも父とは別人だ。

「星ケ浜」を検索ワードに加えてみたが、出てこない。ニュース検索も同じだった。一般人の単独水難事故だと報じられないのかもしれない。そもそも十年以上も前のことだ。Ｙａｈｏｏ！や新聞社のサイトでも、時間が経てば無料記事は読めなくなる。仮に報道されたとしても、ネットに残っていないのだろう。

自室に戻って慎之介にＬＩＮＥを送る。

「ググる以外に昔のニュースはどうやって調べりゃいいの？」

返事はすぐに戻ってきた。幽霊とはいえ新聞部員は頼りになる。

「新聞社のデータベースで一発だ」

「有料だよね？」

「だな」

「ネット経由で図書館とかは？」

「無料だけれど、それだと見出しや掲載日ぐらいまでしかわからない」

「紙のバックナンバーは？」

「縮刷版を出している新聞社もある」

「縮刷版？」

「一か月ごとの紙面をA４判に縮小し、まとめたものだ。CD－ROMやDVDで出している新聞社もある」

「それもお金がかかりそうだね」

「買う必要はない。近場なら町立図書館で閲覧できる。もちろん無料だ」

ヒントをもらい、ぼくは「感謝！」とトークを送った。

「千尋、いったいなにを調べたいんだよ？　そんな宿題あったっけ？」

「学校じゃなく、ぼく自身の宿題なんだ」

慎之介は「はぁ？」とネコが首をかしげるスタンプを送ってきた。続けて「よくわかんないけど、まあ、がんばれ」の文字。ぼくは「ありがとう」と再送し、アプリを閉じた。

明日の土曜日、まず図書館に行ってみよう。

毛布をかぶり、電気を消して目を閉じる。北條が頭を占拠する前に、今夜は早寝を試みた。

＊　＊　＊

海沿いから長い坂を登った先の住宅街に、町立図書館はある。土曜日はよく晴れていた。チャリンコが重たくて、途中何度も休みをとり、ペットボトルのお茶を飲む。図書館にたどり着いたときには、開館から一時間ほど過ぎていた。エアコンの冷気に一瞬癒《いや》され、学習室に足を踏み入れたところで後悔する。忘れていた。夏休みの図書館では、座席の争奪戦が行われるのだ。

未練がましくうろうろしてると、「ちーちゃん、ここ！」と思いがけずに名前を呼ばれた。慎之介と並んで座る一葉だった。奇跡のように二人の隣のカウンター席が一つ空《あ》いている。中学生が一時間だけ利用して、つい五分前に離席したそうだ。ついている。

「千尋、今ごろ来て座れると思ってたのか」と慎之介にあきれられた。

「図書館なんて久しぶりだから、忘れてた。たぶん、中学時代の受験勉強以来だ」

「読書家のお母さんが泣くよ、ちーちゃん」

「ここ、ラノベの蔵書が少ないんだよ」

釈明すると「ああ、おっぱいの大きな妹に義理の兄が溺愛されるやつとか、冴えないぼっちが異世界ではモテモテの無双になるやつとか、陰キャな男子が学年一の美少女にエッチな誘惑されるやつとかね」と一葉にくすくす笑われた。

偏《かたよ》っているが、まったく外れているわけでもない。悪かったな、と腹の中で毒づいて、「ところで二人はなぜここに？」と尋ねる。

「宿題の追い込み。あと六日しかないからな。俺は感想文のまとめ、一葉は数学。理系と文系だから、教え合える。な、一葉」

「うん、慎之介」

視線を合わせてうなずきあった。うっとうしい。

二人は開館三十分前に待ち合わせ、この席を確保したそうだ。机の上に原稿用紙と単行本、参考書を広げている。国語教師に「平仮名ばかり」とかつがれた慎之介は、案の定『アルジャーノンに花束を』を読破するのに一週間もかかったそうだ。

「千尋は新聞の縮刷版を見にきたんだろ?」

「うん」

「さっき確認しておいた。開架で閲覧できるのは去年の分だけ。一か月ごとにまとまってるから十二冊だな。それより前の縮刷版はカウンターで申請すれば出してもらえる。所蔵は全国紙の東都新聞だけだって」

父が亡くなったのは三歳のときだ。十三年前になる。命日は七月四日。慎之介に礼を言い、カウンターで手続きした。十分ほど待たされて、分厚い縮刷版を渡される。昔の電話帳のようなサイズだった。一五〇〇ページ近くある。ズシリと重い。

席に戻ってページを開く。慎之介と一葉が興味津々でのぞき込んできた。

「ずいぶん古い新聞だね。なに調べているの?」と一葉。

「父ちゃんの事故」

二人はかすかに息を呑《の》んだ。慎之助も一葉も父の溺死を知っている。うちに来ると、玄関の写真立てに欠かさず会釈をしてくれた。そのうえで、我が家の不幸を哀れまない。搾取しない。

ページをめくり七月四日にたどり着く。事故ならば社会面だろう。テレビ欄の裏側の見開きをくまなく探す。「地デジ移行へ官民連携」「自民、復調の勢い　参院選本紙情勢調査」といった見出しが躍るが、朝刊、夕刊ともに水難事故の記事はない。

「七月四日が事故ならば、翌日付かもしれないぜ」と慎之介。なるほど。

一日飛ばして七月五日の紙面を見た。やはり父の記事は見当たらない。念のため、地域の話題を扱っている地方版を確かめる。神奈川版ではなく東京版が収録されていた。星ヶ浜は静岡だ。

慎之介が「武田さんに訊いてみようか?」と口にした。湘南東ＯＢで、元東都新聞記者。武田さんに拝《おが》み倒され、慎之介は新聞部に入部している。

　ぼくの答えを待たず、スマホを握り、学習室を出て行った。ほどなく戻ってくると、『借りは返す』だってさ。元部下が静岡支局のデスクらしい。昼過ぎまでには連絡する、と約束してくれた。親父さんの名前、『逸見大輔』で間違いないよな?」と確かめられる。

「うん、そうだ。――なあ、慎之助、単独の水難事故でも記事になるって言っていた?」

「全国版の社会面にはまず載らないらしい。報じられるとしたら静岡版だそうだ。事件性や社会性がなければ、ベタ記事だって教えられた」

　とりあえず、武田さんの打ち返しを待つことにする。縮刷版を返却してから、ぼくは一葉に便乗し、やり残した数学の宿題を慎之介に教えてもらった。

　対偶と背理法を使い分け、命題の証明を鮮やかに解いていく。これだけ理系に強いのに、家業を継ぐのだ。戸田理髪店を「居場所」だと言っていた。両親を尊敬している。慎之介にとって、家や親を守ることは、大学に進むより優先順位が高いのだ。まぶしかった。

　気づくと正午を回っていた。宿題を席に残したまま、三人そろって図書館を出る。昼食時だけ、一時間の場所取りが黙認されていた。

　歩ける距離のジョナサンで、ランチを食べる。食後のアイスコーヒーを飲んでいると、慎之介のスマホが鳴った。武田さんからのメールだ。液晶画面をのぞき込む。

「お待たせ。やっぱり静岡版のベタ記事だった。元部下がデータベースで検索したので、『横着するな』とスクラップも探させた。写真でもらった切り抜き紙面を送ります」

　ありがとうございます、と返信し、慎之介はスマホを机に置いた。添付ファイルをタップする。画面には短い記事が二つ表示されていた。まず一つ目を、慎之介が指でつまんで拡大する。

《海水浴客の男性　流され行方不明　伊豆南・星ケ浜
四日午後一時ごろ、伊豆南市浜越《はまこし》にある星ケ浜の男性ライフセーバーから、「遊泳中に海水浴客が流された」と一一九番通報があった。伊豆南市消防本部と伊豆南署によると、流されたのは神奈川県から訪れた三十代の男性。浜辺から五十メートルほどの浅瀬で家族と遊泳中、急な潮に流されたらしい。気づいたライフセーバーが助けに向かったが、男性は行方不明。妻と三歳の長男は救出されて無事だった。同本部と同署、下田《しもだ》海保が捜索を続けている。》

匿名だった。まだ安否が不明だからだろう。スクラップを確かめるように言ってくれた武田さんに感謝する。データベースに「逸見大輔」と打ち込んだだけでは、初報はヒットしなかったに違いない。慎之介が翌日付のベタ記事を拡大する。

《男性の漂流遺体　石廊崎《いろうざき》沖で発見　星ケ浜・水難
伊豆南市浜越の星ケ浜で家族と遊泳中に男性が流された事故で、伊豆南署と下田海保は五日、男性の遺体を石廊崎《いろうざき》の東五キロ付近の沖合で発見した、と発表した。同日未明、近くを航行中の漁船が見つけ、漁協経由で海保に伝えた。家族の証言や着衣などから、遺体は流された神奈川県葉山町のバス運転手逸見大輔さん（三八）と判明。同署と海保によると、目立った外傷はなく、溺死とみられる。浜辺に打ち寄せた波が強い勢いで沖に戻る「離岸流《りがんりゅう》」に巻き込まれた可能性もあるとみて、海保などが詳しく調べている。妻子は助け出されて無事だった。》

「これだけじゃあんまりわからないね」

ふいに横から声がした。いつの間にか北條が立っている。驚いた。小顔にびっしり汗のしずくを浮かべたまま、自分の指定席みたいにぼくの隣に腰をかけ、「逸見くん、おひやもらう」と卓上のコップを傾ける。上下とも赤いジャージで、まるで寝起きに駆けてきたようだった。

「北條、相当チャリンコ飛ばしてきただろ」と慎之介が笑った。

いかにもきまり悪そうに、「逸見くんとは『桜桃』の解釈をめぐり冷戦中なの。昼寝してたし、戸田くんが思わせぶりに『千尋の一大事』なんてＬＩＮＥを寄越さなければ、絶対に来なかった」と口をぬぐってそっぽを向いた。向かいで一葉が笑いをかみ殺している。

武田さんへの電話を終え、学習室に戻ってきたとき、慎之介は一葉になにやら耳打ちしていた。「北條を呼び出した」とでも伝えたのだろう。悪いやつらめ。

「――でもまあ、確かに一大事ではあるね」

北條はもう一度、写真の記事に目をやった。あいまいにぼくはうなずき、「母ちゃんからは酔って溺れたとだけ聞かされている。父がどれほど無責任なヘタレだったか、直接自分で確かめたいんだ」と答えた。「でも、この短い記事からは、事故の概略しかわからない」

そうだね、と言ったあと、北條は腕を組み、おもむろにズボンのポケットからスマホを取り出した。しばらくなにかを検索し、「早朝と深夜だと、行き帰りとも四時間半か」とつぶやく。

うん？

「でもまあ、現地に七時間以上は滞在できる。――よし、明日決行しよう」

「まさか星ヶ浜まで日帰りする気？」

「一泊するほど逸見くんと深い関係ではないはずだけど」

「いや、そういうことじゃなくってさ……」

戸惑うぼくに北條が向き直る。「紐パン捜査で逸見くんを連れ出した。これはお返しよ。今度は伊豆半島の南の端までわたしがつきあう。きっと、現地でしかわからないことがあるはずだ」

北條の強引さにはもう慣れた。とはいえ、藤沢に行くのとはわけが違う。巻き込んでいいのだろうか。

「逸見くんの気持ちはわかる」

「だよな。いくらなんでも遠すぎる」

北條は薄笑いを浮かべて首を振り、「違うよ。そういうことじゃない」と言った。

「お父さんを知りたいんだよね？」

「それは……そうだけど」

「わたしも自分の父を知りたいんだ。嘘つきでだらしないけど、この体の半分は父のパーツでできている。どうしようもなく血がつながっている。だから父についてわたしは知りたい。知ったうえで正しく否定したいんだ。たぶん、逸見くんも同じような思いを抱いている。違うかな？」

第3章

End of Summer

東海道線が辻堂《つじどう》駅を出たあたりで寝息が聞こえた。ボックス席に並んで座った北條が、頭をぼくの肩にあずけている。

五時半に家を出た。食卓に「ちょっと出かける。遅くなるから先に休んでて」とメモを残した。母ちゃんは今日も仕事だ。ギリギリまで寝かせてあげたい。なにより「北條と星ヶ浜に行ってくる」とは打ち明けづらい。

逗子駅で北條と落ち合った。白いブラウスにカーキ色のロングスカートをあわせている。私服のスカート姿は初めて見た。

「一つ一つ片づけようと考えた。手始めに、しまむらでスカートを買ったんだ。久しぶりだからスースーして落ち着かない」

「高校の制服はスカートだよね？」

「湘南東は麻布の森ほど校則がゆるくない。入学初日、埴輪《はにわ》でいいかと教師に訊いたらダメだと言われた。だから下にスパッツ履いている」

「あのさ……いろいろと、もう平気なの？」

「大丈夫。西園寺先輩は生きていた。スカートを避け続けるのは、引きずっているようで格好悪い。それに……」

北條が言い淀む。ホームに並んで言葉を待った。

「逸見くんはわたしが『女の子』みたいにしてても搾取しない。ときどき、エロい視線を向けるぐらいだ。安心できる」

皮肉かと思ったけれど、真顔だった。どう切り返せばいいのかわからずに、ぼくは黙って入線してきた横須賀線に乗り込んだ。北條がついてくる。大船《おおふな》駅で東海道線に乗り換えた。

北條は先輩との出来事を乗り越えようとしているのだ。そのうえで戸惑いも残している。北條のわだかまりは複雑だ。「強引に体を求められたこと」だけに由来しているのではない。夫婦関係が冷え切っているのに、母親は父親と体を交え、北條を身ごもった。そのふるまいや、そうして生まれた自分自身にも、嫌悪の念を抱いている。

一方で、思春期を迎えた肉体は、どんどん女になっていく。まるで憎んだ母親みたいだ。先輩に搾取され、搾取させたのは、自分のせいだと感じている。結果として「拒んで深く傷つけた」とも。

肉体的に否定できない成熟を、ぼくへの淡い想いとともに、無理やり「変わり者」という器に閉じ込めようともがいている。もがいているけど否応なく「女の子」がにじみ出す。

困惑し、自分を丸ごと肯定できず、それでも半歩進むと決意して、北條はスカートを履いたのだ。夏なのにロングにしたのは逡巡《しゅんじゅん》の表れだろう。隣の異性にぼくを選んでくれた。その意味を噛みしめて、最大限、ぼくは北條を尊重する。

居眠りしている北條を、小田原《おだわら》駅の手前で起こした。沼津《ぬまづ》行きに乗り換えて、熱海《あたみ》駅に出る。売店で「しらす弁当」とお茶を二つ買い、伊東《いとう》線に乗り込んだ。伊東駅で再び下車し、八時二十分発の伊豆急行に乗り換える。

列車は伊豆半島の東側を下っていく。北條とお弁当を食べながら、車窓の外に目を向けた。凪《な》いだ海が太陽をきらきら反射している。今日も暑くなりそうだ。

終点の伊豆急下田駅《しもだ》で電車を降りる。改札口を抜ける前、北條は時刻表をじっと見た。大船駅でも熱海駅でも同じだった。「時刻表に興味があるの？」と尋ねると、「ないよ。帰りのために頭に焼きつけてるだけ」と返される。

「ああ、例のサヴァン症候群ってやつか。便利だね」

北條はため息ついてぼくを見た。

「だから逸見くんは浅いんだ。この力はね、前に説明したように、空気が読めないハンディとセットなの。ときどき、ギフテッドと間違われるけど、ああいう天才とは別物なんだ。むしろ発達障害の範疇《はんちゅう》に入る。わたしはたまたま知的な遅れがなく、発達障害の特性もそれほど重くないから、なんとか社会に適応している。それでもしょっちゅうやらかしちゃう。逸見くん、さんざん見てきたでしょ、空気が読めないわたしの姿」

否定しようがなかった。円周率の朗読も、手作りの焼きそばパンも、無頓着《むとんちゃく》な間接キスも、空気が読めない表れだろう。

「こんな能力、ほしくなかった。それよりも、行間や文脈をちゃんと読み解く力がほしい。なじったけれど『桜桃』の解釈は、きっと逸見くんが正解なんだ。わたしはうまく文意を読み取れない。ばかと言ったの、謝るよ……」

小さな肩を落としている。

「こっちこそ、北條にごめんと言わなきゃならない。便利なんて言葉は使うべきじゃなかった」

北條は首を左右に振った。少しの間、足元をじっと見つめ、大きく息を吸ってから、よし、と自分自身に気合を入れる。

「行こう、逸見くん。ここから路線バスだよね。現地でのタイムリミットは七時間二十分。それまでに、お父さんを知らなきゃならない。わたしの話は後回しだ」

改札前のロータリーで、大きなヤシに出迎えられた。猛暑もあって南国らしい。すぐ脇のバス乗り場から石廊崎方面行きに乗る。定刻通り、十時ちょうどにバスは駅前から滑り出す。

二十分ほど揺られた先のバス停で降車した。小川沿いの鄙《ひな》びた道を二人で歩く。途中、高校のグラウンドほどの空き地を見つけた。朽《く》ちかけた看板に「伊豆南ドライビングスクール」と書かれている。両親の思い出の教習所は、もうずいぶん前に廃校になったようだ。

地面にへばりつくように、背の低い民家や民宿、ペンションが点在している。その先の防砂林をくぐり抜けると、青い海と白い砂浜が視界いっぱいに広がった。星ケ浜だ。

タオル地のハンカチで首の辺りをぬぐいながら、北條が「綺麗だね」とつぶやいた。確かに見慣れた湘南とは、海の色がまるで違う。

「C80、M0、Y20、K0。R0、G175、B204。ターコイズブルーだ。シーズンなのに海水浴客もそれほど多くない。穴場なんだね、星ケ浜」

「デートするにはもってこいだ。小さな子がいる家族連れにも向いている」

「逸見くん、当時の記憶、まったくないの？」

「両親に連れてこられたの、一歳、二歳、三歳の三回だけなんだ。かすかに覚えているのは、三歳のときの父ちゃんの笑顔だけ。その記憶もちょっとあやしい。もう少し成長してから見た写真の姿を、当時の記憶に上書きしている可能性もある」

弧を描いた砂浜を、北條とゆっくり歩いた。父ちゃんと母ちゃんが寄り添いながら散歩した場所だ。なんだか不思議な気分だった。

「北條、どこから始めりゃいいと思う？」

「記事に出てきたのは、伊豆南警察署、伊豆南市消防本部、下田海保、地元の漁協の四団体。それからライフセーバー。事故は十三年も前だから、さすがに当時のライフセイバーは残ってないと思うんだ。漁協は日曜だから休みでしょう。昨日、地図を見たけど、海保は伊豆急下田駅の近くだった。消去法で、まずは年中無休の警察と消防に当たるのがいいと思う」

「高校生を相手にしてくれるかな？」

「平気だよ。警察も消防も公務員。遺族といえば、無下《むげ》にはしない」

ジーパンのポケットから、スマホを取り出し、「星ケ浜　警察」「星ケ浜　消防」で検索してみた。警察署と消防本部はいずれも市役所近くにあった。星ケ浜からは三〜四キロ。徒歩だとちょっとしんどい距離だ。

「名案がある」と北條は元来た道を引き返す。ぼくは慌てて背中を追った。


防砂林にほど近いペンションは、まだ三十代らしき夫婦が経営していた。小洒落《こじゃれ》た白い外装で、看板には「リーフ・ムーン」と書かれている。岩礁を意味する「リーフ」はともかく、星ケ浜なのになぜ「スター」じゃなくて「ムーン」なのだろう。

北條が呼び鈴を押す。気怠《けだる》そうな夫が出てきた。

「こんにちは。観光客です。玄関脇の自転車、二台レンタルさせてもらえませんか？」

「貸し出しはやってないんだ」と夫が渋る。遅れて妻が現れて「いいじゃない、省吾《しょうご》。どうせお客さんも使っていないし」とぼくらに援軍してくれた。髪まで潮焼けした彫りの深い美人だった。

「Ｒｏｃｋ　Ｙｏｕ！」と書かれたＴシャツと、ショートパンツを身に着けている。

「君たち高校生？　つきあってるの？」とぼくらの顔を交互に眺めた。

「はい！　初めての夏なんです」と北條が腕をからめる。うろたえながら、ぼくは首を縦に振った。

「だったら応援しなきゃだね。いいよ、貸してあげる。悪いけど、商売だから一人千円もらうわね。上の名前と携帯だけこのメモに書いておいて」

北條は財布から千円札を二枚抜き、笑顔の妻に差し出した。夫は横で黙って様子を見ている。どうやら尻にしかれているらしい。夜には返しに来ます、と言い残し、北條はまんまと二台を借り出した。使い込まれたママチャリだが、メンテナンスはちゃんとしてある。タイヤの空気とブレーキの利《き》き具合を確かめて、ぼくらは星ヶ浜を出発した。

日曜日の伊豆南警察署は閑散としていた。三階建ての庁舎脇に自転車を停める。ぼくも北條も汗だくだ。

長く突き出た庇《ひさし》をくぐり、自動ドアから中に立ち入る。こわもての警察官に誰何《すいか》されると思ったが、すんなり入れて拍子抜けした。蛍光灯が薄暗く屋内を照らしている。

「すいませーん」と北條が呼びかけた。入口のすぐ右手のガラス窓越しに制服の警察官が数人見える。部屋には「警務課」と書かれたプレートがぶら下がっていた。いちばん近くの女性警察官が立ち上がり、窓を開ける。

「はい、なにかご用ですか？」

「初めまして。北條初音といいます。隣は逸見千尋くん。高校生です。神奈川から来ました」

まだ若い警察官が怪訝《けげん》そうにぼくらを見た。

「神奈川から？　観光の道案内ですか？」

「いえ、昔の事故について知りたくて」

「事故？　昔って、いつごろのことでしょう？」

「十三年前の夏。星ヶ浜の水難です」

「そんな前ですか……。ちょっとお待ちくださいね」

警察官は一度窓を閉め、いちばん奥の席でテレビを見ていた中年の男性を呼びに行った。その場でぼくらに視線を向け、ゆっくりと立ち上がり、こちらに向かって歩いてくる。小太りで、肌は浅黒い。

「当番責任者の夏目《なつめ》です。神奈川の高校生って聞いたけど、学校新聞の取材かなんか？　土日は広報担当の副署長が休みだから、アポとって平日に来てもらえるとありがたいんだけど」

窓を開けた夏目さんは面倒臭そうだった。制服の階級章は金色で、縦に線が二つ入っている。『機動警察パトレイバー2 the Movie』に出てきた南雲《なぐも》しのぶ特車二課長代理とおんなじだ。警部だろう。

「取材じゃないです。個人的に、父が死んだ事故について知りたいんです」

北條に任せてばかりはいられない。声を上げると、夏目さんは驚いた表情でぼくを見つめた。しばらく黙って考え込み、「日付とあらましはわかるか？」と尋ねる。

ぼくの話をメモにとり、自席に戻った夏目さんはどこかに電話をかけ始めた。「そう、十三年前の星ヶ浜。アオオニは神奈川から泳ぎに来た男性。逸見大輔。当時三十八歳。地域の当番で、そのころ、うちの管内にいたやつ、いるか？　――うん、うん。そうか、わかった」と声が聞こえる。一度切って、再び電話をかけた。「俺だ。今日の警備当番で、十三年前、うちにいたやつ、知らねえか？」

しばらく話し、受話器を置いて、再びぼくらの前にやってきた。

「内線で、地域課と警備課に訊いてみた。水難で動くのは主にその二つの課なんだ。結論から言うと、親父さんの事故に関わった署員は今日はいない。静岡は案外広いんだ。警察署は三十近い。県警本部もある。俺自身は十三年前、本部の交通指導課にいた。警察官は数年おきに異動があるんだ。資料も保管期限を過ぎているから、署内にない。申し訳ないが、わからない」

「そうですか……」と肩を落としたぼくの横から「海保はどうです？」と北條が食い下がる。

「海保は国交省だ。全国組織だぞ。よそ様だから詳しくないが、うちより異動の範囲が広いだろう。下っ端でも管区内では転勤があるんじゃねえか」

「管区？」

「北海道から沖縄まで、海保は日本を十一エリアに分け、それぞれに本部を置いてる。会社で言えば、支社みたいなもんだ。その下に支店がある。静岡は東京や神奈川と同じ横浜の第三管区海上保安本部の管内だ。下田海保はいわば三管の支店だな」

「消防はどうでしょう？」と北條はあきらめない。

「消防がいちばんローカルだ。市役所の一部署なんだ。消防署員は市職員だから、転勤も市内の本部や消防署、出張所をぐるぐるしている。まだ事故を知ってる職員もいるんじゃねえか」

夏目さんは窓から片手を突き出して、玄関を指さした。「うちを出て、右にしばらく行くと、市役所がある。その裏側が消防本部だ。伊豆南消防署も兼ねている。ただ、日曜日だからうちと同じでお偉いさんはお休みだ。アポなしで突撃しても、対応してくれるかわからねえぞ」

「行きます！」と一礼し、北條とうなずきあってきびすを返した。

「ちょっと待て」

呼び止められて振り向くと、夏目さんがぼくらを見ている。

「俺から一本電話しておくよ。高校生がくるはずだから、門前払いはするなって。慌てずゆっくり訪ねていけ」

想定外の気づかいだった。ぼくと北條は顔を見合わせる。夏目さんはいかつい顔に照れ臭そうな笑みを浮かべた。

「俺も片親家庭の育ちなんだ。ガキのころ、お袋を交通事故で亡くしている。買い物帰りにひき逃げされ、未解決のまま時効を迎えた。お袋はなぜ死んだのか、犯人はどこに逃げたのか。そういうことを知りたくて、警察官になったんだ。定年まであとわずかなのに、結局、資料以上のことはわからねえ。だから、親父さんの死に際《ぎわ》を知りたい気持ちは理解できる。頑張れよ」

ありがとうございます、と声を合わせ、ぼくらは深く頭を下げた。

改めて母ちゃんの言葉を思い出す。人は見た目だけではわからない。


自転車で警察署を出て右に曲がった。幅の狭い県道沿いに、民家や個人商店が並んでいる。人通りは多くない。街の中心部だが、この時期は海のほうがにぎわうらしい。

市役所の敷地が切れた交差点を右折して、壁沿いに庁舎の裏に回り込む。二階建ての古い建物が見えてきた。一階の車庫部分には消防車が三台、救急車が二台。すべて前向きに停まっている。その脇に「伊豆南市消防本部・伊豆南消防署」と横長のプレートが架かっていた。自転車から降り、建物の壁に寄せてスタンドをたてる。

路面から二階に続く出入口は閉じていた。ドアの横に設けられたカメラ付きインターフォンのボタンを押すと、「はい」と男の声がする。名乗る前に「夏目警部が話してた神奈川の高校生だね」と言い当てられた。「逸見と申します。隣は同級生の北條さん。お休みの日にすいません」と頭を下げる。「消防署に休みはないよ。どうぞ、ドアのカギは開いてます。そのまま二階に上がってきて」と指示された。

エアコンのきいた室内は半分が空席だった。高いパーテーションで仕切られた残りのスペースで、作業服を着た署員たちが休んだり書類を書いたりしている。「あいてるほうは本部の企画課や総務課。市役所と同じで平日の日勤になる。こっち側が消防車や救急車で出動する消防署員の待機エリア。年中無休で必ず誰かが控えている。二人とも消防署に入るの初めて？」

「はい」と答え、促されて応接のソファーに腰をおろす。向かいに座った中年男性は「当直責任者の橋本《はしもと》です」と名乗った。肩幅が広く、真っ黒に日焼けしている。

「先に断っておくけど、限られた人数で回してるから、出動指令が出たらその時点で話は終わりね。夏場は熱中症で忙しい」

「もちろん仕事を優先してください」とぼくは応じた。橋本さんはうなずいて、傍《かたわ》らの厚いファイルを膝に乗せ、赤い付箋《ふせん》のついたページを開く。

「夏目警部から電話をもらって、探しておいた。ここには過去二十年分の水難死亡事故の概要がまとめられている。記録を読んでお父さんの件は思い出した。ただ、自分は当時、本部の予防課勤務で、現場を踏んでるわけじゃない。今日の出番にも声をかけたが、初動で出た署員はいなかった。記録以上のことはわからない」

資料によると、七月四日午後一時二分、星ケ浜のライフセーバーからの一一九番通報で、消防は水難を覚知した。「遊泳中の三人が流された。一人は幼児」との内容だった。消防署と出張所から計三台の救急車が出動し、午後一時九分、十分、十一分に到着した。その後、五月雨《さみだれ》式に消防車両七台が駆けつける。

すでに男児を抱いた母親は自力で砂浜に上がっていた。母子ともに怪我はなく、現場で搬送不要と判断された。午後二時二十分、救急車のうち二台が引き返す。

「警察や海保とも現地で協議し、陸、海、空の三方向から残る父親の人命検索・人命救助に全力を挙げると決めた、と記録にある」

「検索?」と北條が問い返す。

「ああ、警察やマスコミは『捜索』という言葉を使うけど、消防では人捜しを『検索』と言うんだ。——で、消防からは本部の水難救助隊や県消防防災航空隊のヘリが出動。県警は所轄、機動隊水難救助部隊、航空隊。海保は羽田から特殊救難隊を出動させた。ほかに地元消防団と漁協にも応援を仰いでいる」

「……おおごとだったんですね」

「いいんだよ、人の命がかかってるんだから。恥じることはまったくない。むしろ救えなかったことを済まなく思う」と橋本さんは言ってくれた。

そのあとの説明は、新聞記事の行間を埋めるような内容だった。日没でいったん検索は打ち切られ、翌五日の日の出から再開すると決められた。午前四時二分、未明から漁に出ていた地元漁協所属の漁船が、石廊崎の東五キロの沖合で、うつ伏せに浮いている遺体を発見した。日の出の三十分ほど前のことだった。県警と海保の船が現地に向かい、県警が遺体を回収。船上で死亡が確認された。伊豆南警察署に搬送され、検視官が検視した。外傷はなく、溺死と判断された。

幼いぼくと民宿に泊まっていた母が呼ばれ、身元の確認を求められる。腐敗は進んでおらず、一目で父とわかったらしい。水着は旅行の三日前に母が逗子で購入したものだ。母の財布にレシートが残っていた。確定だった。

「新聞には、父は離岸流に巻き込まれた可能性がある、と書かれていました」

「記録も同じだ。実際、星ヶ浜ではいまもときどき離岸流が目撃されてる。ただ、こういうのは断定が難しいんだ。再現しようがないからね。公式な記録にはなるべくあいまいなことは書かない。だから、巻き込まれた可能性がある、とまでしか言えないんだ」

黙っていた北條が、「アルコールはどうですか？」と質問する。記事ではこの点についてふれられていない。

「アルコールって、飲酒のこと？」

「はい。逸見くんのお父さん、お酒は飲んでいたんでしょうか？」

もう一度、ファイルを眺め、橋本さんは「いや、そういう記載はないな」と首を振った。

「さっき、検視と言っていましたが、それだと解剖しないんですよね？」とぼくは尋ねる。

「しない。検視官は多くの場合、ベテラン警察官が担うんだ。医者じゃないから解剖できない。役所に届ける死体検案書も作成できない。お父さんのケースでも、本部捜査一課の警視が臨場してきて検視した。最終的には県警の協力医が検案書を書いている。地元の開業医だな。死亡推定時刻や死因などを決められるのは医者だけなんだ。検案書を書くために、医者は遺体をすみずみまで確認する。お父さんは流されてから一日足らずで見つかった。それぐらい新しいご遺体を、警察官と医者がダブルチェックし、アルコールの痕跡を見逃すことは考えられない」

「警察が消防に伝えてないから、記録に残っていないということはありませんか？」

ぼくが重ねて尋ねると、橋本さんは苦笑した。

「確かに、警察には死亡の経緯を消防に報告する義務はない。でも、消防と警察は持ちつ持たれつの関係なんだ。火災に関する調査力は消防に一日《いちじつ》の長《ちょう》がある。一方で、我々には警察のような強制捜査権はない。だから阿吽《あうん》の呼吸で補い合う。目的は違うけど、同じ現場で仕事するから、良好な関係を保っておくことが不可欠なんだ。情報は過不足なく融通し合う。ここに記録がないということは、十中八九、お父さんはアルコールを飲んでいない。酔って溺れたわけじゃない」

どういうことだ?

＊　＊　＊

箸の先で冷やし中華のトマトをもてあそぶ。向かいの席では北條が味噌ラーメンをすすっていた。「暑いときこそ熱いもの」という流儀をかたくなに守っている。

消防を出て、市役所の前まで戻り、目についた食堂にそのまま入った。客はぼくらと地元民らしき老夫婦だけ。テレビでは甲子園の決勝戦が始まろうとしていた。「今年の夏は各校とも雨天順延に泣かされました」とアナウンサーがしゃべっている。試合開始のサイレンが鳴り響いた。

「逸見くん、食べとかないとバテるよ」

ハンカチで額の汗をぬぐいながら、北條が箸をあやつる。

「食べるよ」

錦糸卵とキュウリ、細切りハムを麵にからめた。ごま油がきいた酸っぱいタレは、なかなかおいしい。けれどどうにも食が進まない。

「落ち着かない気持ちはわかる。ずっと信じていたことが、どうやら事実と違うらしい。とはいえシングルマザーのお母さんを疑うことも心苦しい――ってことでしょ?」

北條が端的にまとめてくれた。

「消防の橋本さんも現場は見ていないって言ってたよね？　もう少し聴き込みを続けよう」

北條の言葉にうなずく。そのとき、ポケットのスマホが鳴った。

「千尋、どこ行ってるの？」

母ちゃんからＬＩＮＥのトークが届いている。

海、と短く返信した。仕事の合間に送ってきたのだろう。

「近場？」

「いや、葉山よりもずっと遠く」

「へえ。もしかして、初音ちゃんといっしょ？」

そう、と素直に認めた。両目がハートマークのウサギのスタンプが送られてくる。相変わらず能天気だ。この場で疑問を尋ねようかと一瞬考え、やめにする。せっかく伊豆までやってきたのだ。現地でしかできないことがきっとある。ここで時間は費やせない。それに、確たる証拠の一つでもつきつけないと、絶対にはぐらかされる。

「初音ちゃんといっしょなら、常識的な時間に帰ってきなさい」

やりとりを眺めていた北條が、ぼくからスマホを奪い、画面を手早くタップする。

「北條です。お気づかい感謝します。祖母には学校行事で遠出する、と伝えました。バスに乗り継げる時間までに逗子駅へ戻ります。すいませんが、ご子息をまた一日お借りします」

送信を終えるや、北條は一方的にアプリを閉じた。そしてぼくをまっすぐ見つめる。

「これは逸見くんの問題だ。お母さんに関わらせず、自分自身でやり遂げなさい。わたしはそのお手伝いとしてついてきた。乗り継ぎ時間はちゃんと覚えている。まだ帰りのバスまで三時間ある。腹が減っては戦《いくさ》はできない。まずは残さず冷やし中華を食べなさい」

スマホをしまい、麺をすすった。北條は真剣な表情でレンゲを握っている。チラッとのぞくと、丼《どんぶり》はすでにスープを残すのみだった。いつもながらの健啖《けんたん》ぶりに舌を巻く。華奢《きゃしゃ》な体のいったいどこに収まるのだろう。


食堂を出てすぐに、ダメ元で下田海保の代表に電話をかけた。誰も出ない。

「漁協の直売所があるね」

北條が自分のスマホを眺めている。顔を寄せて表示中のマップを見た。星ヶ浜からさらに南に下った海沿いだ。「直売所なら客商売だし、やっているかもしれない」

「ここから五〜六キロか。行ってみよう」

食堂前に並んで止めた自転車にまたがった。合皮製のサドルが熱を帯びている。「スパッツ履いてくれればよかったよ」と北條が顔をしかめた。なるほど、そのスカートの下はパンツなのか。という感想はおくびにも出さず、「ぼくのも熱い。腰を浮かしてしばらく走ろう」と答えた。

「伊豆南海産物直売所」に到着したのは午後三時過ぎのことだった。平屋の小さな直売所だ。駐車場には地元と県外ナンバーの車が半々の割合でとまっている。営業中だ。

入口近くの水槽で、生きたままの大きなサザエがのろのろと動いていた。隣にはアワビが置かれている。砕けた氷が敷き詰められた発泡スチロールの箱には、真っ赤な魚がごろんと横たわっていた。アジやサバの干物、ウニの瓶詰などが置かれている棚もある。濃厚な魚介の匂いが鼻の奥にしのんできた。客が途切れたところで、レジの中年女性に話しかける。

「すいません、おうかがいしたいことがあるんですが」

真っ黒に日焼けした女性はエプロンで手をぬぐい、「はい、なんでしょう?」とぼくらを見た。

「ここは漁協がやっているんですよね？」

「ええ。すぐ近くに漁港があって、主に扱ってるのはそこに水揚げされた近海モノ。今なら金目がおいしいわよ。こっちではアカギって呼ぶんだけれど、アカハタもお薦め。イセエビも名物だけど、春から秋の初めまでは禁漁なの」

「ごめんなさい、客じゃないんです。十三年前、漁船に乗っていた人に会いたいんです」

女性は一瞬、きょとんとして、「人捜し？」と訊き返した。ぼくは手短に事情を説明する。

「そう……この海でお父さんを亡くされたのね。まずはお悔やみ申し上げます」

女性はわざわざ三角巾をとって、頭を下げた。仕事の邪魔をしてるのだから、こっちこそ申し訳ない。

「ただ、それぐらい前だと、覚えている組合員は少ないと思うわ。水難って、結構あるのよ。漁協はそのたび、警察や消防から協力を求められる。わたしは十五年、ここで働いてるから、お父さんの事故のときにはいたはずだけど、記憶にない。冷たく聞こえたらごめんなさいね」

もう一度頭を下げ、それでも女性は別の従業員にレジを任せて「組合長に訊いてみる」と言ってくれた。レジの脇の宅配コーナーでスマホを握る。相手はすぐに出たようだ。手招きでぼくらを呼び寄せ、「正確な日にちとお父さんの名前を教えて」と小声で尋ねた。


直売所の駐車場に戻ったところで「空ぶりかあ……」と北條が天を仰ぐ。「でも、アポなしで訪問したのに、よく対応してくれたよ。組合長にも感謝しなきゃ」とぼくは応じた。

組合長は事故を覚えていた。父の遺体を見つけた漁船はまず漁協に無線で連絡し、それを受けた職員が、当時、総務担当の理事だった組合長の自宅に電話で知らせた。

「でもね、組合長の話だと、その後は警察と海保に任せたそうなの。漁船にはご遺体をひきあげるノウハウはない。見失わないようにその場にとどまり、警察と海保の船に引き継いでから港に戻った。だから、漁船の漁師もそれ以上のことはわからないだろう、って」と女性は言っていた。

まだ夏空は明るいが、時計の針は午後四時を回っている。

「北條、帰りのバス、何時だったっけ？」

「五時四十四分」

「あと一時間四十分か」

スカートの膝の辺りの布地をつかみ、パタパタと揺らしながら、「泊まっちゃおうか」と北條がつぶやいた。戸惑っていると右手で頭をチョップされる。

「冗談よ。そんなことしたら一人息子を溺愛している逸見くんのお母さんに張り倒される」

海の向こうの入道雲を背にして、北條が笑みを浮かべた。汗に濡れた小さな顔は、もぎたての果実のようにみずみずしい。迂闊《うかつ》にもしばらく見とれてしまい、「どうしたの？」と逆に顔をのぞき込まれる。なんでもない、と視線をそらし、「消防団にも訊いてみよう」と慌てて言った。


スマホで検索すると、問い合わせ先は「伊豆南市消防本部総務課」だった。さっきまで橋本さんに話を訊いた建物だ。引き返す余裕はない。とりあえず電話をかけてみる。

十コール目でようやく「はい、消防」と応答があった。「先ほどお邪魔した神奈川の高校生です。当直責任者の橋本さんはいらっしゃいますか？」と尋ねた。長い保留音のあと、「代わりました、橋本です」と声がする。

「逸見です。何度もすいません」

「いいよ。幸い今日は暇だから。本部の電話は休みは出なくていいんだけれど、あんまりしつこく鳴るんで、部下にとらせた」

申し訳ありません、と詫びると「気にするな。で、どうした？」と橋本さんに促される。北條にも聞こえるように、スピーカーのボタンをタップしてから質問した。

「父の件ですが、消防団も捜してくれたんですよね？」

「記録にそう書いてあったな。一般論だが、水難の不明者が出た場合、消防団には陸から目視で海を捜してもらったり、流されていないか近くの海沿いを巡回してもらったりする」

「最初から参加してくれたんでしょうか？」

「消防団員は非常勤なんだよ。みんな本業を抱えつつ、地域を守ってくれている。だから初動では消防、警察、海保が出て、検索の方向性を決定し、それから団長経由で方面隊長に出動を要請するんだ。人命検索は長丁場になるから、活動可能な団員に隊長が声をかけ、参集してもらうことになる」

「だとすると、消防団は流された直後の父や、遺体を見てなさそうですね」

「そうだろう。翌日、お父さんは洋上で発見され、県警と海保がひきあげた。うちの署員もご遺体は見ていない」

やっぱりそうか。

「――北條です。先ほどはありがとうございました」

口を開いた北條にスマホを向ける。

「橋本さん、ライフセーバーさんはどうでしょう？　一一九番通報、ライフセーバーさんからだったんですよね？」

「ああ。発生時の状況は彼らがいちばんよくわかっていると思う」

「十三年前のライフセーバーが誰だったか、消防で把握していませんか？」

「さすがにそういう記録はないよ」と橋本さんは苦笑した。「自分の知る範囲では、ライフセーバーだけで食べている人はほぼいない。地元民がやっているとも限らない。入れ替わりも激しいから、過去にさかのぼってメンバーを把握している人はいないんじゃないかな」

「どこかに所属しているんでしょうか？」

「ちょっと待って」と橋本さんは受話器を置き、「おーい、星ヶ浜のライフセーバーを束ねているの、どこだっけ？」と周囲に訊いた。署員の一人が「サザンライフセービングクラブだと思います」と答える声が耳に届く。

「聞こえたか？」

橋本さんの問いかけに、北條は「サザンライフセービングクラブ、ですよね」と答えた。

「そうだ。確か、東京や神奈川の学生が中心のサークルだ。夏だけ十人ほどでやってきて、泊まり込みで活動している」

「泊まり込み？」

「星ヶ浜に一つだけ、小さなホテルがあるんだよ。そこで合宿しながらライフセーバーをやっている」

「昔、自動車教習所があった近くのホテルですよね？」とぼくは割り込む。

「つぶれてずいぶん経つのに、よく教習所なんて知ってるな」と感心された。

「橋本さん、サザンライフセービングクラブの雇い主はだれですか？」と再び北條。

「ボランティアだから、雇い主って言い方は正しくないけど、星ヶ浜海水浴場組合が食費と宿泊費を負担している」

「海水浴場組合？」

「民宿やペンション、観光協会なんかが組合員だ」

「事務所はどこでしょう？」

「そんなのないよ。組合といっても、法人じゃなくて任意団体だ。活動は夏場だけだし」

「代表者はいますよね？」

「葉月《はづき》さん」

「葉月さん？　女性なんですか？」

「いや、珍しいけど、葉月が姓。おじいちゃんだ。星ヶ浜で民宿やってた。数年前に体調を崩したのをきっかけに、東京に出ていた長男を呼び戻して跡を継がせた。名誉職だから組合の代表だけは続けている。長男の嫁さんがやり手で、いまふうのペンションに改装し、なかなか人気だ」

「そのペンションを教えてください」

「昔は『葉月荘』といってたけど……。おーい、『葉月荘』ってなんて名前になったんだっけ？」

また周りに尋ねている。誰かが答えたようだったが、今度は声が小さく聞き取れなかった。

「ああ、そうだそうだ。――北條さん、聞こえた？」

「いえ」

「ひねりなく、葉月そのまま。名称は『リーフ・ムーン』」

北條と顔を見合わせた。リーフは「reef（岩礁）」じゃなくて「leaf（葉）」だったのか。

海産物直売所がシャッターを下ろし始める。通話を切ったスマホの画面に午後四時五十五分の表示が浮かんだ。「急ごう、逸見くん！」と北條がサドルにまたがる。ぼくも慌ててスタンドを蹴り起こした。二台の自転車の泥よけに、黒い油性ペンで「リーフ・ムーン壱号」「リーフ・ムーン弐号」と書かれている。

タイムリミットまであと五十分を切っていた。

＊　＊　＊

「葉月さん！」と背後から呼びかける。ペンション「リーフ・ムーン」の庭には花壇があり、奥さんが水をやっていた。振り向いて「お、神奈川の高校生カップルだ。おかえりなさい」とぼくらに微笑む。

「自転車、玄関前に置いておきました」

「どこ行ってきたの？　あんまり観光するところなかったでしょう」

ホースシャワーにつながれた蛇口をひねり、首にかけたタオルで手を拭いている。

「警察署と消防署に行きました。あと漁協の直売所」と北條。

「そりゃまたデートにしてはずいぶんと色気がないな。彼氏くん、ちゃんと事前リサーチしてきたの？」

北條からぼくに視線を移し、「ところでわたし、葉月って名乗ったっけ？」と首をかしげた。

「消防士さんに訊きました。以前は『葉月荘』という名前だったって」

「ああ、なるほど。義父《ちち》から省吾が引き継いだとき、リフォームにあわせて変更したの。あ、省吾ってのはわたしの旦那。さっきは不愛想でごめんなさいね。いまさらだけど改めて。葉月由香《ゆか》って言います」

「逸見千尋です」

「北條初音です」

「千尋くんに初音ちゃんね。暑いから、中で休んでいかない？　麦茶ぐらいサービスするわよ」

「いや、帰りのバスの時間が迫っていて」

「もう帰るんだ。もったいない。星ケ浜の夜空は本当に綺麗よ。一泊ぐらいしていけばいいのに」

ぼくらがうつむき黙っていると、由香さんは「なるほど、二人、まだつきあいたてか。まあ、お楽しみはとっておいたほうがいいかもね」と笑う。

「とりあえず中に入りなさい。二人とも汗だくだから、熱中症になりかねない。帰りはまた長旅でしょう。今のうちに水分補給しておいたほうがいいわよ」

ペンションは二階建てで、一階にはフロントと食堂、キッチン、風呂場があり、二階が客室になっていた。

食堂のテーブルに麦茶の容器とコップ三つを運びながら、「民宿から改装するとき、部屋数を五から三に減らして間取りにゆとりをもたせたの。全室ダブルかツイン。今日のお客さんも三組ともカップルよ。いつか二人も泊まってね」と悪戯っぽい笑みを浮かべた。

「旦那さんは外出ですか？」

「下田まで買い出しに行った。そろそろ戻ってくると思う。わたしは水やりと料理の担当」

言われて気づいた。おいしそうなカレーの匂いが漂っている。食堂の片隅に置かれた大きなジャーはかすかに湯気を吐き出していた。

コップの麦茶を一口含み、「実は訊きたいことがあるんです」とぼくは切り出す。壁の時計は五時十五分を回っていた。

「なに？　宿泊料金？」

「それはまたおいおい。――由香さんのお義父《とう》さん、海水浴場組合の代表なんですよね?」

「うん。昭和から民宿をやっていて、ここらへんじゃ顔なんだ」

「ご在宅ですか?」

「どうだろう。省吾とわたしがここを継いだときに引退し、それからは近くのアパートで独り暮らししているの。お義母《かあ》さんはその前年に病気で亡くなった。このペンションには離れがあって、もともとそこに住んでたんだけど、『独居には広すぎる』と出て行ったんだ。いまはわたしたちが暮らしている。本当は東京から強引に呼び戻した省吾に気をつかったのね。わたしたち、下北沢のライブハウスで働いてたの。まさかペンションの女将《おかみ》をやるとは思わなかった。人生ロックだ」

由香さんは豪快に笑って自分の麦茶を飲み干した。

「星ヶ浜のサザンライフセービングクラブと契約しているの、組合ですよね?」と北條が割って入る。バス停までは歩いて五分。あと二十分でここを出ないと間に合わない。

「そうよ。お義父さんの名前で夏場のライフセービングをお願いしている。初音ちゃん、ライフセーバーに興味があるの?」

「わたしと逸見くん、十三年前のライフセーバーさんを捜してるんです」

「十三年前? なんで?」

時間がない。ぼくは北條の言葉を引き取った。

「その年の夏、三歳だったぼくは、両親に連れられて、星ヶ浜に来たんです。遊泳中、家族で流され、ぼくと母は助かりましたが、父は帰らぬ人になりました。そのとき助けようとしてくれたのが、当時のライフセーバーさんなんです。その人から話を訊かせてもらいたいんです」

「そうなのか……！」

驚く声が背後に響く。振り向くと、買い物袋を右手に下げた省吾さんが、食堂の入口付近に立っていた。「おかえり」とねぎらう由香さんに目もくれず、大股で歩み寄り、左手をぼくの肩に置いた。じっと顔を見つめられる。

「ああ、言われてみれば確かに面影がある」と省吾さんが目を細めた。ぼくはわけがわからない。

「いつかちゃんと謝りたいと思ってた。あの子がいまや高校生か。大きくなったな。ごめんな、お父さんを助けられず」

心からすまなそうに頭を下げた。やせていると思ったが、間近で見ると、Tシャツからのびた腕は明らかに運動で鍛えたものだとわかる。

「省吾、もしかして……」

「そうだ」と省吾さんはうなずいた。「あの事故の第一発見者は俺だった。大学三年で、サザンライフセービングクラブの副将を務めていた。もともと親父に声をかけられて、俺が一年のときから星ヶ浜で活動するようになったんだ」

振り出しに戻ったところに捜しまわった答えがあった。

「逸見くん、残り十分！」

北條がスマホを見ながら悲鳴をあげる。由香さんが「何時のバスなの？」と訊いた。

「四十四分です。それに乗らないと、自宅までの電車とバスにうまく乗り継げません」

「伊豆急は何時発だ？」と省吾さん。

「六時半です」

「いま五時三十五分か。車で駅まで送るよ。バスより早いが、余裕をみて六時十分にはうちを出よう。三十五分ある。——で、逸見くん、俺からなにを訊きたいんだ？」

「父の最期の様子について」

省吾さんはもう一度、ぼくの顔を凝視した。「君はなんにも覚えていないのか？」

「はい。かすかに思い出せるのは、父の笑顔だけなんです」

「笑顔……そうか、お父さん、確かに笑っていたような覚えもある」

「省吾さんは、どんなふうにぼくらを助けようとしてくれたんですか？」

「星ヶ浜には百二十五メートルの間隔で監視台が三つある。俺たちは二人一組でペアを組み、午前と午後の交代制で浜辺を監視していた。あのとき、君たち家族が流された一番近くの監視台にいたのが俺だったんだ」

買い物袋を床におろし、省吾さんが腰かける。由香さんは黙って冷えた麦茶のコップを置いた。口をつけ、省吾さんは話を続ける。

「監視台から、幅十メートルほどにわたって急速に沖に向かい潮が流れていくのが見えた。離岸流だとすぐわかった。君たちがいたのはその真ん中あたりだ。危ない、と感じて台から飛び降り、海に駆け込んだ。セーバーは全員が有資格者で、離岸流の知識もある。巻き込まれたら二重遭難になってしまう。流れから少し離れた海を歩いた。遠浅だから途中までは海の中を歩けるんだ。家族は三人、こっちは一人。優先順位を考えて、男の子、奥さん、旦那さんに決めた。すぐ仲間が駆けつけるはずだから、まず自分は男の子を助けよう、と」

ぼくは泣いていたらしい。省吾さんは必死で家族に近づいた。途中から立てない深さになり、顔をあげたクロールで離岸流の脇を泳ぐ。男子の五輪選手でクロールは秒速二メートル強。離岸流も最速だと同じぐらいになるらしい。波がある海で、しかも顔をあげて泳いだら、泳速は離岸流にかなわない。それでも省吾さんはあきらめず、ぼくらを助けようと海水をかきわけた。

「もっとも沖に流されていたのは男の子、つまり君だった。お父さんがその体を必死で捉える。脇に抱えるようにして、流されながらも砂浜と並行に泳ごうとしていた。きっと知識があったんだろう。離岸流に巻き込まれたら、岸に向かって泳いではいけない。あらがえず、逆向きに流されるからだ。並行に泳ぎ、離脱するのが鉄則なんだよ。お母さんも知っていたらしい。男の子とお父さんを何度も何度も気にかけながら、並行に泳いでいた。俺もなんとか数十メートルまで近づいた。そのときだった」

省吾さんは目撃した。追いついた母に、泣きじゃくるぼくの体を引き渡し、沖に流され沈んでいく父の姿を――。

「離岸流の中、幼児を抱いて泳ぐのは、相当体力を要したはずだ。それでも子どもを守ろうと、お父さんは死力を尽くして手足を動かし、お母さんに息子をゆだねて力尽きた。その直後、俺は君とお母さんにたどり着いた」

「……父は命がけでぼくを守った、ということですか？」

省吾さんはうなずいた。「お父さんだけじゃない。お母さんも君を救った。俺があとわずかでも遅れていたら、子どもを抱えたお母さんも、同じように流されていたはずだ。ご両親は自分の命と引き換えにしてでも、君を守ろうとしていたんだ」

飛び込むように伊豆急の列車に乗った。約束通り、省吾さんは駅まで車で送ってくれた。プシューッと空気圧でドアが閉まり、午後六時半、列車は伊豆半島を北に向かって走り出す。

北條はペンションを出たあたりからずっと嗚咽《おえつ》を続けていた。体を支え、自由席まで誘導する。

ボックスシートに並んで座った。ぼくの肩にもたれかかり、囁くように「よかった……本当によかった……」と繰り返した。かける言葉を見つけられない。そろそろ太陽が沈もうとしている。車窓から眺めると、熟《う》れすぎた柿をすりつぶしたような真っ赤な空が広がっていた。重なった衣服越しに、北條の体温が伝わってくる。胸の奥から焼けるような切ない思いが込み上げた。

父ちゃんはぼくを守ろうとして命を落とした。

その事実に打ちのめされる。

事故当時、省吾さんは警察と海保から事情を聴かれた。ただ、ぼくらに語ったようには説明しなかった。「どこからが客観的な目撃談で、どこからが自分の主観なのか、上手に切り分けられなかったから」と話していた。「死に物狂いで」「自分の命と引き換えに」といった表現は、確かに主観を含んでいる。消防の橋本さんも、公式の書類にはあいまいな要素はなるべく書かない、と言っていた。だから記録に残っていないし、新聞記事にもなっていない。

それを逆手《さかて》にとった母ちゃんは、「お父さんはお酒を飲んで溺死した」と偽《いつわ》った。

ぼくに重荷を背負わせたくないと思ったからだ。

父ちゃんもそれを願っていると信じたからだ。

自分の命と引き換えに、親が死んだと知ったなら、一人息子はきっと負い目や自責の念を感じてしまう。そんな思いをさせたくない。はぐらかせるところまではぐらかそう。アルコールのせいにしよう。母ちゃんの「策略」に、ぼくはまんまと乗せられた。

乗り越えるべき存在としての「偉大な父」は、母ちゃんの昔話で虚像と知った。いまから思えば、それが許容ラインだったのだ。末期《まつご》のことは、なにがあっても明かせない。事実を知った息子が傷つくよりも、「無責任でヘタレな父」と思わせておいたほうがまだマシだ。そう考えたに違いない。

――でも、と思う。

北條に好意を抱き、異性や夫婦について考えた。思春期に「男の子」から「大人の男」になろうとしている。ぼくは両親の半分ずつでできている。父について知ることは、だから、自分の半分を知ることとほぼ同義だ。

「無責任でヘタレな父」がぼくの二分の一を占めるとしたら、なかなかしんどい。できれば削《そ》ぎ落としてしまいたい。父のいない空白は、母ちゃんで無理やりにでも埋めればいい。

自分が大切に想い、大切に想ってほしい相手に、自分自身を説明できないのはもどかしい。だからこそ、父について知りたかった。切り捨てるべきなのか、宿すべき存在なのか。

なあ、母ちゃん。

息子はもう、そういう年齢にさしかかったんだよ。父の最期を知って、ぼくはいま、自責の念より誇らしさを感じている。そういう親の子どもでよかった。与えられた命を大事にしよう。心の底からそう思っている。

いじめもそうだ。もう二度と、あんな思いはしたくない。けれども、あの経験を通じ、ぼくは人の悪意だけでなく、その悪意に立ち向かう勇気や善意があるとも知った。揺らぐことのない友情に気づかされた。

「知らないことの幸福」も「知ることの苦しみ」も、ともにある。ただ、その二択だけでは決してない。痛みを伴う場合もあるけど、「知ることの幸福」だって確かにある。今日、そのことを噛みしめた。


逗子駅に着いたのは午後九時四十二分だった。北條は、泣きやんだあともずっとぼくに寄りかかり、無言で車窓を眺めていた。沈黙は苦にならなかった。こんなにも北條に支えられている。父に抱いていたわだかまりの解消を、我がことのように喜んで、もらい泣きまでしてくれた。

「一つ一つ片づけようと考えた」とスカートを履いてきた。その相手に自分が選ばれた。うれしいと感じている。だから今度は北條を助けたい。どうすればいいのだろうか。

先輩との一件と、月日を重ねてツタのようにからまった両親へのこじれた思い。さげすんでいるはずなのに、北條はそれでも親に愛されることを求めているように感じられる。軽蔑と、あきらめと、切望の繰り返し。そういう起伏を胸に抱えているのはつらそうだ。

改札口を出る。葉山方面へのバスは八分後に出発だ。北條はぼくの腕を握っていた。湘南の夏の夜の匂いがする。

ピッ、ピー。

ピー。

ロータリーから音がした。クラクションだ。

なんだよ、こんな時間に。車同士のトラブルか、と視線を向けて驚いた。

赤い軽自動車がとまっている。見慣れたマツダ・キャロルの旧型だ。

「おかえり、千尋、初音ちゃん」

運転席から身を乗り出し、スウェット姿の母ちゃんが手を振っている。気がついた北條が、慌ててぼくの腕から手を離し、車に向かって会釈した。

＊　＊　＊

「二人とも乗りなさい。初音ちゃんは後ろにどうぞ。千尋は助手席」

車に近づき、「母ちゃん、待ち伏せしてたのかよ」とにらみつける。

「昼のLINEで、帰りはバスの少ない時間になりそうだ、って感じた。初音ちゃんといっしょだって言うから、送ってあげようと思ったのよ」

「過保護だ」

「そう？　ならばバスで帰る？」

「……逸見くん、せっかく迎えにきてくれたのに、過保護はないよ」

ようやく北條が口を開いた。「おばさん、ありがとうございます。お言葉に甘えさせていただきます」と頭を下げる。

助手席側のドアを開け、シートの下部のレバーをぎゅっと押した。シートがガクンと前に倒れ、後部席への空間が開ける。このキャロルはツードアなのだ。「お邪魔します」と断って、北條が車に乗り込む。腰を下ろしたことを確認し、シートを戻してぼくも助手席に体を収めた。

「初音ちゃん、狭くない？」

「大丈夫です」

「やせてるもんね。うらやましい。――じゃ、二人ともシートベルトして」

指示しておいて、確かめもせず、母はウインカーを右に出し、アクセルを踏み込んだ。

ロータリーを半周し、京急逗子・葉山駅と逗子市役所の間を抜けて、夜の街をキャロルがゆく。その先の交差点を左に曲がり、県道に出た。田越川《たごえがわ》を渡って桜山隧道《さくらやまずいどう》をくぐり抜ける。出口はもう葉山町だ。信号待ちで停車する。

「母ちゃん、どこに行ったか訊かないんだ」

「だいたい察しはついている」

「どこ？」

「星ケ浜」

思わず苦笑し、「エスパーかよ」と頭をかく。

「当たりなんだ」

「ひょっとして、また鎌をかけたの？」

「ううん、今回はかなり確信してた」

「なんでさ？」

「そりゃ、あんたの母親だからよ」

信号が青に変わり、母ちゃんはマニュアルのギアをニュートラルから一速に入れた。

「父ちゃんのこと、いろいろ聞いた」

「そう。ついに千尋に知られたか」

動揺の素振りもない。いつか必ずたどり着く。そう信じていたような口ぶりだった。

「最期はヘタレじゃなかったんだな」

「そりゃそうよ。どこを切ってもヘタレな男を、お母さんは好きにならない」

「後ろに北条がいることをお忘れなく」

「初音ちゃんに聞かれて困ることはなにもない。――で、千尋は平気なの？」

「自責の念で押しつぶされそうか、って意味？」

「うん」

「それならば大丈夫」

ふふふ、と小さく笑い、「そっか。お母さんが思っていたより、千尋はずっと大人になっていたんだね。半分ぐらいは初音ちゃんのおかげかな」と言った。

「ぼくの自助努力は半分か」

「なに言ってるの」

ハンドルをポンポンたたいた母ちゃんは、わざとらしくため息ついた。「残りは一葉ちゃんと慎之介くんの支えでしょう」

「ぼくの努力はゼロってことかよ」

「それも違う」

ギアを四速まで上げ、きっぱりと口にした。

「初音ちゃん、一葉ちゃん、慎之介くんという友だちを得たことは、千尋の力よ。三人は、あなた自身が見つけ出し、かけがえのない存在にした。それは絶対誇っていい。自力で見つけた三人が、千尋を大きく成長させた。お母さんはとてもうれしい。お父さんも天国で喜んでいるに違いない。わたしはもう、子育てをセミリタイヤしようかな、と思っている」

葉山町役場を越えた先で国道は大きく右に弧を描く。「初音ちゃん、左折するの、この先だよね？」と母ちゃんが尋ねた。はい、と答えた北條は、続けて小声で囁いた。

「……逸見くんとお母さんの関係性が心の底からうらやましいです。それから、お父さんの逸見くんへの愛情も」

　ハンドルを左に切り、母ちゃんはしばらく黙って坂を登った。そしてゆっくり口を開く。

「――初音ちゃん。長者ヶ崎のドルフィンズダイナ一号店、行ったことある？」

「ありません」

「夏休み中に行ってごらん。今週の水曜日は花火とお祭りで混むはずだから、そこは外したほうがいいと思うけど。初音ちゃんがいやじゃなければ、千尋をおともに連れてって」

「あの店には行きたくないんです」

「まあそうだろうね。おばさん、初音ちゃんが文隣堂で立ち読みしていたパパの本、読んでみた」

　北條は驚いた表情で「父と母が創業したって、ご存じだったんですか？」と運転席を見る。

「順序が逆よ。『北條さん』が『北條さん』の本を読んでいたのでピンときた。目を通し、なんとなく初音ちゃんの気持ちが想像できた」

　北條は押し黙る。キャロルは住宅街の急な坂にさしかかった。母ちゃんがギアをサードに落とす。エンジンが、ぎゅーんとうなりをあげた。この時間なのに夏の虫がやかましく、エンジン音を捕食している。北條の祖母の家はもうすぐだ。

「この前、千尋とランチしてきた。店の敷地に『幸せの鐘』が置かれていた。カップルで鳴らすと幸せになれるらしい」

「……逸見くんとはまだカップルじゃありません」

「ああ、そうね。だったら、ランチがてら見学だけでもいいと思うわ」

「北條が困っているぞ」と口を挟む。母ちゃんは悪びれず、くすっと微笑み、祖母宅前でブレーキを踏んだ。

「送っていただき、ありがとうございました」

シートベルトを外しながら、北条が頭を下げる。ツードアだからぼくが先に降り、助手席を前に倒した。隙間から北条が外に這《は》い出る。

「今日は一日つきあわせて悪かった。星ヶ浜まで足を運んで本当によかった。背中を押してくれたことに感謝している」

北条は左右に小さく首を振り、決まり悪そうにつぶやいた。「残るはわたしの課題だね」

「ゆっくりでいいと思う。ちっとも焦ることはない」

足元をじっと見つめた北条は、「それだとずっと先送りだ。ちょっとぐらい、わたしは焦ったほうがいいと思う」と小石を蹴った。そして静かに顔をあげ、しばらく夜空を見つめたあと、運転席に視線を向けた。

「おばさん、ドルフィンズダイナに行ってみます」

座ったまま、母ちゃんは深くうなずいた。

「初音ちゃん、もし千尋を連れて行ってくれるなら、頼みたいことがあるの」

「なんでしょう？」

「英語を教えてやってほしいんだ」

「英語？」

「『幸せの鐘』の脇にプレートが置かれている。短い英文が書いてあるんだけれど、この子、半分しか訳せなかったのよ」

そうだった。でもそれを、いまここで言う必要があるのかよ。

「わたしに訳せますかね？」

「――『スター・ウォーズ』は観たことある？」

「あります。家にブルーレイがそろっていました。確か全部で九作ですよね？　わたしが観たのは制作がディズニーになる前の六作です」

「それで十分」

話の流れがまったく読めない。どうしてここで『スター・ウォーズ』が登場するんだ？

「さ、千尋、帰るわよ。早く乗りなさい」

せかされて、「また明日、砂浜で」と短く伝え、助手席に体を収めた。母ちゃんがエンジンを始動させる。運転席の側面に回り込んだ北條は、もう一度おじぎした。

窓を開け、サムアップにした右手を突き出し、母ちゃんがニヤリと笑う。

「May the Force be with you！」

そう言うと、器用に車を反転させ、坂道を下《くだ》り始めた。振り返ると、遠ざかる北條がいつまでも手を振っている。

＊　＊　＊

久しぶりに鈍色《にびいろ》の空だった。週明けは朝から雨が降り出しそうで、浜辺でゴミを拾ったあと、反省会もそこそこに解散した。翌日には太陽が戻ってくる。早朝の作業を終え、ベンチに並んで座っていると、「逸見くん、今日このあと予定ある？」と尋ねられた。

「いや、特には」

「おばさんも言っていたけど、葉山、明日が花火とお祭りなんだね」

「うん。今夜から場所取りが始まると思う」

「そっか。きっと浜辺も周りもゴミだらけになるんだろうな」

「毎年八月三十一日は、町のボランティアと観光協会の委託業者が、海岸沿いから葉山八幡宮のあたりまで、片づけてくれている」

花火は町や観光協会、地元業者でつくる実行委員会の主催だった。半世紀の歴史がある。当初は七月に打ち上げていたが、十年ほど前、雑踏警備や清掃の経費削減で、八幡宮の例大祭と同じ八月三十日に改められた。沖合から一時間に六千発が打ち上がる。この日、境内には屋台が軒を並べ、海辺の街は夜遅くまでにぎわう。

「わたしたちの出る幕じゃないね。やっぱり今日が実質、美化活動の最終日ってことか」

夏らしい入道雲がもくもくと浮かんでいる。海の家の不慣れなバイトが、ソフトクリームをオーダーされ、しくじって盛り過ぎたみたいな雲だった。

「逸見くん、集めたゴミを分別しよう。瓶と缶、プラスチックとペットボトルは資源ゴミ、紙容器は汚れているから燃やせるゴミ」

「避妊具と紐パンは？」

「供養がいるから、紙袋に包んで八幡宮のお焚《た》き上《あ》げに持っていく。燃やせるゴミにそのまま出すのは気が引ける」

北條は立ち上がり、海にそそぐ小川べりの茂みに下りていった。ゴミ袋の隠し場所だ。夏休みを通した成果は九十リットルの袋三つ分。回収容器を限定したせいか、予想よりも少なかった。

浜辺に戻り、砂地にいったんすべてをぶちまけ、種類ごとに分別しながらゴミ袋に入れ直す。圧倒的に缶が多く、次いでペット、プラ、瓶、紙容器の順だった。小分けの袋は手分けして持ち帰り、家から収集日に出すことにする。

赤、青、緑、黒とカラフルな避妊具は、全部で十個。童貞なりに推理すると、今年の夏に使われたのは恐らく二つだ。一見すると破れていない。「望まない命」が誰かのお腹に宿っていないことを切に願う。北條の言う通り、神の炎で天に召すのが正しいように思われた。

「これはわたしが持ち帰る。逸見くんを巻き込んだの、わたしだから、後始末もわたしがする」

「……お焚き上げ、ぼくもいっしょに行っていいかな？」

「悪いからいいよ。灰谷さんや戸田くんと花火やお祭りに行くんでしょ？」

「実は『北條さんも誘おうよ』と一葉に言われてて……」

うつむきながら口にして、まだ幼なじみを口実にしている自分を恥じた。

昨日、美化活動を終えたあと、家でうとうとしていると、一葉と慎之介がやってきた。プールに遊びに行く前に、立ち寄ったと話していた。

「ちーちゃん、花火とお祭りどうするの？　わたしは浴衣で行くつもり。北條さんにも声かけて四人で行かない？」と誘われる。

「北條、そういうの興味なさそうだ」

ためらうぼくの右頬を、ぎゅっとつねって一葉は言った。「夏の花火とお祭りに、興味がない女子高生なんているはずない。自分のヘタレを北條さんのせいにするのは卑怯だ」

幼なじみは痛いところを突いてくる。

本当は上書きしたいと思っていた。浴衣姿の北條が、西園寺先輩に肩を組まれてはにかむ写真。その記憶を、別の祭りや寄り添う自分で塗り替えたかった。

けれど同時に恐れてもいた。距離を縮めたその先で、北條を搾取してしまわないか、北條に搾取させてしまわないか、と——。

「わたしを混ぜても楽しくないよ」

分けたゴミに視線を落とし、北條はつぶやいた。

「そんなことない！」

思わず語気が強くなる。「絶対ない。いたほうがみんな楽しい」

「……みんな、か」

北條が自嘲する。

「――あのね、わたしちょっと期待しちゃってた」

「なにを？」

ふぅ、と大きく息を吐き、北條は足元の砂を二、三度蹴った。

「……逸見くんが『大切な人』と言ってくれた。誰かから、そんなふうに言われたのは初めてだった。自分に価値を感じていない。西園寺先輩が言ってくれた『好きだ』だって、結局はわたしと『つながりたい』という意味だった。なけなしの自己肯定感はズタボロだよ。両親はあんなだし、前にも言ったと思うけど、自分はいらない存在なんだ、と感じてた」

だからね、と口にして、そのまましばらく言い淀み、囁くように言葉を続ける。「……逸見くんに『大切な人』と言われたことがうれしかった。そこにちょっと過剰な意味を感じちゃった」

「過剰じゃない」

「逸見くんは優しいね。わたしにも、灰谷さんにも戸田くんにも」

「そういうのとも別ものだ。北條がその気なら、ぼくは今日にもドルフィンズダイナに誘おうかって思ってた」

「ああ、そうだ。おばさんと約束したのに、臆《おく》して忘れたふりをしていた。でもさ、逸見くん、それってわたしへの気づかいじゃなく、お母さんへの義理立てだよね」

「義理立て？」

「せっかく同級生に気をつかってくれたんだから、お母さんのためにわたしをドルフィンズダイナに連れて行かなきゃ申し訳ない。主体はわたしじゃなくて、大好きなお母さん」

「……怒るぞ、北條」

にらみつけた北條が、ぎこちなく笑っている。その表情にいらいらし、いや本当に怒りを向けるべきなのは、この不器用な同級生じゃないはずだ、と思い直した。

臆病で、自分の気持ちを生煮えにしか言葉にできないぼくが悪い。ぼくはぼくに激しく怒るべきなのだ。

炎天下の砂浜で、ぼくらはしばらく向き合った。

折れろ、折れろ、とぼくがぼくに叫んでいる。同時にぼくは、北條にも願っていた。北條だって折れてくれ、と。

ぼくを試すような振る舞いは、まったく北條らしくない。「大切な人」の意味だって、きっと正しく伝わっている。「変わり者」じゃなく「女の子」として、それをちゃんと受け止める自信がないのだ。

ぼくらはまるで合わせ鏡のようだった。互いにすくんであと一歩が踏み出せない。北條のねじれた思いが、手に取るようによくわかる。

ポケットのスマホが鳴った。しばらくして切れたあと、時間をおかずに再び鳴った。

「出なよ、逸見くん」

北條に促される。切ろうと思い、スマホを取り出し、画面を見た。「0466」から始まる番号だ。覚えがない。時刻の表示は午前九時過ぎ。慎之介や一葉ならLINEでかけてくるはずだ。手のひらで、また切れた。ポケットに戻しかけ、三度《みたび》スマホが着信する。

「出なって。大事な連絡かもしれないよ」

北條の顔を一瞥《いちべつ》し、通話ボタンをタップした。

「——あ、逸見千尋さんの携帯ですか？」

男の声だ。たぶん若い。

「そうですが……どちらさまですか？」

「文隣堂書店藤沢店の鈴木と申します。実はお母様が通勤途中に……」

スマホを耳に押し当てた。鈴木さんの慌てた小声をかき消すように、蟬《せみ》がわんわん鳴き始める。野球帽の隙間から、幾筋も汗が垂れてきた。必死で話に耳をこらす。

「……わかりました。ご連絡ありがとうございます」

濡れた液晶画面をシャツで拭き、スマホをポケットに押し込める。

「悪い、北條。ちょっと急ぎの用事ができた。ゴミ袋、いつもの場所に戻しておいて。ランチも後日に改める」

「どうしたの？」

「大船駅で母ちゃんが倒れた。鎌倉の病院に救急搬送されたらしい。容体《ようだい》はわからない。とりあえず、行ってくる」

じゃあ、と手をあげ、自転車に向かったところで、背後から右腕をつかまれた。よろけて振り向き、北條にぶつかりかける。

いつもの北条が戻ってきた。断る余地はまったくない。他人のことでも自分が決めたら決定なのだ。

いいぞ、北条。そういうところが北条初音の持ち味だ。

ぼくの言葉を必要以上に推しはかるな。「大切な人」は「大切な人」、ドルフィンズダイナに誘いたいのは「大切な人」といっしょにランチをしたいからだ。

自戒も込めてぼくは思う。お互い、もっとシンプルでいることに努めよう。自分をいちばん苦しめてるのは、親でもいじめっ子でも昔の交際相手でもない。

やっかいな自意識にからめとられた臆病者の自分自身だ。

「わかった、いっしょに行こう。そうしてくれると心強い」

本音を言った。北条がぼくを見つめて深くうなずく。

「――わたしも行く」

＊　＊　＊

江ノ電を鎌倉高校前駅で降りる。目の前は青い海だ。観光客と部活動の高校生で八月末の小さな駅は混んでいた。人いきれにむせ返り、咳が出る。北条が黙って背中をさすってくれた。夏がゆくのを拒むように、ぎらついた陽の光が容赦なくぼくらの体に突き刺さる。

海沿いの公園に自転車を放置して、路線バスで逗子駅に出た。北条は埴輪《はにわ》スタイルのままだった。JRでも、江ノ電に乗り継いでからも、案外誰も気にしない。せいぜいチラッと目をやるぐらいだ。厄介《やっかい》なのは自意識なのだ。改めて、そう感じる。

鎌倉高校前1号踏切からは、海と反対側に長い坂がのびている。上りながら、にじむ汗を何度もぬぐった。父を失い、母まで亡くす恐ろしさで、体が小さく震えている。

「きっと平気」

道中、何度か北條に囁かれた。根拠はないのに恐怖がやわらぐ。好きな相手の言葉には、プラスにもマイナスにも力がある。

坂の頂上あたりに田中《たなか》病院の看板が見えてきた。受付で氏名を名乗り、部屋を尋ねる。事務員が「三階ですね。エレベーターを上がったところにナースステーションがありますから、そこでもう一度、訊いてください」と教えてくれた。そろそろ時刻は正午になる。

六人部屋の窓際のいちばん奥。わずかに開いたカーテンから、横たわる小さな背中が見えた。丸まって、動かない。祈るように駆け寄って、「母ちゃん！」と叫びながらカーテンを引いた。

「わっ！」

悲鳴をあげてぼくらに振り向く。生きていた、と膝から崩れ落ちそうになり、また北條に支えられた。母ちゃんが、慌ててなにかを隠している。小さな手には収まりきらず、すぐその正体に気がついた。

「……パピコかよ」

あきれと安堵が入り混じった声がもれた。

「文隣堂の鈴木さんから電話があったぜ。死んだかと思ったよ」

「ああ……彼、まだ入社二年目だから、テンパって大げさに伝えたんだと思う」

「そういう言い方するなよ。実際に倒れたんだろ、通勤途中に大船駅で？」

「……うん」

「大丈夫なのかよ？」

「貧血に熱中症が重なった。ラッシュ時間だったから、騒ぎになり、駅員さんが一一九番してくれた。点滴打って、体冷やして、横になったらすっかり回復。もう平気」

「あのな、母ちゃん、熱中症は死ぬことだってあるんだぜ。貧血で倒れても、打ち所が悪ければ、重傷を負うかもしれない。わかってんのかよ、そういうこと」

なんだかひどく腹が立った。今朝、浜辺ですねた北條に揶揄《やゆ》されたけど、素直に認める。ぼくは少しマザコン気味だ。たった一人でぼくを育ててくれた母ちゃんが、いなくなるのは絶対いやだ。そう感じた瞬間に、目頭が熱くなる。

「泣くことないでしょ……。初音ちゃんが見てるわよ」

「別にいい」

Tシャツの袖で涙をぬぐう。母ちゃんは「悪かった。ごめん千尋。心配させて」と頭を下げた。

「大丈夫。お母さんはあなたが自立するまで死にはしない。千尋から親を二人も取り上げない」

母ちゃんが慈《いつく》しむようにぼくを見る。

「いつ自立できるかわからないけど、それ絶対に約束だぞ」

「約束する」とうなずいた。「お父さんは命がけであなたを守った。お母さんも同じように千尋を守る。かける命をなくしたら、もうあなたを守れない。だからお母さんは生き延びる。――ただね」

「ただ、なに?」

「この前ちょっと言ったけど、お母さんは少しだけ、ギアを落とす」

伊豆からの帰り道、迎えに来た母ちゃんは「子育てのセミリタイヤ」をほのめかした。家事と育児と仕事。加えて「父親役」まで担っている。安いビールを飲むこと以外、あそびがない。いつだってそばにいたのに、ごく最近までそんなことに気づかなかった。

「……いいよ、二段ぐらいギアを落としなよ」と恥じる思いでぼくはつぶやく。

「——初音ちゃん」

母ちゃんが北條に視線を移す。「わたしがギアを落とす分、息子のことをよろしくね。千尋はふがいないけれど、根っからのヘタレじゃないはずだ。いろいろあって、まだ中二病が完治してない。でもこのひと夏でかなり成長したと感じてる。これまでも一葉ちゃんと慎之介くんには支えてもらった。そこに初音ちゃんが加わった。初音ちゃんの存在はとっても大きい」

「……そうでしょうか」

「初音ちゃんはすごい力を持っている。誇っていい。親として、本当に感謝している。まだちゃんと伝えてないかもしれないけど、千尋だって同じはずよ」

北條は小さく首をひねりながら、「なぜそんなに逸見くんのことがわかるんですか？」とつぶやいた。

「この子を産んだ母親だから」

「血のつながりがあれば、親は子どものことがわかるんですか？　愛もなく、動物みたいに交わって、うっかりできた子どもだっているんですよ！」

最後のほうは叫びに似ていた。病室だと我に返った北條が、「すいません……」とうなだれる。

もう一口、パピコをすすり、容器を捨てて、母ちゃんはバッグからノートとペンを取り出した。

新しいページを開き、大きな字で「小動」と書いている。

「これ、読める？」

のぞきこんだ北條が「……『しょうどう』ですか？」と小声で答えた。

「ぶぶー。麻布の森の出身でも、読めないか。千尋はわかる？」

『こゆるぎ』だろ？」

鎌倉高校前駅を藤沢側に進んですぐ、江ノ電の軌道は海沿いから住宅街に弧を描く。そのカーブの南西に突き出しているのが小動岬《こゆるぎみさき》だ。この病院の目と鼻の先にある。神奈川の難読地名の一つだから、越して間もない北條が読めないのも無理はない。

「読書感想文で、二人とも太宰治を選んだと聞いた。小動岬はね、太宰が心中し、初めて相手を死なせてしまった場所なのよ。太宰は満年令で二十一歳、相手は十七歳のカフェの女給だった。一九三五年の短編『道化の華』のモチーフになっている。このとき太宰には内縁の妻がいた」

「最低ですね」と北條が吐き捨てる。

「その内妻とも一九三七年に心中未遂し、離縁した。内妻と太宰の義弟が関係したのが原因ね。二年後、太宰は石原美知子と結婚し、子どもを三人授かった。でも、この間にも愛人に子どもを産ませ、さらに別の愛人と玉川上水に身を投げた。一九四八年だから戦後すぐのことだわ」

「……聴くだけで吐きそうです。太宰って、本当は誰を愛してたんでしょうね」

母ちゃんはくすっと笑った。「初音ちゃん、太宰の遺書は読んだことある？」

「ありません」

「太宰はね、正妻の美知子に宛てて、何枚にもわたる遺書を書いてるの」

「どんな言い訳してるんですか？」

「してないのよ。最後には『美知様　お前を誰よりも愛してゐました』とつづっている」

北條は、はぁあ、と息を吐き、「よくもまあ、そんな恥知らずなことを」とあきれた。

「太宰の死後、美知子は三十年も沈黙し、一九七八年に回想録を出版した」

「再婚はしなかったんですか？」

「しなかった。回想録にはとても詳しく当時の様子が描かれている。美知子は本当によく、太宰のことを見ていたのよ」

「そんなの……浮気っぽい旦那さんを冷めた目で観察していただけでしょう」

「おばさんは違うと思う。太宰の遺書も、美知子の想いも、本物だったと感じている」

「なぜですか？」

「美知子は婚前、太宰の悪い噂を人づてに聞いていた。そのうえで『それほど気にならなかった』と書いているのよ」

北條は一瞬黙り、「……女ぐせや自傷癖《へき》を知っていたってことですか？」と尋ねた。

「おそらく」とうなずいて、母ちゃんは「でも、そんなことがどうでもいいほど、太宰のことが好きだったのね」と言葉を継いだ。

「いったいどこが？」

「『ただ彼の天分に眩惑されていたのである』と回想録には書かれている。才能ね。当時の太宰は知名度も低く、まだ目立ったヒットも出していない。その段階で、美知子は太宰の文才を見抜いたのよ。だから三人の子どもを設け、離婚せず、没後に再婚もしなかった。わたしにはちょっと無理そうだけど、そういう夫婦の愛だって、確かにある」

北條が黙り込む。母ちゃんは窓の向こうに目を向けて、澄んだ空と青い海を遠望し、北條に視線を戻した。

「『桜桃』を読んだからわかるだろうけど、太宰は子どものことも愛していた。『子供より親が大事』って一節は、もちろん反語」

「……それは、逸見くんにも言われました」

「ニュースを見てると、まるで子どもを愛せずに、虐待するような親だって、この世の中にはいるんだな、と思う。でも、初音ちゃんのパパとママはきっと違う。そう考える根拠もある」

「どういう意味です？」

母ちゃんはまっすぐ答えず、穏やかに微笑んだ。左手の腕時計に目をやって、「ギリギリね」と独り言《ご》ちる。

「初音ちゃん、同級生のお母さんとの約束は守りなさい。かなりの確度でその同級生は初音ちゃんの彼氏になる。もれなく母親がついてくる」

また余計なことを、と遮《さえぎ》ろうとして、母ちゃんの言葉に制された。

「ドルフィンズダイナのランチタイムは午後二時まで。わたしはもう大丈夫だから、急いで千尋と長者ヶ崎に行ってきなさい。明日は花火とお祭りだから、お互い想いを伝えあうにはうってつけだ。その前に、わだかまりを解いてきなさい」

＊　＊　＊

鎌倉から引き返し、逗子駅で葉山行きのバスに乗る。長者ヶ崎で降りたのは午後一時五十五分だった。北條とドルフィンズダイナに駆けていく。海沿いの店舗前に客は並んでいなかった。北條のためらいに気づかぬふりをし、入口の扉を開く。カラン、と乾いたベルの音がした。レジの男性店員と視線が合う。

「すいません、もうランチは終了で……。ディナーは五時からの営業です」

「まだ二時まで二分ありますよね」と食い下がる。

「ラストオーダーは一時半なんです」

肩で息をしている北條がホッとした表情を浮かべている。「逸見くん、いいよ、またにしよう」

「――せっかく来てくれたんだから、入れてあげて」

店の奥から声がした。店員が慌てて振り向き、「でももうキッチンも片づけてますし、スタッフも休憩に入りますから……」と戸惑っている。

「よし、じゃあ、わたしが久しぶりに厨房《ちゅうぼう》に立つか」

奥から女性が現れた。胸のあいた白いシャツにタイトなベージュのロングスカート。ゆるくウェーブのかかった髪が肩の先までのびている。ナチュラルだがメイクには隙がなく、大きな瞳と肉感的な唇を上品に際立たせていた。

「いや、キッチンをお任せするわけには……」

恐縮してちぢこまる店員の肩に手をのせ、「あら心外。ここのメニュー、オリジナルのほとんどはわたしの考案なんだけど」と蠱惑的《こわくてき》な笑みを浮かべた。

「お母さん……！」

北條が驚きに声を詰まらせる。

「初音、久しぶり」と母親が片手をあげた。「うちにドレスコードはないけれど、セーラー服にジャージのズボンはデートするにはどうかと思うよ」

「……なんでお店にいるのよ」

「わたしはドルフィンズダイナの創業者よ。経営からは外れているけど、お父さんに次ぐ大株主。クオリティーを保っているか、定期的に食べにくるの」

母親は店員に「あとは引き受けるから、五番テーブルにアイスコーヒー二つ持ってきて」と告げた。「――さ、立ち話もなんだから、座りに行こう。えっと、君は……？」

「逸見千尋です。湘南東高校の、初音さんの同級生です」

「クラスメイトか。彼氏じゃないんだ」

北條が「お母さんといっしょにしないで！　異性にはそういう対象以外もいるんだ」と声に怒りをにじませる。

「人聞き悪いな。逸見くんに誤解されるじゃないの。わたしだってきちんと相手は選んでいる」

「昔だったら俳優の卵とか若手医師とか弁護士とか。歳をとったらホストみたいな人たちだよね。確かにちゃんと人選してる」

「そうよ。後腐《あとくさ》れがない相手を選んでいるわ」

北條の皮肉をそのまま受け止め、涼しい顔で言葉を返した。

「……信じられない。お母さん、既婚者なのに」

母親は、あはは、と笑った。「それを言うならお父さんも同じでしょ」

「二人とも最低だよ」

「言ってくれるわね。じゃあ訊くけど、もし初音が逸見くんとつきあったら、絶対に別れない？　結婚する？　残り七十年の人生を、飽きもせず、仲良く過ごして、手をつなぎながら死ねるかな？」

北條は押し黙る。

「思い出した。初音、麻布の森の先輩とつきあってたもんね。あのころ、妙に色気づいちゃって、休みのたびにいそいそどこかへ出かけていった。でもいつの間にか別れてたじゃない。初音だって『前科持ち』よ。やっぱりわたしの血を引いている」

母親は愉快そうだ。おそらく、つきあった理由も別れた経緯も知らないのだろう。茶化すべき話じゃない。北條は深く傷ついたのだ。西園寺先輩との一件は、家庭環境にも原因がある。

両手をぎゅっと握りしめ、北條は唇を噛んでいた。

「とりあえず、テーブルに行きましょう。逸見くんもごいっしょに」と母親が優雅に微笑む。五十路《いそじ》前後のはずなのに、見た目は若く、体型もまったく崩れていない。

固まった北條の二の腕を握る。一瞬体をこわばらせ、身をすくめた北條に「行こう」と告げた。焼けた肌に汗をにじませ、北條が小さくうなずく。

レジの脇から木目の通路が延びている。南国を模した熱帯樹の装飾を通り抜け、フロアに出た。ロングスカートのスリットから白い脚をのぞかせて、パンプスの母親が先を行く。うつむいたままの北條が段差につまずき、倒れぬように腕を支えた。はずみで前に視線を向けた北條が、再びその場で立ち止まる。

「お、珍客だ。元気か初音」

テーブル席に腰かけた、チノパンとTシャツ姿の男が笑っていた。この人は知っている。写真やウェブで見るより精悍《せいかん》だ。

「お父さん……！」

北條が声にならない声を出す。「どうして……？」

「どうしてって……俺の店だぜ、ここ」

父親は苦笑いし、「まあ座れ」と手招きした。先に腰を下ろした母親が「初音のボーイフレンドだって。高校の同級生で逸見くん」と隣の父親に話しかける。

ぼくらは並んで向かいに腰かけた。さっき見た定員がアイスコーヒーを運んでくる。「社長と奥様、おかわりはいかがしますか？」と緊張した声音《こわね》で訊いた。「いらない。この水でいい」と父親が卓上のデキャンタを指さす。母親も「お気づかいなく。あなたたち、休憩に入ってね」とやわらかい笑みを浮かべた。二人の息は合っている。イメージしていた夫婦と違う。剣呑《けんのん》な雰囲気はまるでない。

「喘息《ぜんそく》はよくなったか？」

父親の問いかけに、北條は口を閉ざして答えない。

「そのセーラー服、麻布の森のやつだろう。普段もずっと着ているのか」

また沈黙。

「やれやれ、年ごろの娘は難しいな。男親は口をきいてもらえない。エミリ、お前も昔はそうだったか？」

「健介には話したはずよ。母に激しく妬《や》かれるほど、わたしは父に溺愛されてた。重たくて、粘っこいその愛を、いい子の仮面で受け入れてきた。もちろん本音は『父も母も耐えがたい』。それで二十歳を過ぎてから、実家を飛び出し、あなたと同棲したんじゃない」

「ああ、そうだそうだ。俺と似たような家だったな」

父親がグラスの水に口をつけた。高校生の娘がいる年代なのに、お互いを下の名前で呼び合っている。恋人から夫婦になって、親になる。大人はみんな、ステージに応じた役割を演じるものだと思っていた。ぼくは親としての母ちゃんしか知らない。だから高校や大学時代の話を聞いて驚いた。北條の両親は、ずっと同じステージに立ち続けているのだろうか。

「そういや初音、お袋は元気にやってるか？」

北條が口元をピクリと動かした。絞り出すように「葉山に来たのに実家に顔を出していないんだ」とつぶやく。

「出さないね。あの家にはいい思い出がほとんどない。親父にはしょっちゅう殴られた。お袋は俺を庇《かば》ってくれなかった。息子と親父をはかりにかけ、お袋は親父をとったんだ。どっぷり親父に依存してたから、それがお袋の生存戦略だったんだろう。俺はまだ、死んだ親父も、お袋も、十分には許せていない」

「まあまあ、久しぶりに会ったんだし、もっと楽しい話をしましょうよ」と母親がとりなす。「お父さんとお母さんの楽しい話ってなに？　お金のこと？　それとも異性について？」

必死にあらがう娘の顔を、父親がのぞきこむ。

「――なあ、初音。お父さんもお母さんも、下半身がゆるゆるだって思ってるだろ？」

北條は答えない。父親は笑みをもらして話を続けた。「実際にゆるゆるだ。お母さんとの同棲中から俺は何人もほかの女を抱いてきた。お母さんも大差ない」

「ちょっと健介」と母親が割って入る。「初音には、まだそういうのは早いんじゃない？」

「そこは娘を信じている。もう十六歳だ。コウノトリが赤ちゃんを運んでくるとは思っていない」

母親は天を仰ぎ、「まあそうね。わたしは聞き飽きた話だし、ちょっと厨房見てくるよ」と席を立った。


「――逸見くん、だったっけ？」

急に話を振られ、上ずった声で「はい」とうなずく。

「初音とはもう寝たか？」

北條が顔をあげ、「わたしたち、まだそういう仲じゃない！」と否定した。

「そうなのか？」

「おつきあいしたいとは思っています」とぼくは答えた。北條が驚いた顔をしている。父親は、ふうんと鼻を鳴らした。

「誰と交際するかは初音の自由。寝るのも同じ。親とはいえ、そういう子どもの選択を縛っちゃいけない。俺はそう思っている」

ああそうか、とぼくは気づく。この父親も、また自分の親に、深く傷つけられてきたのだ。男親には殴られて、女親には守ってもらえなかった。おおらかな校風の湘南高校から東大に進み、一度就職したけど組織を離れ起業した。求めていたのは自由なのだ。

「大人の男女がつきあったらセックスする。絶対だ。逸見くんは童貞か？」

「童貞です」

即答すると、「潔いな。気に入った」と父親は破顔した。

「あれは体の芯から満たされる。とりわけ男は簡単に達せられる。女も慣れればたいていイケる」

「女性のことはわかりません」

「初音もたぶん、経験ないから、つきあったら探り探りやっていけ」

北條は耳まで真っ赤に染めたまま、テーブルに視線を落としている。小刻みに震えているのは羞恥《しゅうち》じゃなくて怒りが理由だ。

「体が気持ちよくなれば、男も女も満足できる。簡単だぞ。麻薬みたいだ。嫌なことも苦しいことも快楽が瞬間的に消してくれる」

「未経験なのでわかりません」

「してみりゃわかるよ」

小さく笑った父親は、「あとな、同じ相手と寝ていると、絶対飽きるということも」と続けた。

「それで、奥さん以外ともするんですか」

「それはお互い様だ。エミリも旦那以外とたくさん寝ている」

「それって、世間的には不倫でしょう？」

「ぜんぜん違う」と手を振った。「俺は人妻は相手にしない。エミリも同じで既婚者は避けている。倫理的な理由じゃねえぞ。万が一にもこじれたら面倒だからだ。それにな、俺たち夫婦はお互いに外で寝ていることを隠していない。不倫みたいにこそこそやってるわけじゃねえんだ」

え、と思わず声がもれた。北條の両親は、パートナーが互いに別の誰かとすることを、知っているのか。

「セックスすれば満たされる、とさっき教えた。いいか、童貞、ここからが大事だからよく聞けよ。満足するのは体なんだ。心までずっと満たされるわけじゃない。快楽は刹那《せつな》なんだよ。若いうちはそれを愛だと思いがちだけど、まったく違う。数をこなせばやがてわかる。関係性をつむげていない相手をいくら抱いても、気持ちいいのは体だけだ。麻薬の効果はすぐ切れる」

「だったらそれぞれのパートナーとすればいいじゃないですか」

「それで満足している恋人同士や夫婦を、俺はちっとも否定しない。ただな、俺とエミリは違うんだ。俺たちは初めて同士でつきあった。飽きるほど抱き合って、本当に飽きた。肉体的に満たされたいけど、お互いに飽きた体に欲情しない。欲求不満を募らせて、関係がぎくしゃくしていった。ヤバいと思い、話し合って決めたんだ。後腐れない相手を吟味《ぎんみ》して、体は外で満たそうと」

わからない。ぼくの理解を超えている。

デキャンタから水をグラスに半分注ぎ、父親はもう一度喉を潤した。

「お互いほかの異性と寝るようになり、俺とエミリの関係は劇的に改善した。まったくしなくなっていたのに、ときどき相手を求めることさえあった。もしあのとき、よそで体を満たすと決めてなければ、俺たちは結婚しなかったかもしれない。当然、初音も生まれなかった」

「都合のいいこと言わないで！」

北條が声をあげた。小さな肩を上下させてる。

「虫唾《むしず》が走る。お父さんとお母さんが想い合っている？　だからわたしが誕生した？　そんな詭《き》弁《べん》は聞きたくない！」

「詭弁じゃねえよ」

「別れないのはドルフィンズダイナがあるからでしょ？　お互いに大株主だからじゃない。関係がこじれたら、経営がうまくいかなくなる。それで愛もないのに形だけの夫婦を演じているんじゃないの！」

父親はため息ついて、「初音はそう思ってたのか」とつぶやいた。しばらくなにやら考え込み、ゆっくりと言葉を続ける。

「――俺は経営の一線から退《しりぞ》くつもりだ」

はじかれたように北條が前を見た。

「まだ公《おおやけ》にしてないが、来年か再来年、ドルフィンズダイナを上場させる。いま、準備を進めている」

「……上場したって社長は社長、大株主は大株主でしょ？　経営を続けるのは同じじゃない」

「よく勉強しているな」と父親は感心した。「ただな、俺とエミリ、資産を管理している
ＨＯＪＯ企画で持ち株比率を三十四パーセントにまで減らす予定にしてるんだ。社長とＣＥＯ

も部下に譲る。大株主は大株主だが、上場後、積極的には経営に口出ししない」

「上場益と配当で、早期リタイアでもするつもり？　いいご身分よね。時間もたっぷりできるだろうから、不労所得でまたとっかえひっかえやれるもん」

苦笑した父親は「女遊び、男遊びはお父さんもお母さんも続けるよ。夫婦円満の秘訣だからな。でも、暇にはならねえぞ。上場益で新規事業を立ち上げる。その計画もエミリと練っている」

「そんな話は初めて聞いた」

「考えたのは今年からだ」

「百歩譲って、二人がこの先、ドルフィンズダイナの経営から距離を置くとする。ただ、それは未来のことでしょ？　これまで会社が理由で夫婦を続けてきたことを否定するものにはならないじゃない」

「お父さんはお母さんを愛している。お母さんもお父さんを愛してる」

微塵《みじん》の照れもなく、父親は真顔で言った。言葉を失くした北條に「もちろん、俺たちは、初音のことも愛している」と告げる。

「……よくそういうことが言えるよね」

「どういう意味だ？」

「物心ついたころから、お父さんもお母さんもほとんど家にいなかった」

「仕事が忙しかったからな。まあ、異性とのお遊びも否定しないが」

「わたしのことはシッターさんに任せきり。中学から家族カードを渡されて、『自分のことは自分で決めて実行しろ』と言われてきた」

「それがなにか問題か？」

北條は父親を一瞥《いちべつ》し、「やっぱりなんにもわかってない」と悔しそうに言葉をもらす。「わたしはずっと寂しかった」

「寂しかった？」

「そうだよ。気づかなかったの？」

「お前から一度もそんなことは聞いていない」

「言わなかったからね。わたし自身も気づかないようにしていたし。親のいない寂しさを、軽蔑でくるみ込み、情に対するアンテナを自分で折ってた」

「なあ、初音。いったいお前は親になにを求めていたんだよ？」

そこで少し黙り込む。

「――わたしはうまく空気が読めないの」

「俺とエミリもおんなじだ。空気なんて読まなくていい。ずっとそう思ってきた」

「それで他人と関われなくても？」

「本質的に関わるべき人間なんて限られている。仲良しこよしは時間の無駄だ。信頼できる家族と数人の友人がいればそれでいい。あとは情緒じゃなくて、財力と知力があれば、必要な時だけ形式的に関われる」

「わたしはお父さんやお母さんほど頭が良くない！　お金だって自分で稼いでるわけじゃない。発達面での課題すらも中途半端だ。だから、求めたくなっちゃうんだよ、情やぬくもりみたいなものを！」

今度は父親が沈黙した。

「まったく空気が読めなければむしろ楽。読めないことそのものに気づかないでいられるから。

でもね、わたしは健常と非健常の境目《ボーダー》にいるんだよ。だから胸の見えない奥底で、二人の不在に寂しさを感じてしまった。そして気づかされたの。ああ、自分のどこか内側に、他人とのつながりを望む部分が存在する。いちばん身近であるはずの、親からの情を求めているんだ、って」

「――わかるよ、初音」

「かるがるしく言わないで！」

父親は「わかるんだ」と繰り返す。「俺とエミリも多分にそういうところがあるからな」

北條が目を見開いた。

「俺たちは窮屈な家庭で育てられた。親に受け入れてもらった、という記憶がほとんどない。だから、エミリにお前が宿ったとき、二人でじっくり話し合ったんだ」

「……なにを？」

「きっと、俺たちがどんなに愛しても、娘には伝わらないだろうな、と。俺とエミリは親が子どもに向けるべき愛を知らずに大人になった。恋人や夫婦になって、相手を想うこの感情が愛なのか、とも考えた。だが、どうやらそれも普通の愛とは違うらしい。ほかの誰かにパートナーが抱かれても、俺もエミリもまったく胸が痛まない。そんなのは本質じゃないと思うからだ」

「狂っているよ、お父さん……」

「そうかもしれない。それでも俺はエミリが好きで、エミリも俺が好きなんだ。これが俺たち夫婦の形なんだよ」

父親が遠い目をする。

「まだお前が生まれる前、お互いにほかの異性と交わって、帰宅した玄関で鉢合わせた。エミリからは別の男の匂いがする。体がまだ上気している。そんな彼女をたまらなく愛しく感じた。エミリも同じ感覚だった。俺たちはその場で強く抱き合った。気づくと二人とも泣いていた」

「泣いた？」

「俺たちは世間的には異常者なんだと悟ったんだ。『普通』に育ててもらえなかったから、逸脱したまま大人になり、もはや『普通』がなんだかわからない。ハッキリと、自分たちが越境してると気がついた。越境地にしか居場所がないと自覚するのはやっぱり切ない。親から情を与えられてたら、二人ともこんなに逸脱しないでいられたはずだ。でもな、もうどうしようもなかったんだよ。時間は絶対巻き戻せない。異常者である自分自身を受け入れるか、自分で自分を消し去るか、選択肢は二つに一つだ。俺とエミリは前者を選んだ」

「……」

「エミリの妊娠を知ったとき、もう一度、確認しあった。俺たちの愛情の感覚は普通と違う。恐らくこの子に伝わらない。伝えようとしてもいけない。幼い子どもは親の影響から逃れられない。俺とエミリは、まるで奇跡のように、同じ感覚を共有できる相手とめぐり会えた。でも、娘がそういう誰かを見つけられるという保証はない。初音のことを愛している。絶対に不幸にしたくない。だからこそ、俺たちの価値観が伝わらないよう距離を置いた」

「……それは正しいふるまいなのかな」

「お前が違うものを求めていたと知らされた。結果から振り返れば、正しくなかったのかもしれない」

　悪かった、と父親は頭を下げた。

　北條はその姿をうつろに見つめ、空気が抜けるような息を吐く。

「春にお前が出て行った。家で初音がいた場所が、がらんとしてる。そのとき初めて感じたんだ」

「……なにを?」

「寂しいな、って。先にエミリがつぶやいて、同じように俺も思った」

「あれだけ家にいなかったのに……」

「そうだな。初音の言う通りだ。でもそれは、体の深いところから染み出すような感覚だった。俺たちにもこういう気持ちが存在するんだ、と驚いた。そのころからだ、新たに事業を始めようと思ったのは」

母親は毎年夏、避暑で都心を離れるらしい。今年は七月半ばに六本木のマンションを出ていった。

「俺もときどき、エミリのもとに通った。新規事業の相談もある。ただ、それだけじゃなかった。寂しかったんだ」

父親は薄く笑って言葉を続ける。

「ひと月前、徹夜で仕事し、明け方に別荘を訪れた。エミリはすでに起きていて、窓辺から外を眺めていた。隣に立ち、なにを見ているんだよ、と俺は訊いた。エミリは窓の外を指さした」

高台の別荘からは海が見える。浜辺にはセーラー服とジャージのズボンの少女がいた。よく見慣れたいでたちだった。

「あの子、平日は毎朝浜辺でなにかを拾い集めてる」と母親が目を細める。「本当だ。相変わらず、ファッションも、行動も、ちょっと変わった娘だな」と父親も頬をゆるませた。

そういうことか。

なぜ奇矯《ききょう》な埴輪スタイルだったのか。

どうして丘の上のマンションをたびたび気にする素振りをしていたのか。

あのマンションの一室は、北條家の別荘だったのだ。

美化活動には隠されたもう一つの理由があった。

汗にまみれ、お酒の容器と避妊具を拾いながら、親と自分を罰しつつ、北條は祈っていた。

ここにいるよ、見つけてほしい、気づいてほしい、出てきてほしい、と――。

切なる願いは届いていた。

けれども父親も母親も、いまさら子どもとの接し方がわからない。

ただ遠くから見つめるだけで、娘との距離を縮められない。


「新規事業は医療ベンチャーを考えている」と父親は言った。「事業の柱は拡張現実とウェアラブルデバイスを組み合わせた子ども向けコミュニケーション支援ツールの開発だ。東大時代の俺の同期が筑波《つくば》にある大学付属の研究機関で教授をやってる。そいつと春から話し始めた。まずは大学とのジョイントベンチャーとして立ち上げて、ゆくゆくは全国の医療や療育機関とネットワークを組むことを構想している」

「……なんのため？」

うつむいたままの北條に、父親が答える。

「空気が読めない子どもたちの力になりたいからだ」

「――はい、お待たせ」

エプロン姿の母親が、厨房から戻ってきた。ぼくらの前に丸い皿を二つ置く。「逸見くん、ウニ食べられるよね？」

「大好きです」

「よかった。初音も好物なのよ。さあ、冷めないうちに召し上がれ」

モンブランのように高く盛られたウニのクリームパスタが、湯気とともに濃厚な潮の匂いを立ち昇らせる。北條は、やにわに銀のフォークを握り、パスタを巻きつけほおばった。まるで北條らしからぬ、子どもみたいな食べ方だった。

「どう？　久しぶりにつくったから、ちょっと自信がないんだけれど」と母親が声をかける。父親は黙ったまま、その様子を眺めていた。

「……おいしいに決まってるじゃない」

北條は目元をぬぐい、もう一度、パスタをフォークに巻きつけた。

「いただきます」と頭を下げ、ぼくもパスタを口に運ぶ。

心の底からうまいと思った。

＊　＊　＊

幅一キロにわたって炎のかけらが落ちていく。洋上に光の帯が浮かび上がると、背後からいくつもの火の矢が打ち上がり、いろとりどりに夜空ではじけた。葉山の花火のフィナーレは、今年もナイアガラとスターマインの共演だ。

海沿いに詰めかけた見物客から、歓声と拍手がわきあがる。ぼくの隣の北條も、見とれたように小さく手を叩いていた。ショートの髪は美しく撫でつけられ、赤や黄色の炎の光を映している。

「綺麗だね……」

大輪がくだけた煙が夏の夜空に溶けていく。

「綺麗だよね」とぼくは応じた。

国道から住宅街への細い階段を上った先に、小さな児童公園がある。地元民しか知らない高台の特等席だ。公園を出て狭い路地を十分歩くと、葉山八幡宮の裏手に抜けられる。境内の入口で慎之介や一葉と待ち合わせた。見下ろすと国道が大渋滞を起こしている。例年この日は町民と同じぐらいの見物客が訪れるのだ。警察官と警備員が汗まみれで人波をさばいている。抜け道を知ってることがちょっとだけ後ろめたい。「行こう」と声をかけると、北條はそっと隣に寄り添った。


「初音ちゃん、やっぱり浴衣で来たんだね！」

一葉は胸のあたりで両手をあわせ、開口一番、小さく叫んだ。自分も金魚の柄の白い浴衣をまとっている。慎之介はぼくと同じでジーパンにTシャツだ。

「あ、うん……。一葉ちゃんが『花火デートは浴衣でしょ』と言ったから」

北條は照れてうつむく。

「『初音ちゃん』と『一葉ちゃん』って、二人ともいつから下の名前呼びなんだ？」と慎之介が驚いた。

「昨日から。夜にLINEで着るもの相談された。そのときに、『もう初音ちゃんって呼んでいい？』と許可を得た。ねー？」

北條は黙ってコクンと首を振る。

四人で藤沢に行った時、北條は「いきなり『一葉』『初音』みたいに呼び合うのは苦手なんだ」と口にした。「今後の距離の縮まり方で、考える」と初対面の一葉に伝え、以来「灰谷さん」と呼んできた。一葉も上の名前で呼び返した。ひと夏で、二人の間合いは変わったのだ。「初音」という言葉の響きは美しく、そう呼べる一葉に対し、ぼくは軽く嫉妬する。

「北條、その浴衣、前から持ってたやつだよな？」と慎之介。

「うん。中学時代、西園寺先輩と夏祭りに出かけたときに自分で買った。着るのは二度目だ」

答えが終わらぬうちに、一葉に足を踏んづけられ、慎之介が「痛てて！」と悲鳴をあげた。

「そういう無粋《ぶすい》なことは言わないの！」

「ごめんごめん。うっかりあの写真を思い出して」

新聞部の大会後、先輩は慎之介に一方的に「元カノ」とのデート写真を送ってきた。その時の北條は、今日と同じ、藍色の紫陽花《あじさい》柄の浴衣を着ていた。

「そうか……これは着るべきものじゃなかったんだね。……ごめん、逸見くん」

北條がすまなそうに頭を下げる。「いいよ、ぜんぜん気にしない」とぼくは笑顔で手を振った。

お互いに、まだハッキリとは想いを口にしていない。けれどもぼくは北條に惹かれていて、北條もぼくに好意を抱いている。そのことだけはきちんと共有できている。

元カレとのデートと同じ浴衣をまとうのは、きっと配慮に欠けるのだろう。だけど、そういう空気の読めないところが北條なのだ。まるっきり悪意はない。こんなことで凹んでいたら、この先いっしょにいられない。

「……逸見くん、本当にごめん。わたしはどうしようもなく慣れてない」

「だから、いいって。似合っているよ。着てきてくれてありがとう」

本心からそう言った。

境内へと足を踏み入れる。参道の両脇に屋台が軒を並べていた。浴衣姿のカップルや家族連れらで大にぎわいだ。

ソースの焼ける香ばしい匂い、射的の玉が景品をはじく音、金魚すくいに興じる子どもの歓声……。

ああ、夏だ、としみじみ思う。

ひきこもっていた中学時代、ぼくは季節を失くしていた。たぶん、一葉も同じだろう。身を潜め、生き延びることでいっぱいだった。四季の移ろいを楽しむゆとりは心にない。

「慎之介、あんず飴と綿菓子食べたい」と一葉が言った。

「どっちか選べよ。もう夜だし、せっかくやせているんだから」

「えへへ、わたし案外着やせするタイプなのよ」

笑った一葉が小さな舌をのぞかせた。なるほど。この夏、慎之介はお預けを喰ったらしい。焦らずに、ゆっくりいけよ。あんまり先を越されると、ぼくらが追いつけなくなる。

「初音ちゃんはなに食べる？」

「こういう祭りに来たのって、三回目なんだ。小さいころと、あの……中学時代。だから、どんなものが売られているのかよくわからない」

「そっか。じゃあ、いっしょに見て回ろうよ」

「……丸くて甘くてふわふわしているお菓子はあるかな」

「丸くてふわふわ？　なんだろう」

「まだ三歳か四歳のころだと思う。父と母が麻布十番のお祭りに連れていってくれた。あとにも先にもそれっきりだけど、そのとき買ってもらった焼き菓子が、丸くて甘くてふわふわだった。

紙袋を両手で抱え、歩きながらほおばったことを覚えている」

「ベビーカステラじゃね?」と慎之介。一葉は「ああ!」と声をあげ、「きっとそうだ。初音ちゃん、探しに行こう!」と手をとった。

二つの浴衣が人込みに消えていく。「女子高生はムードよりも食い気だな」と慎之介が苦笑した。あいづちを打ちながら、両親と出かけた祭りの記憶が北條に残っていたのをうれしく思う。


「初音、またおいで。わたしがいれば、ウニのパスタをつくってあげる」

昨日、ドルフィンズダイナの出入り口で、北條の母親はそう言った。隣に立った父親も「童貞くんも連れてこい」と笑っている。逸見です、と横から訂正しかけて口を閉ざした。これは北條親子の会話なのだ。

「せっかく二人で来たんだから、テラスの鐘を鳴らしていけば?」

母親は笑みを浮かべて顎《あご》をしゃくる。カップルに幸福を招くとされる「幸せの鐘」だ。

「わたしはまだ、お父さんとお母さんを全部許したわけじゃない。話もすべては信じていない。でも、いままでよりか、二人のことが理解できた。だから鐘は鳴らしていく」

北條はぼくの腕をぎゅっと握って歩き出す。真っ白な外壁沿いの小道を進み、角を曲がったところで、モニュメントに吊るされた鐘が見えた。脇に置かれたプレートに、北條が目をとめる。

Bell for Happiness
We ring the first bell here.
May that sound be with us forever.

「これ、前に母ちゃんに連れてこられたとき、最後がうまく訳せなかった。『千尋に英語を教えてやって』って、このことなんだ」

逸見くんは本当に英語ができないね、との突っ込みを期待して、大げさに頭をかく。意に反し、北條はプレートをじっと見つめ、黙っていた。

「どうした、北條？」

泣き出しそうな顔だった。込み上げる感情をこらえている。ぼくは言葉の接ぎ穂を失った。

「ジェダイ気取りのつもりなのかな……」

ジェダイ？　ああ、母ちゃんが言っていた『スター・ウォーズ』の善玉が、確かそんな呼び名だった。

「……シリーズに何度も出てくる『May the Force be with you.』って台詞があるの。逸見くんは『スター・ウォーズ』を観たことある？」

「あるけど……テレビの吹き替え版」

「『フォースと共にあらんことを』みたいに訳される」

言われてみれば、善玉が、出撃前の仲間たちにそんな言葉をかけていた。日本語でだけど。

「フォースって、超能力のことだよね？」

「ちょっと違う。もっと霊的で神秘的で躍動感に満ちた力なの。フォースのライトサイドは善になり、ダークサイドは悪になる。――でも、そんなことはどうでもいい。大切なのは文法なんだ」

「英語のMayって、『かもしれない』か『してもいい』の意味だよね？」

「普通はね。だけどこれは、Mayを使った仮定法現在の祈願文なんだ」

「仮定法現在？　祈願文？　なにそれ？」

「文頭にMayを置いて、主語、述語動詞の現在形をつなげると、『主語が〜でありますように』の意味になるんだ。だから、『May the Force be with you.』を直訳すると『フォースがあなたと共にありますように』」

ドルフィンズダイナ一号店がオープンしたとき、北條は母親のお腹にいた。この店と北條の誕生はほぼ同時期なのだ。

あっ、と口から声が出た。

「We ring the first bell here.」のWeは創業者である北條の父と母のことなのか。訳すとすれば、「わたしたち夫婦はここに最初の鐘を鳴らす」ぐらいの意味だろう。

続く「May that sound be with us forever.」のくだりを、ぼくは「その音声は永遠に我々とともに許されますか」と誤訳した。

北條が目じりをこすって小声で囁く。

「その初めての音がずっとわたしたち夫婦といっしょでありますように」

北條と一葉はしばらく戻ってこなかった。しびれを切らした慎之介が「探しにいくか」とぼくに向く。うなずいて、人込みをかきわけながら前に進んだ。二人はなかなか見つからない。左右の屋台をきょろきょろのぞき、前と後ろに視線を向ける。

いた。参道の裏口近くだ。紫陽花と金魚の浴衣の背が見える。

それぞれの相方に「北條！」「一葉！」と呼びかけた。雑踏と、屋台の発電機のエンジン音にかき消されたのか、二人はまったく反応しなかった。ぼくは右、慎之介は左から回り込み、並んだ二人の前に出る。固まった北條と一葉の視線の先、かき氷の屋台の列に、ひと組の男女がいた。

西園寺先輩と高梨ここみだった。

藍色の浴衣を着た先輩と、朝顔柄の赤い浴衣をまとった高梨が、ぴったりと寄り添っている。二人ともモデル並みの美形だから、周囲から浮き立つように目立っていた。自宅が葉山の高梨が、先輩を誘ったのだろう。

北條の右手から、紙袋が滑り落ちた。参道にベビーカステラが転がり出す。袋を拾い、北條、と間近で呼んだ。まるで催眠術がとけたように、目を見開き、無言でぼくの腕を引く。見つかる前に逃げ出そう。そんなサインと受け止めて、けれどぼくは首を振り、北條の手をぎゅっと握って立ち上がる。

隣を見ると、慎之介も一葉の手をとっていた。

ぼくは小さく三回、顎を引き、慎之介に目配せする。慎之介は黙ってうなずいた。

お互いにサッカーをやっていた。ぼくはミッドフィルダーで、慎之介はフォワードだった。あのころ、二人だけの符牒《ふちょう》を決めていた。

三回は正面突破だ。

ドリブルでぼくがサイドラインの際《きわ》を行き、敵陣に入ったところでペナルティーアークに一気に駆ける。半円のアークの前後で慎之介にパスを回し、真正面からゴールネットを狙うのだ。

阿吽《あうん》の呼吸でぼくと慎之介は歩き出す。北條がかすかに抵抗した。握る手に力を込め、「大丈夫」とぼくは告げる。北條がすがるような視線を向けた。

「ぼくだって少し怖い。だけど北條がいれば大丈夫。北條にもそう感じてほしいと思っている」

「……でも」

「もう勝手に自分で切り分けるな。変わり者の北條も、女の子の北條も、丸ごと全部ひっくるめ、ぼくは北條初音が大好きだ。未来はもちろん、過去もすべて引き受ける。だからちゃんと終わらせよう」

北條がぼくの顔を見つめている。

「大丈夫。乗り越えられる。ぼくはこの夏、父の不在やいじめの疵を癒された。北條がいてくれたからだ。モブになると誓ったことは撤回する。この先ずっと、北條といっしょにいたい」

天を仰いだ北條は、はぁあ、と細い息をもらし、目を閉じた。唇を強く噛みしめて、小さく何度か首を振る。そしてゆっくりまぶたを開き「そうだね……わたしもちゃんと覚悟を決める」と口にした。

腕を組み、歩調を速め、五メートル先の慎之介と一葉を追いかける。「やるな、ちーちゃん、初音ちゃん」と一葉はつぶやき、同じように慎之介に腕をからめた。


夏の終わりの境内を、四人並んで進んでいく。


そうだ、いいぞ。正面からボールを放て。ぼくらはできる。きっと相手に打ち勝てる。

先輩と高梨が、ようやくこちらに気がついた。底意地の悪そうな笑い顔を浮かべている。

ぼくらは決してあゆみを止めない。

エピローグ

ベンチに座っているだけで、じっとり汗がにじんでくる。立ち上がり、人気《ひとけ》のない葉山八幡宮の境内から海を眺めた。海原《うなばら》がオレンジ色に染まっている。江の島がおぼろげに遠望できた。海水がぬくもって、夏霞《なつがすみ》を生んでいるのだ。温暖化は年々ひどくなっている。

背後から名前を呼ばれた。慎之介が立っている。

「一葉はちょっと遅れてくる。さっきＬＩＮＥで連絡があった」

そうか、とぼくはうなずいた。感覚が麻痺していたけど、今日は平日だ。一葉も忙しいのだろう。慎之介だって月曜日じゃなければこんな時間に外出できない。

「なんにもないと八幡宮も静かだね」

「それが八百万《やおよろず》の神様を愛する日本人のいいところだ。葬儀は寺で、神頼みは神社で、結婚式は教会で」

「そういや慎之介、一葉とはどうするの？」

「まだ早いだろ。具体的には話してない」

「一葉から迫られていないんだ」

慎之介は苦笑した。

「ないねえ。それどころじゃないらしい。――ってか千尋、一葉と会ってないのかよ？」

「だいぶ頻度が減った」

「そうか。まあ、みんないろいろあるもんな」

参道の自販機で、慎之介が缶コーヒーを二つ買ってきた。財布を出すと、「いいよ、おごりだ」と笑われる。ありがたく受け取って、ベンチに座り、タブを引いた。ぼくはブラック無糖、慎之介は微糖のコーヒーだ。暮れなずむ境内を街路灯が淡く照らし出す。夏の虫が鳴いていた。ときおり吹く潮風が心地いい。

「ごめん、遅刻した！」

階段を駆け上がってきた一葉が、息を切らして頭を下げた。スーツ姿で大きな鞄を肩にかけ、ビニール袋を持っている。「慎之介、帰りに逗子で買ってきた。はい、線香」

「おう、感謝」

一葉は額の汗をぬぐってから、「ちーちゃん、ごぶさた」と笑顔をつくった。

「忙しそうだな」

「まだ要領がわからない。経験も知識もまったく足りないや」

ビニール袋を慎之介に手渡し、「場所あけて」とベンチの隅に腰かけた。鞄から細長い水筒を取り出して、喉を潤している。

「一葉、飲み物持参してるんだ」と慎之介。

「うん。麦茶なんて家でつくればただでしょ？　節約しなきゃ。それにいちいち自販機まで買いに行く時間も惜しい」

「メロン味じゃなくていいのかよ」とぼくは突っ込む。

「あのさ、ちーちゃん。それ、わたしたちが初音ちゃんと知り合ったころの話じゃない。夢庵でお代わりしてたあの夏から、何年経ったと思うのよ？」

七年だ。

高校の卒業式から数えても四年になる。

「千尋、高梨ここみを覚えてるよな」と慎之介。当然だ。忘れようにも忘れられない。

「この間、うちに中学の同級生が散髪にやってきた。スマホで写真を見せられて、びっくりした」

高校を卒業後、慎之介は二年制の理容専門学校に進学した。国家試験に合格し、実家の戸田理髪店で修行している。両親は職人気質《かたぎ》で、まだ独り立ちさせてもらえていない。来る日も来る日も髪を洗い、最近ようやく髭剃《ひげそ》りを任されるようになってきた。ぼくは実験台を買って出て、毎月一回、髪を切ってもらっている。もちろん料金はきちんと支払う。

「高梨が大学一年の時、明央大の準ミスキャンパスに選ばれたのは知っていた。うちで取ってるスポーツ紙が、ミスコンの特集をやっていて、ビキニの写真が載っていた。タレントか女子アナにでもなるんだろうな、と思ってた」

その記事は浪人中、理髪店でぼくも見た。記者にタイプを尋ねられ、高梨は「好きなのはマッチョなスポーツマン。彼氏募集中です！」と答えていた。マスコミ向けのリップサービスなのだろう。高校時代の交際相手は「マッチョなスポーツマン」とはほど遠い。ミスコンで入賞したころ、二人はまだ続いていたのだろうか。

高一の夏祭りで鉢合わせして以来、高梨と西園寺先輩には会っていない。

あの夜を、まるで昨日のことのように覚えている。

ぼくと腕を組んだ北條は「先輩、この人が、いまわたしにとって、いちばん大事な人なんです」と言った。次いで高梨に向き直る。「初めまして。中学時代、先輩とつきあっていた北條初音といいます。先輩にもう未練はありません。わたしは二人の邪魔をしません。だから、高梨さんと先輩にも、わたしたちに関わらないでほしいんです。戸田くんと灰谷さんにもです。中学時代、高梨さんは三人をいじめていたと聞きました」

北條はまったく空気を読まなかった。「読めない」のではなく「読まない」ように振る舞っていると感じられた。

先輩と高梨は、引きつった笑みを浮かべ、全身をわなわなとふるわせている。

「お願いします」

北條は深々と頭を下げた。隣で一葉もそれにならう。

「あなたたち、わたしをばかにしてるでしょう！」

「俺はもう初音のことをなんとも思ってねえよ！」

二人には視線を向けず、北條は白い鼻緒の下駄を脱ぐ。浴衣のまま、ためらわず、参道に正座して、そのまま地面に額をつけた。一葉も続く。

「お願いします。もう二度と、わたしたち四人に関わらないと約束してください」

夏祭りの境内で、浴衣の少女二人が土下座している。その異様な光景に、周囲がざわめいた。

「ちょっとやめてよ！」

高梨が叫ぶ。騒動を収めるには逆効果だ。どこかから子どもの泣き出す声が聞こえてくる。

「お願いします」

北條と一葉は繰り返した。

ぼくと慎之介も二人に並び、土下座する。

「おい、やめろって！　みんな見ている。男二人も顔あげろ！」

西園寺先輩は金切り声だ。

「お願いします」

四人そろって懇願した。

「本当にやめて！」

「やめろ、やめろ！」

高梨と先輩が絶叫した。


「ここみ、話題らしいね」と一葉が言った。

高校を卒業後、一葉は現役で横浜の私大に進学した。教職課程を履修して、在学中に神奈川県の教員採用試験に合格した。今春からサザンの「聖地」茅ヶ崎《ちがさき》市で公立中の国語教師をしている。

五月末、副担任をしているクラスの中三男子が、校則で禁じられてるスマホを隠し持っていた。見とがめて、取り上げる。動画の紹介サイトを閲覧していた。

「名門大の元準ミスキャンパス、衝撃のＡＶデビュー！」

サイトにはそう書かれていた。ミスコンでよく見るティアラを頭にのせ、ドレスの胸を大きくはだけた綺麗な女性が笑っている。

ああこれか、と一葉はすぐに気がついた。慎之介は店に来た同級生にスマホを見せられデビューを知り、一葉に伝えていたのだ。もちろん氏名は芸名だ。年齢も一つサバを読んでいる。サイトには「北海道出身」とあった。でも、この顔を見間違えるはずがない。

「その子に『この女優さん、人気なの？』と訊いてみた。デビュー前、アイドルやモデルとしてＫｏＫｏＭｉ名義で活動し、一部に熱狂的なファンがいたんだって。スマホの男子もその一人。

相当ショックを受けてたから『だったらこんなの見なきゃいいのに』とたしなめた。そしたらね、『センセ、それとこれとは別なんです』と真顔で反論されちゃった」

一葉は苦笑しているが、ぼくは男子に同情した。好きな相手に無垢《むく》を願う子どもの心と、大人として成熟しつつある自分の体。思春期で、未経験なのだ。心身のバランスが上手にとれない。

一葉にだってそういう時期があっただろう。少なくとも大学最初の夏休み、星ケ浜のペンションへ、慎之介と一泊二日で出かけるまでは。あのとき、幼なじみと親友に、初めてアリバイづくりを頼まれた。その晩は妄想がはかどりすぎて、ぼくは朝まで眠れなかった。

「俺もそういう動画を見てきたから、AV女優を否定しない。お世話になった。やる以上、高梨には頑張ってほしいとも感じている」と慎之介。一葉も腹をたてずに聞いている。相変わらず、この二人には隠し事がなにもない。

「――お前ら、KoKoMiとしての高梨を知ってたか?」

ぼくと一葉はそろって首を横に振った。たぶん、地上波や雑誌に登場するほど売れなかったのだ。メジャーな雑誌に出ていれば、少なくとも書店員の母ちゃんは気づいただろう。

あとで知ったが、母ちゃんは、ぼくがひきこもっていたとき、ひそかにいじめた相手を特定し、中学校と町教育委員会に「毅然と対応してほしい」と掛け合った(「いじめはない」とゼロ回答だった)。中学校の卒業式でも、高梨を直接見ている。だから容姿は知ってるはずだ。

「最初からAV女優を目指していたならすがすがしい。まっすぐ夢を叶えられたんだからな。だけど、アイドルやモデルとしてパッとせず、それでも承認欲求を抑えきれずにこの道に進んだのだとしたら、ちょっと切ない」

でもさ、と一葉が慎之介の言葉を引き取る。「もしかしたら、こういう女優になって、ここみは初めて自分を生きているのかもしれないよ。親にも誰にも干渉されない、干渉させない。自分で決めた、自分だけの人生を。わたしはここみを応援しようと思っている」

かつてあれだけ熾烈《しれつ》ないじめを受けた。それでも一葉は旧友をおもんぱかる。

慎之介は本当にいい彼女を持った。きっとすてきな家庭を築くだろう。


母ちゃんは一昨年《おととし》、文隣堂書店本店の部長に昇格した。「会社として、女性管理職を増やさなきゃならないらしい」と話していた。肩書は「文化事業部長」。イベントを取り仕切るポジションだ。書店の現場が大好きだから「出世なんて迷惑だ」と嘆《なげ》いていた。

それでも異動後、持ち前のバイタリティーで企画を練り、海沿いの自治体を巻き込んだ「ものがたりで見る湘南――『聖地巡礼』の聖地展～太宰から『ＳＬＡＭ　ＤＵＮＫ』まで～」を成功させた。去年は神奈川の書店員が会社の垣根を超えて好きな本を紹介する動画チャンネル「＠本屋の推し事」を立ち上げた。ＹｏｕＴｕｂｅとＴｉｋＴｏｋの合計で、登録者は十万人を超えている。

この七年で、電子書籍はますます伸び、書店はさらに減っていた。「定年前のわたしの最後の戦いだ。ネットが殺したリアル書店をネットを武器に守り抜く」とビール片手に笑っていた。


「そろそろ始めちゃおうか」と一葉が言った。すでに夜の七時半を回っている。久しぶりに集まるからと、慎之介が九時にドルフィンズダイナに予約を入れていた。店までは車で十分。今夜は慎之介が父親のＳＵＶを借りてきた。

我が家のマツダ・キャロルは三年前、ついに車体の下からオイルがもれだし、エンジンが焼きついた。メーカーにもディーラーにも部品がなく、母ちゃんは泣く泣く廃車にした。代わりにEVの軽自動車を購入したが、「トランスミッションはないし、エンジンの音もしないし、おもちゃみたいだ」とぼやいている。カセットテープはもう聴けない。

手水舎《ちょうずや》で空き缶に水を入れた。境内のいちばん外れの海寄りに、お焚き上げの場所がある。直径三メートルの円形で、周囲にはブロックが置かれていた。内側にはお守りの断片やダルマの一部、焦げた破魔矢《はまや》が落ちている。お正月のお焚き上げの残りだろう。

七年前、慎之介と一葉と別れた後、避妊具と紐パンの入った紙袋を、北條と火にくべた。思いのほかよく燃えた。

「ああ、紐パンよりも、こういう炎の色こそが猩猩緋《しょうじょうひ》だ」と北條が目を細める。

誰かと誰かの欲望が、炎に焼かれ、夏の空に還《かえ》っていく。

ぼくらは寄り添い、その様子を見つめていた。

北條の父親はドルフィンズダイナを上場させ、経営から身を引いた。カリスマが不在になり、会社はしばらく混乱した。シンガポールの華僑系投資ファンドが低値で株を買い集める。両親はそのタイミングで残りの持ち株も売却した。

刷新された経営陣は、都内の店をすべて閉め、湘南に経営資源を集中させた。パスタソースやフォー、スイーツなどを販売するECサイトも堅調らしい。業績は持ち直しつつある。

「北條健介」「北條エミリ」を検索すると、最近は「イニティウム・コミュニケーションズ」の話題が表示されるようになってきた。二人が筑波の研究機関と立ち上げた医療系ベンチャーだ。発達に課題がある子どもたちのコミュニケーション支援を目指している。半年前、ウェアラブル端末のベータ版がリリースされ、SNSで話題になった。

「イニティウム」は「始まり」や「起源」を意味するラテン語だ。一人娘の名前も意識しているに違いない。

慎之介がライターでロウソクに火をつけた。すぐに風で吹き消される。ブロックに近づけて、もう一度、着火した。ゆらめきながらも、今度は炎はともり続ける。

「ああそうだ、千尋。武田さんから伝言があった」と慎之介。

武田さんは元東都新聞記者で、湘南東高新聞部のOBだ。ぼくらは入学直前、存続が危ぶまれていた新聞部に誘われた。慎之介が引き受けて、新聞部は生き延びた。

「なんて言ってた?」

「『東都に入社するなら一度話を聞きに来なさい』だって」

一浪し、ぼくは両親と同じ横浜の公立大に進学した。北條がいなくなり、どこでもよかった。学費が安く、通学にも便利で、偏差値が届いたから、そこにした。

講義を受け、フットサルのサークルで汗を流し、コンビニでバイトして、太宰を読み、ときどき一人で旅をした。あんなに好きだったのに、ラノベやアニメ、漫画には、いつしか興味を失くしていた。代わりに北條のことを考えた。

二年の後期、大学の「就活セミナー」に参加した。三年の春になると、本格的に就活が始まるらしい。まだ自分がなにをしたいのか、わからなかった。職員にそのまま告げると、「みんなそうですよ。とりあえず、ＯＢやＯＧの進路を参考にしてみてください」とパンフレットを渡された。そこでふと思いつき、「これって、バックナンバーありますか？」と訊いてみる。

古い資料を探してもらい、両親が卒業した年度のパンフレットのコピーをもらった。「主な内定先」と「主な就職先」が載っている。「文隣堂書店」は両方に書かれていたが、新聞社は内定先にしか記載がない。父ちゃんが夢をあきらめた痕跡だった。

ぼくは就活先を心に決める。


「こら、揺らさない！」

しゃがんだ一葉が甘えた声で慎之介をたしなめた。線香花火がぽとりと落ちる。「ほら、消えちゃったじゃない」

「まだあるから大丈夫」と慎之介が笑っている。

高校時代、北條とはこんなふうにじゃれあえなかった。


高一の二学期から、ぼくらは「恋人同士」になった。

昼休みに中庭で弁当を食べた。放課後は自転車を押していっしょに帰った。図書館や映画館でデートした。お互いに、しょっちゅう言葉に詰まったが、それでもぼくは幸せだった。

北條が京大に現役合格したところまでは想定の範囲だった。父親と同じ東大ではないところに、北條の意思が感じられた。離れてからも三日に一度はＬＩＮＥで連絡を取り合った。ただ、文字や電話でのやりとりは、顔を合わせて話す以上にぎこちなかった。

「大学辞める」

浪人中の五月の初め、北條からトークが届いた。

「アメリカの大学に行く。昨日、合格通知がメールできた」

驚くよりも笑ってしまった。北條は高校在学中から黙って準備を進めていたのだ。留学先は米国北東部にある名門だった。ぼくでも名前を知っている。手続きはすべてオンラインで可能らしい。京大は滑り止めだったのだ。北條の発言はいつだって決定事項だ。決してくつがえることはない。

「なにを学んでくる気なの？」とぼくは尋ねる。

「医用工学。世界的な権威がいる。死ぬ気で学ぶ。卒業したら父と母のベンチャーで働きたい」

アメリカの大学は九月が入学時期らしい。その夏の終わり、途切れかけてたトークが届いた。

「いま関空《かんくう》。これから飛行機に乗る」

行ってらっしゃい。気をつけて。

「わたしはちっとも彼女らしいことができなかった。キスすらもしていない」

いいよ、そういう相手だとわかっていた。

「受験勉強、頑張って」

うん、そうする。

「それから……」

なに？

「たぶん、わたしは一生こんなふうだから、ほかの相手を探していいよ」

北条はぼくを嫌いなの？

「大好きだよ。でもそれを、上手に表現できないんだ」

だったら待つよ。ＬＩＮＥもずっと残しておく。


北条からの返事はなかった。

以来、四年も音信不通が続いてる。

そして今朝、六月半ばの月曜日、突然四人のグループＬＩＮＥにトークが届いた。


「――まだわたしの分も残ってる？」

懐かしい声に振り返る。まるでその場で突然生成されたかのように、リュックを背負った若い女性が仁王立ちしていた。

「あるよ。はい、これ」

一葉が線香花火を手渡した。

「長旅だから疲れてるだろ」

慎之介がリュックを支える。

「大丈夫。わたしが頼んだことだから。夏は海。そして花火だ」

北条初音がそこにいた。


グループＬＩＮＥはいかにも北条らしかった。

「卒業した。日本時間の今夜五時、成田に着く。みんなに会いたい。葉山の海と日本らしい花火が見たい」

慎之介が「じゃあ八幡宮の境内で」と場所を決め、一葉が「線香花火を買っておくね」と返事した。

ぼくはなにも返さなかった。


北條が隣にしゃがみ込む。花火に火をつけ、炎がはじける様子を見つめていた。

髪がずいぶん長くなった。かきあげた耳元から白いコードが延びている。

「ずっと思っていたんだけれど」とぼくは言った。四年ぶりの会話だった。

「うん」

「ゴミ拾いのときから、いつもなにを聴いてたの?」

北條は視線を前に向けたまま、線香花火の寿命を待った。それから右の耳のイヤホンを、ぼくの左の耳にそっと挿し込む。パーカーからコードをつないだスマホを取り出し、液晶画面をタップした。

軽妙なお囃子《はやし》が流れてくる。拍手に続き、男のべらんめえ口調が聞こえた。

「なにこれ?」

「落語だよ。十代目柳家小三治」

中学時代、「女の子」になろうとしていた北條は、物語を参考に、西園寺先輩とイヤホンをシェアしたと言っていた。

「そのときも落語だったの?」

北條は首を振る。

「興味もないのに流行りの曲を入れていた。小三治を聴き始めたのは別れたあとだ」

「なんで落語なのさ?」

「これ、『子別れ』って演目なんだ。古典落語の人情噺《ばなし》。麻布の森の図書室にはCDやDVDもそろっていた」

イヤホンから笑い声が聞こえてきた。音源は寄席の公開録音らしい。

「酔っ払いで女にだらしのない夫に愛想を尽かし、妻は子どもを連れて家を出る。夫は女郎と暮らすんだけど、その女郎もダメ人間で、男をつくって家から逃げた。夫は心を入れ替えて、真面目に働く。でももう三年も子どもに会えていない。そんなとき、ひょんなことから夫は子どもと再会し、その子が料理屋で両親を引き合わせるんだ。夫は妻に未練があり、妻も夫に未練があった。子は鎹《かすがい》で、夫婦は元サヤに収まるの」

どこかで聞いたような話だった。

「北條は、お父さんとお母さんの鎹だったと、ぼくは思うよ」

「……どうだろう」と首をかしげ、ふぅう、と息を吐いてから、困ったような笑みを浮かべた。

「あらかじめ、あの人たちにはあの人たちの男女や夫婦の形があった、といまは思う。逸見くんのご両親もそうかもしれない。戸田くんと一葉ちゃんはどんな家庭を築くんだろう。難しいね、夫婦や男女、家族って。絶対のスタンダードがどこにもない」

「北條は四年も交際相手を放置した」とぼくはすねたそぶりで言ってみる。

「うん、そうだ。スタンダードがあるとすれば外れてる。——ごめんね。わたしに悪意はまったくない。相変わらず、上手に空気が読めないだけだ。留学しても変わらなかった」

いいよ。夫婦や男女、家族の形にスタンダードは存在しない。そもそも個人にだってありゃしない。

誰とも違う全員が、ぶつかりながら、かみあう相手を探し続ける。逃げずに続けていきさえすれば、きっと誰かとピースがはまり、つむがれるものがある。

あの夏、そのことをぼくらは知った。だからこそ、遠く離れた四年間、お互い同じ温度でい続けられた。

北條が握った最後の花火はしぶとかった。大きく小さく、予測不能に淡い光を放ち続ける。


「ただいま、千尋くん」

「おかえり、初音さん」


ぼくと初音の夏休みが、また始まる。

参考文献

『アルジャーノンに花束を〔新版〕』（ハヤカワ文庫NV）
『桜桃』（角川春樹事務所）
『回想の太宰治』（人文書院）
『二十世紀旗手』（新潮文庫）
『人間失格』（新潮文庫）

＊本作品はフィクションです。実在の人物、団体等には一切関係ありません
＊本作品は、ノベルアップ＋で二〇二三年八月～十月に投稿したものを、大幅な加筆修正を行い書籍化したものです

掌編小説（しょうへんしょうせつ）

神奈川県生まれ。

2020年から小説投稿サイトやX（旧Twitter）で作品を発表。著書にX発の140字小説集『ごめん。私、頑張れなかった。』（リベラル社）。ウェブトゥーン（縦読み漫画）やボイスドラマ（声劇）にも原案を提供している。

本書は書籍として初の長編小説となる。


Xのアカウントは@l3osQbTDUSKbInn

ぼくと初音の夏休み
発行日　2024年7月30日　初版第1刷発行

著　者　掌編小説
発行者　秋尾弘史
発行所　株式会社 扶桑社
〒105-8070
東京都港区海岸1-2-20　汐留ビルディング
電話　03-5843-8842（編集）
03-5843-8143（メールセンター）
www.fusosha.co.jp
DTP制作　アーティザンカンパニー 株式会社
印刷・製本　中央精版印刷 株式会社

JASRAC 出 2404465-401

Printed in Japan
ISBN978-4-594-09779-0